REPARTO DE *PIZZAS* EN LA ÚLTIMA PLANTA

Jean Ohm

Reparto de pizzas en la última planta

1ª edición en Caligrama: abril de 2020

2ª edición: enero de 2021

En homenaje al Glorioso Linaje de los Dragones
y a la Dakini Auspiciosa que todo lo ve

I

REPARTO DE *PIZZAS* EN LA ÚLTIMA PLANTA

—Toma el pedido y ya estás volando. Pero ¿qué haces aquí todavía? ¡Espabila, pardillo, que se enfrían!

El jefe me aparta de la computadora con brusquedad, expulsándome del nido. De repente, me encuentro sobre un escúter tronado, pequeño gorrión primerizo, sin saber adónde ir.

—¡Ey! Kevin, ¿cómo llego a este hotel? —pregunto nervioso a un compañero.

—Psss. Tío, ¡si está al lado de la Sagrada Familia!

—Sí, pero cómo...

Me dejó con la palabra en la boca. Kevin se desvanece en la noche oscura, en pos de otro cliente hambriento.

—Sintomático proceder, fruto de la urgencia del sistema capitalista. Mecanismo exprimidor e invento deshumanizante de la élite —comenta Lionel, argentino, licenciado en Derecho y repartidor de *pizzas*—. Che, venite. ¿Ubicás el cuadradito? Acá está tu hotel.

—¡Oh, sí! Ya veo. Te agradezco tu gesto caritativo, pibe. Me salvaste de la catástrofe numismática de perder mi laburo.

—¿Numismática? «Crematística», ¡por favor!

—Sí, eso, crematística. Como se diga en argentino.

Salgo disparado hacia el hotel al lado de la Sagrada Familia. Enseguida me topo con el primer semáforo en rojo, obstáculo fatal. Las instrucciones son claras: ¡ni una infracción de tráfico!, bajo pena de ser despedido. Pero ¿cómo superar estos enemigos de la velocidad, si se me aparecen en rojo cada dos por tres?

Controlo los laterales.

Vigilo la retaguardia.

Ni rastro de policías.

Tomo aliento, miro hacia delante y... ¡Vamos! Si no muero de una taquicardia, será un milagro.

Al cabo de quince minutos llego a mi destino. ¡Madre mía, qué hotel! Quedo apesadumbrado por su opalescencia: un palacio de vegetación y brillo, columnas con capiteles jónicos, espejos desmesurados...

—Buenas noches, joven. ¿En qué puedo ayudarlo? —me pregunta el recepcionista, con una sonrisa icónica.

—Buenas noches. Traigo unas *pizzas* para la habitación 808.

—Bienvenido. ¿A nombre de quién es la entrega?

—Eh, pues resulta que son para... Lo olvidé. Espere, debo tenerlo anotado en... Vaya, no lo tengo —le respondo, con mi mejor sonrisa, también. Noto el sudor frío que me recorre la frente.

—Lo siento. El nombre del cliente es imperativo. Es por motivos de seguridad, ¿sabe usted?

—Lo sé, lo sé. Sin embargo y no obstante, me sé el número de la habitación. Eso debería bastar, ¿no?

—El número es importante, por descontado. Pero es necesario dar el nombre de la persona. Es la normativa del hotel, ¿sabe usted? Puede llamar a su pizzería para preguntarlo, si le parece bien.

—Mire, le voy a ser sincero, por descontado: hoy es mi segundo día como repartidor. No es un trabajo a largo plazo, lo confieso. Es temporario. Pero lo necesito. Soy estudiante y necesito el dinero para pagarme la carrera. Vivo con mi madre, que es viuda, la pobre, y con mis cinco hermanos medio huérfanos, que... Bueno, no lo voy a aburrir con mis detalles personales, pero estamos en una situación muy complicada, ¿sabe usted? Por favor, le ruego que me deje entregar estas *pizzas*. Me va en juego mi trabajo. Las cosas no están como para arriesgarse a ir perdiendo trabajos, ¿sabe usted? Mi familia necesita este portento. Por favor, déjeme pasar, por descontado —le ruego, sincronizándome con su manera de hablar, técnica infalible que me enseñó un amigo para convencer a cualquiera.

—Joven, le deseo que conserve su trabajo temporal; que prosiga sus estudios, igualmente, y que consiga un trabajo superior; que encuentre a la persona adecuada para compartir su vida, si cabe; y mis mejores deseos para su familia, también. Pero si no me da el nombre del cliente, no podrá pasar. Lo siento en el alma.

Me quedo inmóvil, con las tres cajas, pasmado frente a la rigidez del subalterno. No soy una persona violenta, ¡no le haría daño ni a una mosca!, pero ardo por saltar el mostrador y darle a este arrogante la paliza que se merece. Aunque eso no sería un acto moral. Por suerte, se me ilumina la bombilla:

—Señor recepcionista, voy a seguir su sabia recomendación. Llamaré a mi pizzería. ¿Puedo dejar las *pizzas* en el mostrador?

—Sí, por descontado, joven. Déjelas aquí. No se preocupe, que no me las voy a comer —comenta él, repitiendo su sonrisa icónica.

—Sí. Hola, soy J. Llamaba para saber el nombre de mi cliente... El pedido de las tres *pizzas*, ¿te acuerdas?... Ese mismo, sí. Dime el nombre del cliente, por favor, porque aquí el señor recepcionista del hotel no me deja pasar... Sí, ya sé que es ridículo, ¡pero las normas son las normas!... No, no me deja pasar si no le doy el nombre... ¡Qué quieres! Ya sé que se van a poner frías... ¿Cómo? ¿Un potenciado? ¡Uy! No sabía que el cliente fuera un potenciado tan elevado... Entiendo. El cliente no quiere dar más datos, por un tema de confidencialidad. Entiendo. Solo sabemos el número de la habitación... No, no puedo pasar. No me deja... ¿Quieres saber el nombre del recepcionista? —dejo la conversación telefónica en espera y le pregunto su nombre al recepcionista—. Se llama Ildefonso... ¿El apellido? No sé su apellido. Si quieres, también se lo pregunto.

—Joven —interviene el recepcionista.

—¿Quieres que se lo pregunte o no?... ¡Oh! Vas a llamar al cliente para contarle lo que está pasando. ¿Y por qué?... ¡Ah, claro! Entiendo.

—Joven, disculpe usted. ¡Joven!

—¿Sí? Dígame.

—No hace falta que molestemos al cliente. Puede usted pasar y entregarle las *pizzas*.

—¡Oh! Entonces, ¿y la normativa? ¡No quisiera transgredir una normativa tan estricta! —exclamo satírico, finalizando la llamada.

—No se preocupe. Por esta vez haremos una excepción. Vaya usted, haga el favor, que lo estarán esperando. La habitación está en la octava planta. Es la última del hotel.

—Está bien, gracias. ¿Sabe una cosa? En confianza y no se me ofenda, ¿eh? No hace falta que fuerce esa sonrisa tan icónica. Se le podría encallar la mandíbula —le arrojo, mientras troto con las *pizzas* hasta el ascensor.

—¿Sonrisa icónica? ¿No querrá usted decir «irónica», por casualidad? Disculpe, joven, pero no pienso que sea el caso.

—Ya sé lo que significa irónico. No, no. Quería decir icónica. Eso es lo que he dicho.

—¡Ah! Quizás quería decir «histriónica».

—Sí, eso, histórica, icónica... ¡Usted ya me entendió a la primera! —sentencio victorioso, y entro al ascensor.

Sin pulsar todavía el botón, admiro el interior. Las paredes están recubiertas de espejos, admirablemente pulcros. Mientras disfruto de la música de Bach que suena dentro, sonrío divertido ante mis reflejos infinitos, y me pongo a bailar. Aprovecho la untura para comprobar cómo me queda mi uniforme de repartidor.

—¿Subes o bajas? —un huésped acaba de abrir la compuerta.

—¡Eh, oh! Subo, subo.

Es un hombre mayor, vestido con un traje azul muy elegante. Lleva un pañuelo rojo. Sus zapatos brillan. Estamos en la planta más baja, no sé por qué me pregunta si bajo o si...

—¿Adónde te diriges? —me pregunta, edulcorado.

—A la octava planta. Gracias.

El huésped pulsa el botón octavo.

¡Qué aroma más invasivo, por favor! Se supone que uno debería embadurnarse con potingues antes de la cita, y no después. A menos que... ¡Ah! Por eso está tan sonriente, porque su cita está por llegar. Pero este olor no es perfume. Me recuerda a los inciensos de las tiendas raras, esas que mi madre visita a menudo.

—Hasta luego, joven, que tengas una excelente noche.

—Usted también. ¡Que disfrute muchísimo, señor! —lo animo, por si espera a alguien. Que no se diga que los jóvenes no apoyamos a la tercera edad.

Bueno, yo me bajo aquí.

Qué raro. El señor se ha quedado dentro, y eso que hemos llegado a la última planta. Se habrá olvidado de bajar en su... ¿Quién es este? A la salida del ascensor, un mastodonte en traje negro espera, con la mirada fija, los brazos cruzados. ¡Qué postura más terrífica y plastificante! Apenas lo miro. No quiero ni imaginar qué tramará, ahí, tan solemne.

Camino por el pasillo y llego a la habitación 808. Llamo a la puerta. Vuelvo a llamar. Y llamo otra vez, todavía más fuerte.

—¿Qué quieres? —me pregunta un espécimen extraño, medio aletargado, con su bigotito de alambre ridículo. Sin camisa, además, mostrando unos collares de oro y brillantes. Se oye una música interesante que llega de dentro.

—Le traigo las *pizzas*: una vegetariana con higos y queso de cabra, una cuatro quesos con olivas verdes y pimiento rojo, y una margarita con jalapeños y piña.

Miro disimulado al interior. En la habitación hay esparcidas grandes bandejas, con truculentos manjares y redundantes bebidas. Mujeres medio desnudas brindan con champán, bailando, sensualmente. ¡Apabullante convulsión de imagen y sonido!

—La margarita.

—¿Cómo?

—Que me des la margarita.

—¿Cuál? ¡Oh! Sí, sí. Pero ¿y las otras?

—Para ti. Toma y quédate el cambio.

El espécimen extraño me arrebata una *pizza* y acto seguido lanza unos billetes al aire, danzando poéticos en el espacio, hasta posarse en el suelo. Me agacho y recojo los billetes. ¡Me entretuve por un segundo y ya me ha cerrado la puerta! ¿Qué? ¡¡¡Doscientos pavos!!! Los guardo en mi bolsillo salvajemente, sin respirar. ¡Este dinero es mío! Demasiadas convulsiones en tan poco tiempo. Si no tengo cuidado, me va a dar una taquicardia.

Pero... Se equivocó de *pizza*. Se llevó la cuatro quesos, en vez de la margarita. Voy a llamar de nuevo. Aunque, ¿y si se da cuenta de que me soltó tanto dinero?

Vuelvo corriendo al ascensor.

—J., esa no era la habitación que buscabas —señala el mastodonte de traje negro.

—¿Qué? ¿Cómo sabe usted mi nombre?

—Lo pone ahí, en la identificación de tu uniforme.

—¡Ah! Sí. Es cierto. Olvidé que nos etiquetan, como si fuéramos... ¿Y por qué dice que esa no era la habitación? ¿Cómo lo sabe? Si me permite la pregunta. Es la 808. En la puerta lo indica.

—No era esa, te lo aseguro. Entra en el ascensor detrás de mí, sube a la octava planta y continúa tu camino.

—¿Que continúe mi camino? ¡Pero si acabo de entregar las *pizzas*! O la *pizza*, para ser más exacto. Y esta ya es la octava planta. Es la última del hotel, no se puede subir más arriba.

—J., no te dejes distraer en tu misión sagrada por los placeres mundanos, manifestaciones temporales sin sustancia. El sediento que espera calmar su sed, jamás será saciado con el agua salada del océano. Para pasar al siguiente nivel, deberás transcender los apegos del cuerpo.

—¿Es usted evangelista, o algo por el estilo? —le pregunto, curioso.

—Lo que yo sea no tiene la más mínima importancia. Escúchame bien, J., o entras en este ascensor ahora mismo, o te doy un sopapo que te arranco la cabeza.

No es evangelista, definitivamente. Y como no quiero sufrir daños en mi pobre cabeza, entro sumiso en su ascensor.

Los números tienen una tipología diferente. Pulso el botón ocho y el ascensor empieza a subir. Qué raro, si ya estamos en la octava planta. No debería seguir subiendo.

¿Quién será ese majara? Y qué estaría haciendo ahí, tan quieto... Encima era tan violento. Será el guardaespaldas del espécimen del bigotito. Otro rico más, que necesita protección. Puede que sea un famoso. Debe serlo, para poder permitirse esa fiesta, en un hotel tan opalescente. Yo también seré famoso. Publicaré excelentes artículos, que causarán la admiración de la gente. Seré aplaudido allá donde vaya.

Me entretengo de nuevo con mi imagen reflejada en los espejos.

El ascensor se para. Salgo.

—¡Cielo santo! —grito asustado. A mi lado hay un mastodonte en traje negro, con los brazos cruzados y la mirada al frente. Estático. Igual que el otro gorila. Temiendo que sea un amigo suyo, lo ignoro y camino por el pasillo, hasta la habitación 808.

Llamo una vez y nada. Una segunda vez, tampoco. Empiezo a aporrear la puerta, cansado de dar vueltas, con doscientos euros quemándome el bolsillo y que gritan por llegar a casa, sanos y salvos.

—Dime, ¿qué se te ofrece? —me pregunta un señor, con traje y corbata, de aspecto impecable. Será un hombre de negocios— ¿En qué puedo ayudarte, joven?

—¡Oh! Sí, disculpe. Le traigo sus *pizzas*.

—No hemos pedido nada, que yo sepa. A ver, vosotros, ¿alguien pidió una *pizza*?

Dentro hay varias personas, trabajando en sus computadoras y hablando por teléfono, rodeadas de pantallas y montones de carpetas. La verdad es que esta habitación es más grande que mi piso. ¿Será la redacción de un diario? Lo parece. Sueño con trabajar aquí, al lado de esos ventanales tan amplios. Me sentaría en uno de esos sillones de piel, mientras escribo mis crónicas de actualidad en un portátil de última generación. Ya siento a las masas adorando mis...

—Nadie ha pedido una *pizza*, joven. Creo que hubo un malentendido.

—¿Seguro? Quiero decir, no pongo en duda sus palabras, pero es que esta es la habitación 808. Bueno, en realidad, es la segunda habitación 808 del hotel, porque acabo de venir de la primera y... Déjelo, no sé ni qué me digo.

—No te preocupes. De hecho, nos vendrá bien. Tenemos mucha faena por delante. ¿Cuánto te debo por una?

—¿Eh? Pues son once euros con cincuenta, si quiere la vegetariana con higos y queso de cabra. Pero si quiere la margarita con jalapeños y piña, entonces...

—La vegetariana está bien. Toma y quédate el cambio.

¡Me ha dado veinte euros! En este hotel los clientes son muy generosos. Qué suerte que me haya tocado a mí.

Mientras vuelvo al ascensor, se me ocurre que a lo mejor necesitan a alguien. Empezaría *ipso facto*, hasta con un contrato de prácticas. Incluso de copista, o de chico de los recados. ¡Estoy disponible! Esto de integrarse en la élite capitalista, deshumanizante y exprimidora, no debería ser tan horrible, después de todo.

—¡J., no te vayas aún! Hay alguien que te espera.

—¿Cómo? ¿Quién me espera ahora? Por favor, ya he entregado las *pizzas*, ¿qué más quieren de mí? ¿Y quiénes son? —le pregunto al mastodonte del ascensor, a punto de sufrir una taquicardia.

—Quiénes seamos no tiene la más mínima importancia. En realidad, lo que resulta importante es saber a dónde quieres ir. Entregaste dos de las tres *pizzas*. También has percibido el interior de dos habitaciones. ¿Continuarás el camino, o te pararás aquí?

—¿Perdón? ¿De qué camino me habla? ¿Otra vez con eso? Yo solo vine aquí a repartir unas *pizzas*. No pretendo nada más. No sé si me entiende.

—Estoy al corriente de ello. Y también sé que no le prestaste atención a la fiesta de la primera habitación. Ni a los doscientos pavos. Ni a la comodidad y las expectativas en la agencia de comunicación de la segunda habitación. ¿Atención, digo? ¡Ni siquiera notaste esas minucias!

—Oiga, ¡que yo no le he faltado al respeto! ¡No hace falta ser satírico! —expreso indignado.

—¿Satírico? Si acaso sería «sarcástico». No importa. El hecho es que todavía hay alguien que te está esperando.

—Sí, exacto. Es mi jefe, que me espera en la pizzería. ¡Y ya voy tarde!

—No es el momento de volver atrás. Tampoco deberías preocuparte demasiado por los asuntos mundanos. El sueño de la consciencia solo perpetúa el sufrimiento innecesario. Para pasar al siguiente nivel, deberás transcender los apegos de la palabra. Te invito a entrar en mi ascensor para subir a la planta octava.

—Pero si ya… ¿De qué va este jueguecito? ¿Se creen que soy una cobaya de laboratorio? Pues esta vez no voy a tragar, ¡me voy! ¡Se acabó!

—J., te aclaro la disyuntiva: o subes a mi ascensor, o te rompo la nariz de un puñetazo.

Otro que tampoco es evangelista. Sujeto la última *pizza* con una mano y entro en su ascensor, con la cabeza gacha, resguardando mi querida nariz. Pulso el botón de la planta baja. ¡Vámonos! Es hora de largarse de este manicomio.

No funciona. Pulso desesperado otros botones. Nada. Pulso varios al mismo tiempo, pero tampoco funciona. Resignado, pulso el número ocho. El ascensor sube.

Ya no me hace tanta gracia, estar rodeado de espejos.

—¡No! ¡Otro no, por favor! —exclamo plastificado, al salir del ascensor y ver un tercer majara con traje negro.

Al igual que los otros dos, permanece quieto, con la mirada al frente. Avanzo rápido por el pasillo hasta la habitación 808, y llamo. Parece que no me oyen. Vuelvo a llamar, insistentemente. Al final, una mujer me abre la puerta. Lleva una especie de túnica, holgada y fina. Su cabello es larguísimo, recogido en un moño.

—Buenas noches, joven. ¿En qué puedo ayudarte?

—¿Eh? Pues… Le traigo su *pizza*. Aquí la tiene, señora.

—No hemos pedido ninguna *pizza*. Me parece que ha habido una confusión.

Echo una ojeada furtiva al interior. Hay un grupo de personas sentadas en el suelo. Tienen las piernas cruzadas, las manos en su regazo, escuchando música *chill out*. ¡Qué quietud! Siento un gran deseo de entrar y sentarme a su lado. Necesito tanto esa serenidad...

—Se diría que te interesa nuestra clase de relajación. ¿Quieres pasar? En principio está reservada a estudiantes con experiencia, pero podría hacer una excepción —me propone la señora.

—¡Oh, sí! O no, quizás no. Sí que pasaría. Pero no puedo. Lo que quiero decir, es que... Tengo que repartir esta última *pizza*, y mi jefe me espera. Pronto va a cerrar. No sé si... No sé qué hacer.

—Está bien, no hay prisa. Tómate tu tiempo. Cuando llegue el momento, lo sabrás. No habrá espacio para la duda. Mientras tanto, no olvides observar esa mente parlanchina, que perturba tu estado natural de calma. ¡Que tu viaje sea auspicioso!

Se despide juntando las manos, antes de cerrar la puerta.

Vuelvo al ascensor.

Me siento como si estuviera flotando. Con la mente relajada. ¡Cómo me gustaría quedarme en esa habitación, de verdad! Qué bendición de lugar. Debería volver y preguntarle si me acepta. Estoy seguro de que encontraría la paz. Sería tan fabuloso. Todos mis problemas se disolverían.

—J., todavía no llegaste al final. Alguien te está esperando.

¡Ah, cómo no! Estaba tan sustraído por la sensación de bienestar, que me olvidé de los guardaespaldas de traje negro.

—¿Me sostiene esta caja de *pizza*, por favor? —le pido.

El mastodonte sujeta la caja con las dos manos, untura que aprovecho para salir corriendo. Huyo por la puerta de emergencia. ¡A tomar viento estos orangutanes misteriosos! Bajo acelerado las escaleras. Menos mal que los escalones son grandes, porque no quisiera romperme la crisma. Desciendo las ocho plantas como un rayo. Llego a la puerta del vestíbulo. La abro y... ¿Cómo? El mastodonte aparece ahí, con la *pizza* en las manos. No me he movido de la octava planta.

Cierro la puerta y vuelvo a bajar varias plantas.

No sé qué habrá sucedido. Debo de estar muy mareado, para haber vuelto al mismo sitio de partida. Abro la puerta, ¿otra vez él? Esto no tiene sentido. Bajo de nuevo, una sola planta esta vez. Abro la puerta con precaución. ¡Ay! ¡Sigue ahí! ¿Qué maldición es esta?

—Cuando te canses de dar vueltas, acércate.

Me rindo. Fui derrotado por unas escaleras absurdas. Me aproximo a él con precaución,

—Cuando entraste en el hotel, sellaste tu destino. No hay forma de huir. Pero no es necesario que te desesperes: lo bueno de andar un camino, es que tarde o temprano se llega a una destinación. Se trata de ascender hasta el último nivel. Solo eso. Y ya casi estás.

—¿Cómo no me voy a desesperar? Su primer amigo casi me rompe la cabeza. El segundo la tomó con mi nariz. Ahora estas escaleras hechizadas. Y usted, ¿con qué me va a atenazar, si no continúo, con arrancarme el corazón de cuajo?

—¿Atenazar? Supongo que te refieres a «amenazar».

—Pero ¿qué le pasa a todo el mundo? Atenazar, amenazar. ¿Acaso son tan diferentes? ¡Ya está bien! Tengo un problema con el vocabulario, lo reconozco. Desde pequeño que se me confunden las palabras. Se me lían, desordenadas, cambian y toman el lugar de unas por otras. Parece que no hay remedio. La logopeda nos dijo que...

—Te comprendo, J., y creo que podrías ser un gran poeta, si te lo propusieses. Escucha, no queremos perjudicarte, sino todo lo contrario. Necesitabas un empujoncito para descubrir la verdad que reside en tu interior. Nosotros estamos aquí para proporcionarte ese impulso. Como te he dicho, ya falta poco. Por lo demás, no temas, porque no vas a sufrir ningún daño real. Todo es ilusorio.

—¡Pues ya me cansé de tanta ilusión! Me esperan en la pizzería, y en este hotel de locos solo hay habitaciones con gente extraña y guardaespaldas hablando ergonómicamente. ¡No quiero seguir!

—De acuerdo. Aquí tienes la *pizza*. Puedes regresar. El ascensor a tu derecha te llevará a la planta baja.

—¡Ah! ¿Sí? Entonces, ¿no me va a obligar a descubrir la verdad?

—He sido claro: estamos aquí para ayudarte en el camino, a que descubras la verdad. Si prefieres pararte o volver atrás, eso ya es decisión tuya. Es una lástima, porque tu misión sagrada estaba destinada a salvar innumerables seres, e incluso el multiverso, en el futuro.

—El multiverso.... Visto de esa manera, quizás no debería precipitarme. Ya estoy cerquita, ¿no? Me suena bien eso, lo de salvar el multiverso. Pero ¿qué me espera, si decido continuar?

—Nada que hayas experimentado nunca.

Reflexiono durante unos segundos. Siento miedo, sin duda, y mi jefe me va a matar si no devuelvo la moto antes de la hora del cierre. Pero el reto de seguir me empuja. ¿Estaré viviendo una gran aventura?

Nada que haya experimentado nunca...

—Oiga, ¿no me estarán tendiendo una trampa para secuestrarme, o violarme, o despellejarme? Mire que se lo advierto: soy pobre; en casa somos siete hermanos huérfanos y vivimos en la miseria. Además, en la pizzería hay una alarma conectada con los GEO. En caso de que desaparezca por más de cuarenta minutos, irrumpirá un escuadrón con metralletas, para salvarme.

—J., tu maestría en el arte de la patraña es encomiable. ¿Sabes que tu farsa telefónica casi nos convence, abajo en la recepción? Ildefonso se la creyó entera.

—¿Qué farsa? ¡No era ninguna farsa! Estaba hablando con mi jefe y...

—¡Basta de palabrería! Decídete ahora: o vuelves sobre tus pasos y te olvidas para siempre de lo que ha pasado, o entras en la última habitación y te enfrentas con tu propio destino. Ten en cuenta lo que te voy a decir: para ascender al último nivel, deberás transcender los apegos de la mente.

Todo esto es tan raro. El camino, descubrir la verdad, salvar el multiverso... ¿Y cuáles serán los apegos de la mente? Este galimatías resulta demasiado ergonómico.

Aunque, pensándolo bien, ¿cuándo voy a tener otra caución como esta? Como dice mi amigo, las cauciones las pintan calvas. A lo mejor me espera una recompensa, un gran tesoro que me saque de la miseria. En un hotel tan caótico, desbordado por la élite capitalista, todo es posible.

—Está bien. Voy a seguir el camino.

—Perfecto. Queda establecido: la decisión está tomada.

—¡Al diablo el jefe y sus prisas enfermizas!

—Espera —el mastodonte me detiene con su brazo heracleo.

—¡Oh! Si es por la última *pizza*, no se preocupe. Se la puede quedar. Se la regalo. No hace falta ni que me la pague.

—La *pizza* se queda conmigo, sí. Es una ofrenda crucial, para que puedas continuar. Pero aún necesito algo más.

—¿Algo más? ¿Sí? ¿Seguro? Pues ya he repartido todas las *pizzas*. No me queda ninguna. No sé qué más le podría interesar.

—Vacía tus bolsillos.

—¿Qué? ¿Mis bolsillos? ¡Ni hablar! Este dinero es mío. Me lo he ganado con el sudor de mi frente.

—Considérate afortunado de que no me quede también con tus pantalones.

—Eso sí que no. ¡Este abuso es intolerable! ¡Me largo!

—J., tú me obligaste: o vacías tus bolsillos ahora mismo, o te muelo a golpes, hasta que no quede una partícula ni para recomponer tu ADN.

—¿Eh? Está bromeando. Je, je. Es otro farol, ¿verdad? Recuerde, solo están aquí para ayudarme. Para darme un pequeño empujoncito —me arriesgo, seguro de que no me atacará. Confío en mi intuición. Sin embargo, el mastodonte desoye mi intuición y se abalanza hacia mí como una montaña—. ¡Vale! ¡Vale! ¡Tome el dinero! ¡Y tome estos veinte euros de mi cartera!

El mastodonte lo atrapa todo con su enorme garra. Hasta mis veinte euritos. Mientras lo observo temblando, deja la *pizza* a un lado y saca un mechero de su bolsillo. Para mi sorpresa mayestática, quema el dinero. ¡Ya sabía yo que están majaras! Pero no acaba ahí: de las llamas saca una pequeña llave dorada. Me deja tumefacto con su truco de magia.

—Toma. Esta llave te servirá, más adelante. Y ahora entra en el ascensor y sube a la octava planta.

Entro, ¡vaya que si entro! Pulso el número ocho. El ascensor sube.

Esta vez casi me matan. El corazón me late descolocado. Seguro que voy a sufrir una taquicardia. ¿Qué me esperará ahora? La llave tiene una inscripción en una lengua extraña. ¿Abrirá la puerta de un tesoro legendario, escondido durante milenios de las manos impías? La puerta del ascensor se abre. Me asomo asustado. Nadie. El mastodonte de esta planta se habrá ido al baño.

Avanzo raudo hasta la habitación 808. Llamo varias veces, impaciente, hasta que la puerta se abre.

—Adelante, J. Hacía rato que te esperaba.

—¡Oh! Pero si es... —exclamo, apesadumbrado. Es el señor mayor del vestido azul y el pañuelo rojo, que subió en el primer ascensor. Pero ¿qué hace aquí?

—Pasa, pasa, no te quedes en la puerta.

La habitación es alucinante, aún mayor que las otras. Hay espejos inmensos, pinturas de diferentes estilos. Está llena de objetos dorados. ¡Si hasta dañan a los ojos, del brillo! Deben valer una millonada.

—¿Todavía distraído por los cacharros? Pensaba que habrías superado tus apegos, después de recibir las enseñanzas de nuestros vigilantes.

—¿Cacharros? ¡Pero si son obras de arte! Esta Tangka, por ejemplo, debe de tener más de quinientos años. ¡Seguro que cuesta un ojo de la cara!

—¡Ja, ja, ja! Veo que tienes buen gusto. Siéntate. Te pediré un té. ¿O prefieres otra bebida?

—Pues... no suelo tomar té. Pero una tónica, sí que se la aceptaría.

—Una tónica, de acuerdo. ¿Algo para cenar?

—No hace falta, gracias —le respondo edulcorado, aunque mi estómago esté vacío y suplicante.

—Entiendo. No te importará que yo cene. André, el chef del hotel, ha cocinado unos manjares exquisitos. Sería una lástima echarlos a perder.

El señor llama a recepción, pide mi tónica y varios platos con nombres irreconciliables, aún más raros que los de nuestras *pizzas* especiales.

—Siéntate, muchacho. Repartiste las *pizzas* y cumpliste tu primera misión. Puedes relajarte.

—¿Mi primera misión? ¿Es que hay otras?

—A las misiones les pasa como a los problemas, que nunca acaban. Este es solo el principio.

—El principio... Oiga, perdone si le soy demasiado directo, pero a mí nadie me ha explicado nada. Ni siquiera me han pedido mi parecer. Imagino que tengo libertad de decisión, ¿no?

—Por supuesto. Aquí no obligamos a nadie.

—¿No? Los vigilantes de negro me han atenazado, casi me apalean, ¿y me dice que no obligan a nadie?

—Hum... Deberé hablar con ellos. A veces se toman las instrucciones demasiado al pie de la letra. En todo caso, espero que te hayan guiado claramente, por tu camino en el hotel.

—Pues no. Y si lo hicieron, no entendí qué querían de mí. Vine a repartir unas *pizzas*. No tiene nada de especial. Es solo una pequeña tarea. Una pequeña acción, en medio de esta ciudad inhóspita.

—No subestimes tus acciones, J. Aunque sea minúscula, cada acción cuenta. Y aún más que la acción, la motivación que la guíe. Eso es lo que realmente cuenta. Nuestra motivación es la clave.

El señor mayor sonríe y se sienta en un sofá. Me siento también, enfrente de él.

Me quedo callado. No sé qué decir, pero eso no parece importarle. Se le ve tranquilo, inalterable ante el caos que invade este hotel. Y simultáneamente, parece muy consciente de todo lo que sucede.

Transmite tanta serenidad.

Nos quedamos en silencio, hasta que llega el servicio de habitaciones, con un carrito desbordante de delicias. ¡Qué maravilla! No estoy acostumbrado a tanta redundancia.

—¿Seguro que no quieres comer nada? Mira que no voy a ofrecértelo una tercera vez.

Sonrío tímido y afirmo con la cabeza, en señal de aceptación.

—¿Quieres o no quieres?

—Sí, sí. Perdone. Sí, sí quiero. Por favor —me rindo, subyugado ante las delicias capitalistas.

El camarero distribuye los platos sobre la mesa, con elegancia. Apenas queda sitio para nada más. ¡Ha traído patatas bravas, mi plato preferido! Néctar celestial.

Empezamos a comer. Al cabo de unos minutos, me detengo: estoy devorando como un bárbaro. En cambio, el señor pasea los cubiertos con clase y precisión. Disminuyo la velocidad. Sigo disfrutando de la cena.

Si estuviera aquí mi amigo Lionel, seguro que pondría en pausa sus convicciones epistemológicas y se uniría al banquete. ¡Qué postres! Adoro la mezcla de sabores y texturas. Estoy apesadumbrado, con estas obras de arte astronómicas tan deliciosas.

—Muchacho, ¿sabes que vas a morir en cualquier instante?

¡Santo cielo, casi me atraganto! ¿Es que no hay otro tema de qué hablar? ¿Y por qué menciona la muerte, ahora? ¿Será doctor? O quizás sea un adivino, anunciándome un mal presagio. ¿Y si al final es una trampa, y es un asesino que me ha puesto veneno en la cena? ¡No quiero morir, soy tan joven!

—¿¿¿A qué se refiere???

—Es una pena que lo hayas olvidado. Desde que nacemos, tenemos a la muerte tatuada en nuestra carne, en nuestras venas, en los huesos. En cada célula de nuestro organismo. En cada partícula de vida siempre está presente la misma proporción de muerte. ¿No te lo han enseñado nunca?

—Pues no. O sí, pero no de esa manera. ¡Yo qué sé! Y si me lo enseñaron, lo olvidé, ¡no quiero ni pensarlo! Soy joven, ¿por qué tendría que estar pensando en la muerte?

—Precisamente porque estás vivo. Al recordar que vamos a morir, nos volvemos más conscientes del valor de la vida.

—¿Cómo voy a estar recordando que la voy a palmar, de un segundo a otro? ¡Usted quiere que me dé un ataque al corazón!

—Solo intento que seas consciente de la transitoriedad.

—¿Y por qué tendría que pensar en la transitoriedad esa?

—Porque es la verdad. Es inevitable. Y porque consiste en uno de los mejores métodos, para no desperdiciar la vida preciosa que late en cada átomo de nuestro ser.

Me quedo callado. Dejo la cucharita y observo mis manos. Estas manos de repartidor de *pizzas*, joven apisonado, estudiante de Periodismo y curioso espontáneo. Estas manos tan llenas de vida y aventuras. Y de muerte, que siempre nos acompaña… ¿Y por qué el señor mayor sigue sosegado, como si nada? Me voy a desmayar.

—¡¿Qué puedo hacer?!

—¿Qué quieres hacer? La motivación es inseparable del camino que elijas —me responde, ergonómico.

—¡Quiero correr!

—¡Corre, entonces! Corre por toda la ciudad. Salta los muros de cemento. Atraviesa los campos de espinos y flores. Abandona el país. Recorre el mundo, si es eso lo que quieres.

—Sí, eso. Eso quiero hacer. ¿Y luego, qué?

—Es algo que ya sabes, pero te lo diré: habrá un momento en el que tengas que pararte. No puedes huir por siempre. Tarde o temprano, tendrás que hacer frente a la verdad que late en tu corazón.

El señor mayor sigue cenando con calma.

—Por favor, ayúdeme. No sé qué hacer.

Se detiene y me mira con atención. Parece que la Tierra haya dejado de girar. Cada segundo se vuelve un siglo. ¿Me va a ayudar o no? ¿Qué está cavilando? ¿Por qué no dice nada?

—¿Estás preparado para liberarte?

—¿Eh? Sí. Lo estoy —afirmo con seguridad. ¿Qué tengo que perder? Con tanto oro a su alrededor, debe ser muy rico. Quizás sea el dueño del hotel. Incluso de un *holding* de hoteles. Quizás me ha puesto a prueba todo este tiempo, enseñándome a transcender mis apegos. Ahora lo entiendo: como premio a mi superación ejemplar, me espera un cofre lleno de riquezas. O un contrato de ensueño en uno de sus hoteles, en una playa paradisíaca—. ¡Totalmente preparado! Seguiré en el camino de la verdad, esa verdad que late en mi corazón. Se supone que ese es mi destino, ¿no? Para salvar el multiverso… Una vez llegado aquí, no me voy a quedar a medias. ¡Siempre hasta el final!

—¡Perfecto! Se necesitan jóvenes con determinación como tú. Ya hay demasiados soñadores.

—Oiga, que yo tengo muchos sueños, para el futuro. Eso es bueno, ¿no?

—Nos pasamos la vida soñando, y nos olvidamos de la vida. Y si por alguna bendición nos despertamos un segundo, volvemos a dormirnos, con el miedo a perder ese sueño que nos encadena.

—No lo entiendo. No sé qué quiere decir. ¿Cómo podríamos vivir sin sueños? Me parece imposible.

—Soñar despierto es una de las dos tendencias más extendidas e innecesarias, que mantenemos los seres humanos —continúa el señor mayor.

—¡Ah! ¿Sí? ¿Y cuál es la otra?

—Creer que esos sueños son reales. No te preocupes, ya lo irás descubriendo poco a poco. Ahora llegó el momento del reencuentro con la verdad, tu verdadera naturaleza, libre de ataduras ficticias.

El hombre mayor deja los cubiertos sobre la mesa. Se levanta. Hace un gesto para que lo siga.

Avanzamos hasta una puerta metálica.

—Detrás de esta puerta encontrarás la respuesta que necesitas. Recuerda: tanto en el camino de la verdad como en la prisión de la ignorancia, no olvides jamás la motivación que guíe tus actos.

—Gracias, lo recordaré. Pero, la puerta está cerrada. ¿Cómo voy a abrirla?

—Usa la llave.

¿La llave? ¡Ah, sí! ¡La llave dorada! La llave que me abrirá las puertas a mi magnífico porvenir. La saco del bolsillo. Abro la puerta, apisonado por el tesoro legendario que me espera.

No se ve nada, ahí fuera.

—Oiga, aquí no hay nada. Está todo oscuro.

—Vamos, pequeño gorrión primerizo, ¡llegó la hora de volar!

—¿Eh? ¿Cómo sabe lo de...?

Me empuja y cierra la puerta, de golpe.

Tropiezo.

Me encuentro afuera, solo, tirado en el suelo.

Me levanto. Comienzo a caminar sin rumbo. Estoy asustado. ¿Por qué me habrá lanzado al vacío? Estoy perdido, en medio de ningún lugar. Sin saber dónde estoy. Sin saber por qué.

Todo es tan oscuro.

¿Qué debo hacer ahora? No sé si debo esperar, o buscar otro sitio... ¿Cuál es mi nueva misión?

De pronto, mis ojos se acostumbran. Empiezo a ver con un poco más de claridad. Estoy en la azotea. En la parte más alta del hotel. Desde aquí se divisa toda la ciudad.

Me detengo a observar las luces, abajo: las avenidas, sembradas de semáforos. Los edificios que duermen a medias. Los vehículos, moviéndose en la carretera. Y las farolas, iluminando las calles para que las personas no se pierdan.

Desde esta distancia, las cosas transcurren con mayor serenidad.

Cada lucecita, brillando única, fugaz, con tantas historias valiosas que contar. Nunca lo hubiera imaginado. ¡Cuánta belleza habita en la inhóspita ciudad!

Me siento en el suelo.

Mientras noto los latidos de mi corazón, contemplo el firmamento, más tranquilo.

Respiro profundamente.

En esta soledad metafísica, en medio de la nada, poco más puedo hacer.

Sigo contemplando nuestro universo infinito, reflejo de la terrible verdad, siempre presente e inabarcable.

Aquí sentado, bajo el manto de la noche estallada y oscura, siento que no hay otro mejor momento. Ni otro mejor lugar.

II

LA GRANJA DE CERDOS

El cielo nocturno sustituía a la luz solar, tiñendo de oscuro ciudades y campos. En un bucólico paraje de los Pirineos, una comunidad de cerdos entraba en su nave industrial, una instalación perfecta y cómoda para su uso exclusivo.

Siguiendo el ritmo natural de la noche, los doscientos siete cerdos de la granja se volcaron a dormir a pata suelta. La situación resultaba plácida, como de costumbre, en su ambiente acogedor y protegido de la intemperie.

De repente, Un cerdo joven comenzó a chillar, sobresaltado, despertando a sus compañeros. Después de unos momentos de confusión y desbarajuste colectivos, el cerdo joven pidió disculpas:

—Una pesadilla he tenido, horrible pesadilla. Millones de cerdos muertos había, chillando. Y mucha sangre, un mar de sangre, cerdos bañados en un mar de sangre. Sangre que todo lo invadía.

—Veamos, un poco de calma. La calma no perdamos, una pesadilla era —pronunció el cerdo más anciano de la piara, preocupado por la inquietud que despertaron aquellas imágenes.

—Pesadilla, sí, solo eso. La pesadilla olvidemos. A dormir volvamos.

—Sí, sí, a dormir volvamos.

—¡Esperad! A lo mejor, quizás, en la pesadilla un mensaje hay.

—¿Mensaje? Sí, mensaje. Mensaje de que dormíamos y dormir necesitamos.

—Sí, durmamos. ¡Qué bueno dormir es!

—No, por favor. No todavía durmamos. Quizás mensaje. Miedo tengo y quizás un mensaje hay —expresó el cerdo joven que tuvo la pesadilla.

Y de nuevo se produjo una agitación tumultuosa, desconcierto de gruñidos y quejas, que no paró hasta la intervención de una cerda:

—¡De tanto alboroto ya bien está! Los cerditos a asustar vais. ¿Adultos o no adultos sois? ¡Solo en vuestras discusiones pensáis!

La reprimenda avergonzó a los cerdos varones. Se habían olvidado de los lechones, los más pequeños, quienes no estaban acostumbrados a una disputa porcina de tal magnitud.

Al disminuir la exaltación de sus intervenciones, los cerdos razonaron con más claridad. Delimitaron dos posiciones: la del grupo que prefería dormir y olvidarse de lo ocurrido, y la del grupo que prefería no dormir y averiguar si la pesadilla contenía un mensaje.

Los cerdos que preferían dormir se fueron a dormir. Los demás, se agruparon en una esquina y entablaron un diálogo sobre los posibles significados de la pesadilla.

Lejos de ponerse de acuerdo, cerdas y cerdos parecían aún más confundidos que antes. Después de un primer análisis se formaron dos segmentos: los que consideraban que la pesadilla tenía un mensaje importante y, por otro lado, los que consideraban que no. Estos últimos, habiendo valorado que no había de qué preocuparse, se integraron con los que ya estaban durmiendo.

Como la noche era larga, las disensiones continuaron en el segmento que seguía despierto. Tras varias intervenciones y cansados por teorías inverosímiles, decidieron que las especulaciones debían limitarse a propuestas prácticas y definibles. Surgieron entonces tres subgrupos, dependiendo del tiempo al cual podía referirse la pesadilla: pasado, presente o futuro. Los cerdos del subgrupo del tiempo pasado establecieron que, al referirse a un suceso pasado y sin vigencia en el presente, nada podía hacerse. Lógicamente, se fueron a dormir.

En el subgrupo del tiempo presente aparecieron dos tendencias: los que pensaban que algo se podía hacer y los que creían que no se podía hacer nada de nada. Estos últimos, desesperanzados después de tantos quebraderos de cabeza, optaron por irse a dormir. Para ellos, la solución era clara: mejor resignarse y seguir como estaban, sin preguntarse acerca de pesadillas, sueños o quimeras sin sentido. Pero no fue fácil ni agradable, ¡hasta fueron acusados de nihilistas! Se defendieron de las críticas y acusaron a los otros de idealistas, por seguir discutiendo inútilmente.

Del subgrupo del tiempo futuro también surgieron dos tendencias: los que pensaban que sí valía la pena hacer algo y los que pensaban que no. Estos últimos decidieron irse a dormir, porque al tratarse de un hecho futuro, ¡quién sabe cuándo iba a suceder!

El debate avanzaba y cada grupo defendía su posición con mayor intensidad. De nuevo, la intervención de una cerda tuvo que poner las cosas en su sitio. Cada subgrupo se fue por su lado, sin intentar forzar al otro a cambiar de opinión. Los que se fueron a dormir fueron acusados de conformistas, y los que permanecieron en pata, de utópicos.

Quedaban entonces dos tendencias: los del tiempo presente que consideraban que se podía hacer algo, llamados Idealistas, y los del tiempo futuro que consideraban que valía la pena hacer algo, llamados Utópicos.

Después de una larga discusión, en los Utópicos aparecieron dos divisiones: unos priorizaban empezar en ese momento, los Utópicos Activos, y los otros priorizaban empezar luego, tildados de Utópicos Pasivos. Para estos últimos ya habría tiempo de seguir deliberando al día siguiente, y por tanto se fueron a dormir.

Mientras tanto, en la tendencia de los Idealistas se perfilaron dos corrientes: los que pedían ayuda externa para esclarecer el misterio, extenuados de tanta controversia sin solución, y los que en cambio consideraban que no se necesitaba a nadie más, y que como cerdos se podían valer por sí mismos. Estos últimos, tachados de arrogantes, etiquetaron a los otros como Sumisos, ya que preferían mendigar ayuda.

Los Utópicos Activos se unieron en coalición con los Idealistas Arrogantes, al compartir ideas parecidas, y pasaron a denominarse Utópicos Arrogantes. Convenía unir fuerzas para tener mayor poder de decisión.

A pesar de que, desde una perspectiva humana, el debate pudiera parecer irrelevante, embarullado y hasta aburrido, lo que estaba pasando en la granja de cerdos era loable. Teniendo en cuenta su poca paciencia, sus costumbres silvestres y la falta de antecedentes, resultaba ejemplar su organización razonable y consensuada. En pocas horas habían creado grupos, segmentos, subgrupos, tendencias y corrientes, sin despertar a los demás y sin denigrar las posiciones ajenas. No habían conseguido desenmarañar el mensaje de la pesadilla, pero en ello continuaban persistentes, y pronto obtendrían una respuesta.

Continuaron dos facciones pues, los Utópicos Arrogantes y los Idealistas Sumisos. Los Utópicos Arrogantes no tardaron mucho en sacar una conclusión: se trataba simplemente de una pesadilla que no variaba la situación vigente, que solo un individuo tuvo y que no mostraba ninguna salida. Sin una acción concreta y viable a la vista, no valía la pena perder el tiempo. Se olvidaron del tema y se fueron a dormir.

Los Idealistas Sumisos, el único grupo despierto, estuvieron dialogando por más de una hora. Fieles a su idea de pedir ayuda externa, analizaron las posibilidades. Descartaron a lombrices, pájaros y humanos, no porque fueran estúpidos, sino porque no detectaban ninguno allí para preguntarle. Tampoco consideraron a insectos nocivos ni a garrapatas, ¡no iban a consultarle a alguien que los perjudicaba!

No resultaba sencillo encontrar la ayuda adecuada.

Mientras reflexionaban, uno de los miembros detectó una polilla, volando alrededor de una de las luces de emergencia. ¡Mejor eso que nada!

Fueron corriendo hasta ella. Se presentaron, le expusieron un resumen de lo acontecido y le preguntaron al fin su opinión sobre el misterio de la pesadilla.

—¿Misterio? Misterio ninguno en la pesadilla hay. Ríos y mares de vuestra sangre. Cerdos muertos, sacrificados, degollados. Esta es la realidad. Tierra bañada en sangre, vuestra sangre, un día tras otro —respondió la polilla.

La conmoción invadió a los cerdos. Alguno hasta se desmayó. ¿Cómo podía soltar ese tipo de barbaridades, así, tan tranquila, como si no pasara nada? Varios cerdos abandonaron la reunión y se fueron a dormir, ultrajados.

—¡Suerte tienes ahora mismo que no te devoremos, polilla insensata! ¿Por qué mentira tan grande has dicho? —intervino el cerdo más anciano, todavía en pata.

—Ninguna mentira he dicho, cerdos tontitos. Vuestras vidas dedicadas a carne para comer. Humanos carne vuestra comen, huesos, sangre, órganos, todo usan para su apetito saciar.

La conmoción se incrementó. Una cerda tuvo que interponerse en el avance de dos cerdos furiosos, que querían aplastar a la polilla.

Aunque solo quedaban cinco cerdos, se interrumpían los unos a los otros, bramaban como si fueran cien, y no paraban de moverse. Empezaban a despertar a los otros cerdos.

—No discutáis, cerdos, por favor. No discutáis. Muchas granjas de cerdos y animales otros he visto. Muy mal viven, miserables, esclavizados. Por humanos asesinados. Mucho sufrimiento he visto. Cansada de tanto sufrimiento estoy —expresó la polilla.

La polilla comenzó a enumerar las condiciones en las que se encontraban otros cerdos. Y gallinas. Y vacas. Y ovejas. Y gansos. Y ocas. Había visto cómo los separaban de su prole y se los llevaban a otros lugares escondidos, donde los degollaban, o les rompían el cráneo, o los electrocutaban. Los cerdos, sobrecogidos, apenas podían contener su estupor y sus lágrimas frente a aquellas atrocidades.

—¡Posible no es! Los humanos con nosotros muy buenos. Muy bien nos tratan. Nos limpian, comida y agua buena nos ofrecen. De nuestra salud también cuidan. Nos pesan, medicamentos nos dan. A veces por el bosque paseamos. Junto con sus familias también jugamos. ¡Posible que humanos tan crueles sean no es! —comentó la cerda.

—Carne vuestra cuidan. No a vosotras, no a vosotros. Cuidados para vuestra carne mejor sabor tenga. Vuestros hijos se llevan. Otros cuando más grandes son. ¿Cuándo? No sabemos. Tarde o temprano, todos sacrificados son.

La cerda no acababa de creer a la polilla. Su relato sonaba a historia macabra. Estaría mintiendo para atraer la atención, o quizás por miedo a que la matasen. Demasiado exagerada. Los Idealistas Arrogantes tenían razón, no valía la pena perder energía preguntando a otros seres. Con esta conclusión, y agotados por tantas horas de esfuerzo intelectual, la cerda y otros dos otros se fueron a dormir.

Quedaban finalmente dos cerdos: el joven que tuvo la pesadilla y el más anciano de la piara.

—Vosotros mis palabras creéis, en vuestros ojos veo. Algo a hacer debéis —los animó la polilla.

—Sí, creemos. ¡Grupo Creyente somos! —exclamó el cerdo anciano, feliz por haber encontrado un nuevo nombre con el que identificarse.

—Sí que debemos. La polilla habló y creemos, ¡grupo Creyente somos! Ahora algo a hacer debemos —manifestó el cerdo joven.

Pese a haber descubierto el sentido de la pesadilla, el cerdo anciano sugirió irse a dormir. Tanta controversia y emociones lo habían dejado muy cansado, sin fuerzas ni para caminar. Estaba exhausto. Intentó convencer al joven de continuar al día siguiente, cuando estuvieran más frescos de cuerpo y mente. Pero el joven se negó. Su corazón estaba hecho trizas. ¿Cómo podía vivir ni un segundo más con ese peso sobre su consciencia? Él no se consideraba inteligente, ni intrépido, y ni siquiera tenía idea por dónde empezar. Pero la verdad le quemaba salvaje en el corazón.

—A casa de humano ahora voy. Todo contarle debo. Saber él debe. ¡Qué gran sufrimiento nuestro! ¿¡Gran sufrimiento por qué!?

El cerdo anciano empatizaba con el joven. Pero estaba demasiado débil. Viendo que no lograba disuadirlo, se disculpó y se fue a dormir.

Sin el refugio del grupo, el cerdo joven se sintió perdido.

Veía a los demás dormir plácidamente, sin preocupaciones, acurrucados juntos. Solo él quedaba despierto.

Le embargó el deseo de acostarse allí, al lado de sus congéneres, agotado también por tantas horas de debate. Su cuerpo fue cediendo al peso de la somnolencia. Pero una convulsión nerviosa lo desveló. La llama de la inquietud se había encendido, y no podía ignorarla.

Aunque estuviera solo, algo tenía que hacer.

Corrió hasta la gran puerta de la nave. Pese a empujarla con su hocico y con todo su cuerpo, no consiguió abrirla. Buscando otra salida, se acordó de un pequeño portón por donde los humanos entraban y salían a veces. Después de varios intentos, logró abrirlo y salió de la nave.

Contento de tener el campo abierto enfrente, se adentró en la vasta oscuridad de la noche.

La brisa de la madrugada le trajo olores a hierba húmeda, a heno, a tierra... a un sinfín de aromas. A lo lejos sonaba una lechuza ululando. Sus pezuñas pisaban firmes en el campo, bajo el brillo de los planetas y las estrellas lejanas.

¡Qué extraordinario!

Cómo le gustaría disfrutar más de aquellos momentos de gozo. Pero tenía un mensaje urgente a transmitir.

Durante varios minutos caminó, en busca del hogar humano. Estaba desorientado, sin tener idea de dónde dirigirse. No tenía por costumbre salir por las inmediaciones. Menos aún si no era de día.

Un escalofrío le recorrió la médula espinal, un miedo irracional, como el presentimiento de que algo terrible iba a ocurrir. Quizás los otros cerdos tenían razón. Quizás era preferible descansar y planear la estrategia al día siguiente.

Él estaba solo. ¿Qué podía hacer un cerdo solo?

Mejor regresar con los otros.

Volvía sobre sus pasos con la idea de dormir con los demás, cuando la pesadilla reapareció en su mente: el mar de sangre, los cadáveres amontonándose, los chillidos incesantes. ¿Quién podría irse a dormir así? Algo tenía que hacer, ¡Grupo Creyente era!

El cerdo joven se sobrepuso. Guiándose por el olor, siguió caminando.

No muy lejos divisó una casa de piedra, con una cubierta a dos aguas y una puerta de madera. ¡Esa debía de ser la casa del humano! Corrió hasta ella.

Intentó abrir la puerta, pero estaba bien cerrada. Después de varias tentativas infructuosas, la rascó con su pezuña. Alguien lo oiría y, cuando le abriesen la puerta, les contaría la gran desgracia que sufrían cerdos, ocas, gallinas, gansos, vacas, ovejas y tantos animales.

—¿Quién es? ¿Qué es este barullo? —exclamó un humano, mientras abría la puerta con precaución.

El cerdo joven reconoció al propietario de la granja. ¡Se ocupaba tan bien de ellos! Feliz al verlo, comenzó a comunicarse con él.

—¿Qué demonios haces aquí? ¿Por qué no estás con los otros cerdos? ¡Vuelve a tu sitio! —le gritó el humano, enfadado—. No os preocupéis, no es nada. Es solo un cerdo. Se habrá escapado de la pocilga.

Viendo que el humano no parecía escucharlo, el cerdo joven se impacientó. Se acercó a él y trató de tocarlo con su hocico, para atraer su atención. El humano se echó hacia atrás y le lanzó una patada en el morro, que le hizo retroceder varios metros. El cerdo joven se quedó aturdido, confuso por lo que acababa de pasar.

Estaba sangrando.

Se recuperó del golpe, y miró al humano, extrañado.

Respiró hondo, volvió a acercarse, y expresó:

—¿Por qué eso? ¿No bastante dolor hay ya?

El humano cerró la puerta, asustado de que el animal fuera a morderle.

El cerdo joven no entendía qué estaba pasando. Nunca hubiera imaginado que el humano reaccionase de aquella manera. A lo mejor hubo una confusión. «Un malentendido hubo, ¡qué tonto soy! Expresarme mejor debo», pensó el cerdo joven, y volvió a rascar la puerta para aclarar el equívoco. Esta vez se expresaría más lentamente, y con orden, para que pudiera entenderle. Los humanos suelen ser más pausados y ordenados que los cerdos. Todo se solucionaría.

Continuó rascando la puerta con su pezuña.

El humano volvió. El cerdo joven se alegraba de tener una segunda oportunidad para explicarse mejor.

Una detonación despertó a la comunidad de cerdos. Se miraron inquietos, intentando averiguar de dónde provino el ruido. Todavía era de noche. Después de unos segundos de silencio, comprobaron que no había peligro.

Ignoraron lo sucedido y se volvieron a dormir.

El cielo se iba iluminando con la llegada de la luz solar, que inundaba de claridad los campos, las ciudades, los ríos y el mar, las preciosas montañas nevadas, los hogares humanos, los árboles vestidos de rocío y las granjas de animales.

Los cerdos se fueron despertando. Pronto comprobaron que el cerdo joven no se encontraba entre ellos. Pero aparte del cerdo anciano, muy preocupado por su ausencia, nadie le dio demasiada importancia. Era habitual que los miembros de la piara desapareciesen, de tanto en cuando. Además, por su culpa se habían perdido varias horas de sueño.

Por unanimidad, decidieron olvidarse de la pesadilla y nadie volvió a mencionarla nunca más.

«Saber el porqué de todo es quedarse con la geometría de las cosas y sin la substancia de nada. Reducir el mundo a una ecuación es dejarlo sin pies ni cabeza».

LEOPOLDO ALAS, *CLARÍN*
El gallo de Sócrates

III

LAS ÚLTIMAS PALABRAS DEL MORTAL SÓCRATES

El banquete ofrecido a las divinidades por Zeus, padre de dioses y hombres, transcurría de manera excelsa, sin polémicas ni discusiones familiares, mas exuberante en delicias, ambrosía y música celestial. Los presentes continuaban la sobremesa mientras dialogaban sobre temas diversos, se deleitaban con el sonido de cítaras y flautas, o descansaban apaciblemente.

No era así para el dios Asclepio, que andaba de un lado a otro sobre los áureos mármoles del monte Olimpo. Enfrascado en sus reflexiones, se topó involuntariamente contra Ares, quien, gracias a su visión divina, disfrutaba de unas ofrendas en su honor por parte de los espartanos.

ASCLEPIO.— ¡Disculpa mi torpeza, oh, poderoso Ares! Caminaba sin atención y no percibí tu presencia.

ARES.— Cuida tus pasos, prudente Asclepio, si no quieres enfrentarte a problemas que difícilmente podrías solventar. ¿Qué ha sucedido para que pierdas tu cautela habitual y llegues de esta manera, interrumpiendo mi contemplación?

ASCLEPIO.— Te ruego de nuevo que me disculpes, no fue mi intención incomodarte. No suelo perderme en los laberintos innecesarios de la duda, pero un hecho me ha dejado totalmente confuso. No pude sino olvidar dónde estaba y hacia dónde me guiaban mis pies inconscientes.

ARES.— Ahórrate la verbosidad, divino Asclepio, y dime lo que hayas de decir, si es que este es el caso.

ASCLEPIO.— Escucha, poderoso Ares, lo que he de exponer, puesto que es en verdad asunto enigmático y digno de ser meditado por nosotros, seres divinos. A pesar de haber estado días y noches examinándolo con concienzudo esmero, no he logrado desenmarañar el misterio que esconde.

ARES.— ¿Crees que dispongo de todo el tiempo del mundo para perderlo en tus elucubraciones? ¡Expresa tu enigma, ahora y rápidamente, o cállate y vuelve por donde viniste!

ASCLEPIO.— De acuerdo, iré al grano. Resulta que el mortal Sócrates pronunció unas palabras justo antes de morir, pidiéndole al mortal Critón que no se olvidara de sacrificar un gallo en mi nombre.

ARES.— ¿Y? ¿Eso es todo? Si el mortal Critón cumplió la petición, bien hecho está. Si no fue así, motivos hay para descargar nuestra cólera contra él por un acto impío.

ASCLEPIO.— El mortal Critón ejecutó la tarea encomendada, y siguió las instrucciones de su maestro y amigo al pie de la letra. Pero no es esa la cuestión que me perturba.

ARES.— ¿Cuál es entonces? No entiendo tu preocupación por un tema tan insignificante.

ASCLEPIO.— La cuestión es que el mortal Sócrates no se caracterizaba por ofrecer sacrificios a los dioses, como suelen hacer los otros mortales, quienes de este modo esperan obtener nuestros favores en cada ocasión.

ARES.— ¿Y? ¿No pudo cambiar de opinión? Ya sabes cómo varía la disposición moral y el ánimo de los mortales cuando la muerte se les acerca. Lo compruebo en los campos de batalla. Incluso los más feroces guerreros tiemblan en su corazón, al sentir el aliento de las Keres.

ASCLEPIO.— Sería de esta manera que anuncias, infatigable Ares, si no fuera porque el mortal Sócrates, condenado a muerte por decisión de ciudadanos atenienses, no dio signo alguno de temor en su hora postrera. Murió libre de miedo. La verdadera cuesción es que no había razón para que el mortal Sócrates requiriera una ofrenda en mi nombre. Siendo mi poder el de dar curación a los enfermos, ¿cómo podría yo curar a alguien de la muerte? Ya fui castigado por el soberano Zeus por devolver la vida al mortal Hipólito, y prometí no hacerlo nunca más.

ARES.— ¡Ahora entiendo tu confusión! Solo se puede curar a quien está vivo y enfermo de alguna dolencia. No tiene sentido que pidiera tus favores de curación, sabiendo que no había remedio para su propia muerte. Tus dudas están fundadas. Pero mi ocupación es la guerra, no la medicina. Ni tampoco la filosofía. Sí puedo confirmarte, en cambio, que el mortal Sócrates combatió valientemente en las campañas de Potidea, Anfípolis y Delio. No dio muestras de cobardía, ni de orgullo, ni tampoco de odio, y defendió Atenas con coraje. Hubiera dado la vida por su polis sin dudarlo un instante. En verdad, ¡oh, Asclepio!, que no encuentro entre los atenienses un ser tan devoto hacia su ciudad como lo fue él. Su conducta fue irreprochable. No es lógico que muriera condenado por sus propios conciudadanos; y menos aún que él mismo pidiera un sacrificio en tu nombre. Ve a preguntarle a mi hermana Atenea, la de los ojos claros. Su sabiduría sabrá encontrar la respuesta adecuada.

ASCLEPIO.— Agradezco tus palabras, poderoso Ares, y me despido en busca de la diosa de la sabiduría.

El dios Asclepio hizo un gesto solemne y partió hacia la sala principal, el último lugar donde había visto a la diosa. En su camino se cruzó con Apolo, que lo saludó jovialmente.

APOLO.— Divino Asclepio, la inquietud domina tus pasos y tu ser por entero. ¿No resultan la música y el néctar celestial suficientes, para sosegar tu agitación?

ASCLEPIO.— Padre, siento no poder detenerme a parlamentar. No desearía otra cosa que dedicarte mi tiempo, pero debo acelerar el paso para encontrar a la diosa Atenea antes de que abandone el divino Olimpo.

APOLO.— ¡Cálmate, Asclepio! No hay motivo para apresurarse ni temer tal abandono. La divina Atenea está debatiendo unos asuntos importantes con el soberano Zeus. Tómate tu tiempo pues, y expresa la causa de tu turbulencia.

ASCLEPIO.— ¡Ay, estimado Apolo, el de argénteo arco! Varias

noches llevo sin conciliar el sueño. En su hora final, el mortal Sócrates pidió un sacrificio a...

APOLO.— No sigas, que estoy al corriente de su caso. Aunque no hay lugar para tal desasosiego, comprendo tu perturbación. Escucha atento lo que voy a pronunciar, cauteloso Asclepio: en todo el mundo griego no existe alguien más sabio que Sócrates. De este modo lo anunció mi oráculo en Delfos a la consulta de Querefón, y yo mismo puedo dar fe de ello. Entendió como pocos qué significa olvidarse de sí mismo, al ofrecer su vida al servicio de su polis y sus conciudadanos, e incluso de extranjeros. Siguió con perseverancia y celo la misión de examinarse a sí mismo, y actuó incansablemente ayudando a hacer lo propio a los demás. Incluso llegó a comprender nuestra naturaleza divina, y también la forma en que influimos sobre los mortales.

ASCLEPIO.— Disculpa que te interrumpa, padre, pero tenía entendido que el mortal Sócrates no creía en nosotros. Trataba de introducir a otros dioses y encima corrompía a los jóvenes.

APOLO.— Sombrías acusaciones pesan a menudo sobre los seres de bien, prudente Asclepio. No te sorprenda descubrir un día que, entre los mortales, otros sabios inocentes serán también juzgados y condenados por anunciar los caminos que llevan a la verdad, sobre todo, cuando entren en conflicto con los intereses mundanos. En detrimento de su situación material y personal, el mortal Sócrates obedeció mis designios. Cumplió excelentemente con los principios de «conócete a ti mismo» y «de nada demasiado», que hice inscribir en mi templo de Delfos, como medio de ayudar a los humanos a despertar y a liberarse de la confusión innecesaria en la que viven. La fuente inagotable de la verdad está presente en ellos, pero la desprecian, creyendo saber algo por sí mismos. El respeto que Sócrates profesaba a la virtud era equiparable a su agudeza para desenmascarar a impostores y charlatanes, sin temor a que fueran poderosos ciudadanos, o individuos loados por la mayoría. Fue un estandarte inigualable al servicio de la verdad. Puso en evidencia a la ignorancia, para que sus semejantes tuvieran la oportunidad de corregirla. Su voz y su conducta transmitieron sin descanso este propósito divino. Es por este compromiso inquebrantable con la verdad que el mortal Sócrates fue acusado y ajusticiado. No por otra razón.

ASCLEPIO.— Sin embargo, ¿cómo es posible que los atenienses lo condenaran por impío, siendo un pueblo devoto a sus dioses y eminente por su inteligencia?

APOLO.— Incluso los pueblos más avanzados cometen errores, influidos por insinuaciones, e intoxicados por la calumnia y la malevolencia. Tal es el efecto que unas gotas de veneno provocan en las arterias de una comunidad, aunque esta sea saludable y justa. De este modo ha sucedido con los atenienses. Aun así, Sócrates aceptó su condena; por amor al bien y a su ciudad, y por respeto a una vida dedicada a honrar la sabiduría y la conducta virtuosa. Con su aceptación pagó el precio más alto que un mortal pueda pagar, y mostró un ejemplo de justicia y serenidad a quienes fueron necios e injustos. Su muerte tendrá consecuencias mucho más allá de lo que sus conciudadanos puedan imaginar.

ASCLEPIO.— Comprendo. Pero, si la condena era injusta y el mortal Sócrates lo sabía, ¿por qué no huyó cuando sus discípulos intentaron convencerlo?

APOLO.— Si hubiese huido, eso daría la razón a los insensatos que lo trataron como a un criminal. No huye de una acusación quien nada malo ha hecho. Y tampoco tenía sentido huir de un sistema de leyes democrático que él mismo había defendido. Su acto sirvió como lección de virtud y compromiso, señalando quién era inocente y quiénes eran los impostores.

ASCLEPIO.— Pero ¿por qué al final pidió el sacrificio de un gallo en mi nombre? Sigo sin entenderlo.

APOLO.— ¡Ay, divino Asclepio! Voy a pedir más néctar para ti, con la esperanza de que te libere de la impaciencia. ¿No pretenderás por fortuna averiguar la intención de unas palabras, sin dedicar tiempo y esfuerzo a investigar sobre su origen y sentido? Aunque la verdad esté presente en cada partícula y a cada instante, incluso los dioses estamos obligados a utilizar nuestro ingenio para acceder a ella. Algo tan luminoso y bello que apenas puede ser contemplado, fugaz y permanente al mismo tiempo, sutil y profundo, solo alcanzable por corazones ardientes y devotos, esto requiere de métodos y gozoso empeño para ser desvelado. La búsqueda de la verdad es ciertamente la misión más elevada en el mundo humano y en el divino. Asclepio, al igual que retiramos una a una las ropas del cuerpo deseado, procede así respecto al conocimiento: no tengas prisa cuando se trate de esclarecer lo oculto. La comprensión de Sócrates no difería casi de la nuestra, que observamos con conmiseración las penurias de los mortales, y a quienes guiamos para que desarrollen las cualidades divinas que poseen en potencia.

ASCLEPIO.— Estimado padre, podría dedicar más tiempo y esfuerzo por comprender quién fue el mortal Sócrates, sobre todo, porque me invocó en su lecho de muerte, y soy responsable hacia aquellos que muestran consideración hacia mí. Pero, realmente, ¿la sabiduría de un mortal, por amplia y profunda que fuese, sería comparable a la nuestra, que podemos transformar los elementos y las circunstancias a nuestro antojo?

APOLO.— Cauteloso Asclepio, el hecho de poseer tales poderes no supone que comprendamos el alcance de toda acción y la naturaleza de todas las cosas. Aunque nuestra inteligencia y la capacidad de actuar sean en grado muy superior a las de la mayoría de los mortales, también disponemos de límites que deberíamos conocer. Pero no quisiera enturbiar aún más tu mente inquieta; centrémonos en el mortal Sócrates: la devoción que ha profesado a la verdad perdurará durante muchos siglos humanos. Su propósito, que él mismo reconoció públicamente, fue el de ayudar a sus interlocutores a cuestionar su aparente sabiduría, a investigar los valores que rigen sus vidas, a examinar sus propios actos y a tomar consciencia de ellos para su mejora como seres humanos. Este cuestionamiento corresponde a la sagrada misión de conocerse a sí mismo. El mortal Sócrates la vivió íntegramente, con lealtad, y la transmitió a sus conciudadanos con la sabiduría de su ejemplo. Puedes estar seguro de que sus últimas palabras no fueron el fruto de la desesperación o de la locura, ni tampoco el alarde orgulloso de un estúpido mofándose de las creencias ajenas. Fueron la muestra de quien serenamente ha trascendido la terrenal existencia para alcanzar un entendimiento que va más allá de la vida y de la muerte. Dirígete ahora a la sala principal. Atenea, divina entre los dioses, ha finalizado su reunión con el soberano Zeus. Ella te ayudará en tu búsqueda.

El dios Asclepio se despidió con gratitud de su padre Apolo, y se encaminó hasta el gran salón principal. Una vez llegado, le hizo una reverencia a la diosa de la sabiduría. Le presentó unas ofrendas y, tras la autorización de la diosa, inició su consulta.

ASCLEPIO.— Divina Palas Atenea, requiero de tu prominente sabiduría para esclarecer una duda sobre el mortal Sócrates, quien justo antes de morir solicitó al mortal Critón el sacrificio de un gallo en mi nombre.

ATENEA.— Te escucho, prudente Asclepio. Expresa tu duda con la mayor claridad posible para que pueda responderte apropiadamente.

ASCLEPIO.— Quisiera saber por qué pidió mis favores, cuando sabía con certeza que mi intervención no le sería entonces de ninguna utilidad.

ATENEA.— Te expresaste con claridad, divino Asclepio, y la respuesta también será clara: el mortal Sócrates estaba siendo irónico.

ASCLEPIO.— ¿Irónico? ¿Quería significar entonces lo contrario de lo que dijo?

ATENEA.— La ironía no debería ser reducida al sentido antagónico de lo que es expresado, al menos no en este contexto. La ironía parte aquí del hecho de que Sócrates, en su última exhalación, pidió a su amigo Critón un sacrificio a la divinidad de la curación, a ti mismo, cauteloso Asclepio, cuando no había motivo para ello. Siendo la curación un poder inútil frente a la muerte, el sacrificio de un gallo no haría cambiar su destino en ningún modo. ¿Es esto claro?

ASCLEPIO.— Lo es, divina Atenea. Tan claro como el agua que beben los mortales.

ATENEA.— Teniendo en cuenta de que Critón realizaba sacrificios habitualmente, es lógico que Sócrates se lo pidiera a él. Lo que no es lógico, como hemos visto, es que lo pidiera en tu nombre. El mortal Sócrates quería transmitir a su amigo algo más, puesto que no era persona dada a perder el tiempo diciendo necedades. La cuestión reside en averiguar qué estaba comunicándole. Es evidente que tomar su petición al pie de la letra sería una incongruencia.

ASCLEPIO.— Entiendo. El mortal Sócrates tenía un mensaje para su amigo Critón, y no pretendía reírse de sus creencias. Por su serenidad mostrada ante la terrible condena, quizás quería hacerle entender que la muerte es un bien preciado. De este modo, al ser curado definitivamente de la enfermedad de vivir, pedía sacrificar un gallo en mi honor.

ATENEA.— Que no pretendía reírse de su amigo es evidente, si tenemos en cuenta su humildad y su sabiduría; por eso la ironía no expresa contrariedad en su petición, ni tampoco resulta sarcástica con las creencias del mortal Critón. Pero sus últimas palabras tampoco implican que el mortal Sócrates considerase la muerte como un bien preciado, independientemente de haber aceptado su condena. Al estar vivo, no tenía un conocimiento directo de la muerte. En ese caso, ¿cómo un sabio puede valorar la muerte de forma tan certera, sin haberla experimentado antes?

ASCLEPIO.— En efecto. No me parece que el mortal Sócrates fuera un insensato que no apreciara la vida. ¿Cuál es por tanto el motivo de tan extraña petición?

ATENEA.— Divino Asclepio, de poca utilidad sería si te anunciase ahora la respuesta definitiva a tu pregunta. Es precisamente la ironía quien debe guiarte en tu interrogación, en una investigación que aleje las dudas y te lleve a un conocimiento seguro. Volvamos al inicio: si partimos de la incongruencia en la petición de sus últimas palabras, entrevemos una insinuación más allá del sentido literal.

ASCLEPIO.— Atenea, divina entre los dioses... Disculpa, pero no creo entender esto de la ironía. Cuando un mortal invoca mis conocimientos y mis poderes curativos, mal haría yo en intentar averiguar si está siendo irónico o no. Las enfermedades afligen de modo terrible y devastador a quienes las sufren, y una actuación directa es necesaria en cada caso. ¿Cómo podría yo perder el tiempo en la ambigüedad, o en la ironía, o en indagar sobre cualquier cuestionamiento? Llevo varios días sin descanso tratando de resolver este enigma, y muchos pacientes han sido desatendidos por este motivo.

ATENEA.— Estoy de acuerdo contigo, prudente Asclepio. Sería inadecuado no prestar servicio a quien de veras lo necesita. No voy a hacerte perder el tiempo. La filosofía no debería crear más problemas a dioses y humanos de los que ya nos ocupan; al contrario, aun usando medios contundentes para sacudirnos y quebrantar la rigidez de nuestra ignorancia, la filosofía debería ayudarnos a encontrar claridad en las mentes y fuerza en los corazones. El hecho es que Sócrates no necesitaba tu participación, y aun así se la pidió a su amigo, con el sacrificio de un gallo. Qué crees, divino Asclepio, ¿Sócrates realizaba esa petición para sí mismo, para otro, o para nadie?

ASCLEPIO.— No para sí mismo, por supuesto, porque de nada le iba a servir. Y no sería tan necio de pronunciar esas palabras para nadie, burlándose de las creencias su amigo, porque eso confirmaría la acusación de impiedad por la que fue condenado. Está claro que era una petición para otro.

ATENEA.— De acuerdo. ¿Para quién, entonces, sería esa petición?

ASCLEPIO.— Posiblemente para el mortal Critón. Pero no estaba enfermo, como para necesitar de mi intervención. No entiendo el porqué de todo esto, es muy confuso.

ATENEA.— En ese caso debería tratarse de otro enfermo, puesto que para los casos de enfermedad se invoca tu nombre. Si el mortal Sócrates hubiese querido librarse de un enemigo acérrimo, hubiese nombrado al furibundo Ares; y si necesitara de una adivinación para el futuro, habría pedido el sacrificio en nombre del divino Apolo. Siendo tú, prudente Asclepio, la divinidad elegida, de alguna enfermedad querría Sócrates librar a alguien. ¿No te parece?

ASCLEPIO.— Esto es lo más lógico, divina Atenea.

ATENEA.— Bien. De ese modo, ¿a quién querría curar de su enfermedad?

ASCLEPIO.— Pues no se me ocurre nadie más. Su mujer y sus hijos estaban tremendamente apenados, sí, pero no puedo decir que estuvieran aquejados de ninguna enfermedad en concreto.

ATENEA.— Ni su amigo, ni su familia, y ni él mismo necesitaban de una curación concreta en ese instante. ¿Quién necesitaría de una cura para su enfermedad? Antes de responder, reflexiona por favor sobre mi pregunta.

El dios Asclepio permaneció en silencio varios minutos, mientras buscaba la respuesta pertinente. En su mirada divina, examinó todas las personas que estuvieron enfermas en aquel momento, y unas cuantas había, efectivamente. Pero todas ellas disponían de altares propios para sacrificios, y ya le habían invocado en varias ocasiones. No tenía sentido que el mortal Sócrates intercediese por ellas. Además, tampoco había dado ningún nombre como beneficiario del sacrificio, por lo que difícilmente se referiría a alguien en concreto.

El divino Asclepio no encontraba la lucidez en su indagación.

ATENEA.— Cauteloso Asclepio, ¿consideras la enfermedad como un mal o como un bien para quien la padece?

ASCLEPIO.— ¡Por supuesto que es un mal! Siendo la salud un bien, el terreno físico y mental que permite a los mortales la cosecha de virtudes y de alcanzar lo que se propongan, la enfermedad es un obstáculo para este bien. Desde un dolor de cabeza hasta la más grave dolencia, la enfermedad es un mal a ser curado.

ATENEA.— Perfecto. Y si ahora te sitúas en la posición del mortal Sócrates, ¿cuál sería para él la mayor enfermedad o el mayor mal que se pueda padecer?

ASCLEPIO.— Si me sitúo en su posición... Él mismo demostró no temer a la muerte, ni a la guerra o el conflicto. Tampoco sufría demasiado por las inclemencias externas. No mostró apego a ser loado, ni rechazo a ser vilipendiado. Ni siquiera se mostró preocupado por la falta de recursos materiales. Creo que es la injusticia. Este era un mal significativo para el mortal Sócrates.

ATENEA.— La injusticia era un mal para él, de eso no cabe duda. Pero acabó aceptando una condena injusta que lo llevó a la muerte. Con esta aceptación, contrapuso un ejemplo de conducta justa y digna, una enseñanza imposible de olvidar.

ASCLEPIO.— Comprendo. Con su ejemplo ya respondió a la injusticia. Debería referirse a otra cosa entonces. ¡Qué confusión!

ATENEA.— Concéntrate, prudente Asclepio. Si nos ponemos en la piel del mortal Sócrates, justo cuando sentía todo su cuerpo desvanecerse para siempre, frente a discípulos y amigos, a punto de pronunciar sus últimas palabras, y teniendo en cuenta que su petición era para el bien de otro: ¿para qué mal pediría curación, entonces?

ASCLEPIO.— No consigo averiguarlo. Es demasiado complicado. ¡Oh! Recuerdo las palabras de mi padre: el mortal Sócrates fue un estandarte al servicio de la verdad, e intentó sin descanso que los humanos se corrigieran de su ignorancia. ¡La ignorancia! Este sería el mal que Sócrates quería curar.

ATENEA.— ¡Dices bien, prudente Asclepio! La ignorancia es en efecto el gran mal que aqueja a Atenas y a las otras ciudades del mundo, y contra el cual luchó Sócrates, con toda su fuerza y sabiduría. Es factible pues que inspirase a sus amigos a desarrollar su voluntad y su comportamiento contra la enfermedad de la ignorancia, sin temer siquiera a la muerte.

ASCLEPIO.— Eso tiene sentido. Pero si la enfermedad es la ignorancia y el antídoto es la sabiduría, ¿por qué pidió un sacrificio en mi nombre, en lugar de hacerlo en tu nombre o en nombre del excelso Apolo?

ATENEA.— ¡Ah, prudente Asclepio! Me regocijo al oír que examinas las cosas con juicio y curiosidad. Si el mortal Sócrates hubiese elegido una divinidad en acorde con el mal que quería eliminar, no habría entonces posibilidad para la ironía, y no tendría sentido cuestionarse sobre sus palabras. Además, si hubiese pedido un sacrificio en mi nombre, por ejemplo, algún incauto podría pensar que lo estaba pidiendo solo para sí mismo, para ser favorecido en su paso por el inframundo. En cambio, sabiendo que no hay curación para la muerte, es obvio que la intención del mortal Sócrates no era solo para sí mismo, sino también para los demás.

ASCLEPIO.— Entiendo. Me parece un poco complejo, de todos modos.

ATENEA.— La complejidad proviene de la excesiva acumulación de conceptos y prejuicios, prudente Asclepio. Olvida lo que crees saber y deja que la sabiduría se manifieste por sí misma. La última enseñanza del mortal Sócrates fue fiel a su manera de vivir. Con ella nos inspira su pasión por la verdad, sin soberbia ni pretensión de saber más que los otros. Es una invitación a cuestionarnos sobre nosotros mismo. La ironía no gusta de establecerse en celdas rígidas, ni en conceptos áridos o en caminos literales, sino que viaja por mares de conexiones fértiles y senderos imprevisibles. Desde una diminuta incoherencia puede abarcar el cielo, y desde la contradicción más irrebatible puede llevarnos a una escondida revelación; tal es la magia de la ironía. La ironía genuina no pretende reducir la comunicación a un simple enunciado o a una conclusión reductora; al contrario, nos sitúa en un espacio abierto cuya riqueza no conoce límites. El mortal Sócrates descubrió que no sabía nada, y comprendió los propios límites del conocimiento. Proyectó su fuego interrogativo para quemar los ropajes innecesarios, con el propósito de fundirse en la sabiduría más allá de la ceguera conceptual. Sócrates no negó el saber, sino la pretensión de poseerlo. Utilizó la ironía como impulso humilde y perspicaz para zambullirse desnudo en el océano de la verdad.

El dios Asclepio se quedó en silencio, meditando sobre las palabras que acababa de escuchar. Confiaba en las explicaciones de su padre Apolo y de la diosa Atenea, pero le sorprendía que un mortal hubiera accedido a un nivel tan elevado. ¿Cómo podía estar enteramente seguro?

ATENEA.— Prudente Asclepio, no procures delimitar lo que de por sí es apertura y expansión. Recuerda la belleza de las palabras de Sócrates, quien decía saber únicamente que no sabía nada. Hasta que la fijación de los grilletes conceptuales no cese, no hay libertad para la realización de la sabiduría.

ASCLEPIO.— Cierto debe ser, puesto que por la diosa de la sabiduría es expresado.

ATENEA.— Poco importa lo cierto que parezca o quién lo haya expresado. Examínalo por ti mismo, divino Asclepio. Y camina presto a curar a los pacientes, que esperan tu ayuda.

El dios Asclepio le hizo una reverencia, profundamente agradecido, y se dirigió en auxilio de los humanos. Después de ayudar a los enfermos que habían requerido de él con fervor, caminaba contemplativo alrededor de la Acrópolis.

PAN.— Prudente Asclepio, siempre es motivo de alegría comprobar que los dioses olímpicos descendéis desde las alturas para socorrer a los pobres humanos. Bien necesitan de una mano, ¡o de mil!

ASCLEPIO.— ¡Oh, estruendoso Pan! No sabía que dispusieses de una morada aquí también, en Atenas, lejos de tu querida Arcadia.

PAN.— Mi morada está en el viento que despierta a las hojas, en los manantiales que surcan las montañas, en los cantos de las siringas vistiendo los bosques de melodía, y en las grutas recónditas, refugio para quienes todavía respetan a nuestra Diosa Madre. E incluso aparezco en el excelso Olimpo, cuando me acontece la feliz circunstancia de ser invitado. ¡No hay sitio que no conozca mi presencia nómada! Descansaba en esta cueva al pie de la Acrópolis, cuando te vi pasar meditabundo.

ASCLEPIO.— Tu presencia es grata allí donde vayas, divino Pan. A excepción quizás de los corazones de las ninfas, cuando huyen despavoridas de tus impulsos. Caminaba recordando mis diálogos en el divino Olimpo, acerca del mortal Sócrates. Pidió un sacrificio en mi nombre, justo antes de morir.

PAN.— ¡Ah! Esa excelente broma. Me reí mucho en compañía de mi padre, el divino Hermes, al comentarme la anécdota.

ASCLEPIO.— ¿Broma? El mortal Sócrates era demasiado sabio para bromear en un momento tan crucial. No era una broma. En realidad, estaba siendo irónico.

PAN.— ¡Ja, ja, ja! Conoces perfectamente el arte de la curación y de las plantas medicinales, ¿y encima te volviste experto en el arte de la retórica? ¡Ja, ja, ja! En efecto, se puede afirmar que el mortal Sócrates estaba siendo irónico. Pero ¿es por azar la ironía incompatible con la broma?

ASCLEPIO.— Pues... Por lo que he entendido al escuchar a la divina Palas Atenea, la ironía es enemiga de conceptos rígidos y literales, y por lo tanto es amiga de interpretaciones amplias. En este sentido, no creo que la ironía sea incompatible con la broma.

PAN.— Eso mismo pienso yo, prudente Asclepio. En mi opinión, el mortal Sócrates quiso enseñar a su amigo que no hay sanación posible para la muerte, por mucho que se resistan y huyan, o por mucho que se nos invoque a nosotros los dioses. Aunque no haya que hacer un drama de eso, no hay cura ni escape para la muerte. Espero que Critón lo comprenda y lo recuerde, y lleve en consecuencia una vida virtuosa y sabia.

ASCLEPIO.— Lo que dices suena sensato. ¿Tantas enseñanzas cabrían en una sola frase?

PAN.— Así lo creo. De otro modo, si solo tuviera un sentido único e irrebatible, el mortal Sócrates se habría vuelto otro dogmático de los conceptos; como muchos filósofos se volverán en el futuro. ¡Ay, querido Asclepio! No solo esas palabras suyas serán malinterpretadas, sino también lo que quiso enseñar a sus conciudadanos. También eso será manipulado y malentendido.

ASCLEPIO.— Divino Pan, sabes por nuestra amistad que confío en tus dones adivinatorios. Ahora que ya intervine en la curación de los enfermos y dispongo de tiempo, dime: ¿qué te hace augurar que sucederá de esa forma?

PAN.— Prudente Asclepio, si hay algo que los mortales temen aún más que a la muerte, eso es la verdad. A pesar de inflar sus pulmones para expresar cuánto la aman y la buscan, en su fuero interno se aterrorizan frente al menor atisbo de verdad, y no saben si huir o atacarla, si reír o llorar, si cubrirla con vestidos y perfumes artificiales, o arrojarla lejos al olvido. Si la verdad está en contradicción con sus pasiones e intereses, entonces apartan la mirada y olvidan la evidencia con distracciones absurdas; o se defienden violentos, para hundirse aún más en el fango de la ignorancia. Y como la verdad no puede ser destruida ni ocultada para siempre, se ven obligados a disfrazarla con máscaras, fabricando un sistema de justificaciones, creencias y normas, basadas por supuesto en el miedo, y pretenden que los demás crean también en ese sistema prefabricado. El mortal Sócrates tuvo la valentía de examinar sin prejuicios, liberándose de su miedo, de su esperanza y de su orgullo. Pocos lo harán después de él.

ASCLEPIO.— Tus palabras me causan gran tristeza, divino Pan. Siento compasión por los humanos. ¡Ojalá pudiera curarlos de la ignorancia!

PAN.— Bueno sería, si de este modo pudiera hacerse. Pero como bien sabes, solo ellos mismos pueden curarse definitivamente de esa terrible enfermedad. No albergues muchas esperanzas, ya has comprobado cómo acabaron con uno de sus mejores congéneres. He llorado por ellos incontables veces. Se olvidarán pronto de nosotros, sus propios dioses, y nos relegarán a una ridícula invención literaria. Nos sustituirán por un altar arrogante de raciocinios y fórmulas matemáticas, aumentando todavía más su confusión. Incluso hablarán de razón objetiva, poniéndose en el nivel de los dioses mismo. La distancia entre ideas y emociones se hará cada vez más grande, y adorarán artefactos sin vida. Por miedo a la verdad, encerrarán emociones e instintos naturales en cavernas oscuras, expulsándolos a la ignominia y al rechazo, y comerciarán con ellos como si fueran una burda mercancía. Agotarán a la Madre Naturaleza por unas supuestas necesidades, para satisfacer unos deseos cada vez más superficiales, alejados por completo de su esencia natural. Aunque la divina Gea se regenere, abusarán de su generosidad hasta agotarla. Este es el futuro que percibo para ellos.

ASCLEPIO.— Oscuros presagios vaticinas, divino Pan. Espero de corazón que no se produzcan jamás.

PAN.— Tú y yo lo esperamos, cauteloso Asclepio. Y aquí seguiremos actuando por el bien de los seres, como también lo hizo el mortal Sócrates; aunque nos ignoren y nos olviden. Hagamos lo que podamos y tengamos fe en que los mortales sepan reaccionar a tiempo.

El dios Asclepio meditó sobre estas palabras, inquieto por el rumbo en el que podrían torcerse las cosas. Sabía que el destino no es irrevocable. Siempre hay una ocasión para el cambio. Mientras hubiese personas con fe en él, seguiría actuando incansable para favorecer su sanación verdadera.

El movimiento de transeúntes inundaba calles y plazas. Durante varias horas contemplaron en silencio la ciudad.

Al oscurecer, los habitantes volvían a refugiarse en sus casas.

Se hacía tarde.

Desde la Acrópolis se vislumbraban las brillantes antorchas de Atenas, mientras se iban apagando, una a una.

«Con la mayor profundidad que haya sido establecida nunca, empecé a percibir la temblorosa inmaterialidad y la nebulosa transitoriedad de este cuerpo, en apariencia tan sólido, con el que andamos usando como vestido».

R. L. STEVENSON
El extraño caso del Dr. Jekyll y el Sr. Hyde

IV

EL EXTRAÑO CASO DEL INGENIERO MATÍAS

1. Barcelona

Lo impensable ocurrió.

De la noche a la mañana, el ingeniero Matías se había convertido en otra persona. Sin consultarlo con él, su sistema biológico había dado un salto mortal adelante, sustituyendo su cuerpo de veintiocho años, por otro que superaba los cincuenta. El pelo se le había vuelto rizado y canoso. La cara más ancha. La nariz, chata, y los ojos, esos ojos tan grandes y azules de antes, se habían vuelto pequeños puntos negros en las cavidades orbitarias.

Las nuevas particularidades, tan ajenas, no desaparecieron. Continuaban empecinadas. Permanecían ahí, en una especie de declaración metamórfica, inevitable y absurda. En su nuevo día a día, se le aparecía el reflejo de una figura obesa, pálida, en desacuerdo total con el organismo anterior.

El joven ingeniero no congeniaba con la espontaneidad. Desde que tenía uso de razón gustaba de planearlo todo, en cualquier momento. Para él, la vida era un conjunto de ecuaciones matemáticas, un sistema ordenado y previsible, con fórmulas específicas para solucionar cada incógnita.

No estaba preparado para un cambio así. De hecho, ¿quién podría estarlo?

De niño, fue el estudiante ejemplar: los compañeros de clase le pedían ayuda con los deberes, siempre puntual y accesible, y era el más loado por los profesores. Los adultos celebraban su entusiasmo y su capacidad intelectual. Consciente de su posición, se concentraba horas y horas en los estudios para no decepcionar a nadie. Y aunque él adoraba viajar, sociabilizarse e irse de travesuras con los amigos, clavó los codos en su pupitre y renunció a volar. Debía instruirse y labrarse un buen futuro.

Su sacrificio no fue en vano: los resultados llegaron. Después de tantos años de esfuerzo, Matías consiguió un trabajo ideal en Barcelona, unos amigos geniales y una novia perfecta. Y precisamente cuando podía disfrutar de su triunfo, de una vida estable y placentera, un sueño cumplido, en fin, irrumpía entonces el nuevo cuerpo invasor, desbaratando su planificación ideal.

«¿Quién diablos eres tú?», se preguntaba Matías delante del espejo, traumatizado por la pesadilla inexplicable.

Este fue solo el principio: el primer eslabón en una concatenación de catástrofes que se desataron una tras otra...

Su supervisor de laboratorio estaba perplejo.

Escuchaba sus argumentaciones desde la puerta, pero no lo dejaba entrar. ¿Quién era ese desconocido? Matías luchó por convencerlo de que era él, el joven entusiasta de siempre, y que continuaría dejándose la piel y los huesos, igual que antes. Pero no hubo forma de convencerlo. El jefe, irritado por la insistencia de aquel extraño de pelo blanquecino y mirada ansiosa, le gritó que no sabía quién era, que no le fuese con cuentos chinos y que se largase de allí, porque si no, llamaría a la policía. Sabiendo que los agentes tampoco lo creerían, el ingeniero tuvo que renunciar a su amado empleo.

Sus amistades de la ciudad condal sí lo reconocieron.

Gracias a pruebas fehacientes y a confesiones íntimas, acabaron por creerle. No obstante, la juventud divina solo se vive una vez, y en un clan de treintañeros de la élite barcelonesa, con torsos esculpidos por el gimnasio y peinados *fashion*, un gordo cincuentón hacía daño a la vista. Las nuevas formas orondas de Matías rompían con el canon de belleza, y no cumplían con el requisito de estar *ready* para las más altas cimas. Nadie le habló directamente en estos términos despectivos, por supuesto, pero él no era tonto. Comprendió que su nueva apariencia entraba en contradicción con los estereotipos restrictivos de sus amigos.

Más pronto que tarde, lo removieron de sus redes sociales; lo bloquearon en su agenda de contactos, y le dieron largas a cualquier ruego. De nada sirvió que Matías, luchador y perseverante, insistiera en ser readmitido en el grupo de élite. Cuando a sus amistades se les agotó la paciencia, cayeron las máscaras y el telón de la bonhomía. El desprecio sustituyó a los buenos modales, y Matías fue ignorado, vilipendiado y expulsado al más puro ostracismo.

Su padre no se creyó la metamorfosis.

Además, seguía enfadado con su hijo por irse a estudiar a Barcelona. Tras pagarle su educación en el Liceo Francés y la Politécnica de Madrid, le aconsejó que siguiese en la capital del reino, la gran ciudad de sus ancestros. No importaba la carrera, lo esencial es que fuese en Madrid; o en Salamanca, como mal menor. ¡Jamás en tierras enemigas! Pero no. Su hijo lo desoyó para tomar la peor elección, Cataluña, motivado por ese estúpido máster de Nanociencia y Nanotecnología.

Los hermanos de Matías eran mayores y tampoco se preocuparon por él, porque bastante tenían con sus problemas.

Y si buscamos a la figura de la madre, el contrapeso ideal para equilibrar la balanza, ella murió de un cáncer terrible cuando él era todavía un adolescente. Su madrastra, quien se incorporó a la familia para mitigar la soledad del padre, resultó ser la más intolerante. Criticaba al joven Matías por fugarse a las tierras bárbaras del norte, donde se hablan idiomas ininteligibles, con la maligna intención de destruir la unidad del país. ¡Y encima se había prometido con una independentista!

El padre y su nueva esposa, convencidos de que Matías se había vuelto loco por causa de la manipulación catalanista, decidieron cortar las relaciones con él.

El joven ingeniero se vio obligado a renunciar a su familia más cercana.

Solo le quedaba Gisela, su prometida.

La conoció por casualidad en el césped del campus de la Autónoma de Barcelona, mientras reía y charlaba relajada, exhibiendo con desenvoltura sus abundantes rastas. Un rayo fulminó los circuitos del pobre Matías ante aquella aparición. Su corazón palpitaba, salvaje y descontrolado.

Por primera vez en su vida, se le detuvo el pensamiento.

Recuperado del shock, se decidió a conquistarla. Urdió un plan y lo llevó a cabo a la perfección: conversaciones filosóficas, cafés, películas de autor, cervezas, más conversaciones, obras de teatro absurdas, reuniones asociativas para cambiar el mundo, partidos de fútbol, lecturas de poemas, cervezas, aún más conversaciones, y ramos de flores. Utilizó todos los medios a su alcance; sin éxito, lamentablemente.

Hasta que, un largo año después y tras las negativas de la joven a traspasar el linde de la amistad, se le presentó con el pecho descubierto:

—Gisela, ¡por ti hablaré catalán, y danés... y hasta suajili. Si hace falta, me dejo crecer el pelo, sin lavarlo durante años. ¡Y si es absolutamente necesario, renunciaré al Real Madrid para hacerme socio del Barça de por vida! Pero te lo suplico, no niegues más este amor. No deshojes más margaritas. Toma este cuerpo y esta alma que te pertenecen. Aprópiate de lo que es tuyo y para siempre lo será. Escucha tu corazón. Y si realmente no me quieres, olvida que encontraste a tu alma gemela, y jamás volverás a saber de mí.

Ella dudó, insegura. Se había acostumbrado demasiado a su presencia. ¿Cómo iba a olvidarlo? El ultimátum del joven la descolocó. No sabía qué contestar.

Matías aprovechó para besarla apasionadamente. El corazón de Gisela se rindió, y desde ese momento estuvieron juntos. Después de un año y medio, se fueron a vivir a un estudio en Barcelona.

Matías valoraba la inteligencia y el carácter de Gisela, que no daba nada por establecido, y que lo ponía en aprietos con sus interrogaciones metafísicas. Y ya que nos hemos inmiscuido en su intimidad, por qué no mencionar una particularidad que ocurría cuando discutían. Gisela lo detenía con un gesto, lo miraba a los ojos con sensualidad y le susurraba al oído: «Cállate y hazme tuya». Aquello siempre resultaba efectivo, porque dispersaba el fuego del intelecto hacia otras partes del cuerpo, levantando el ardor animal de Matías, corazón subyugado, que se abalanzaba sobre ella para satisfacer su orden imperiosa. Y como a menudo discutían, a menudo ocurrían este tipo de cosas.

Matías lo hubiese dado todo por su prometida, sin dudarlo, y daba por sentado que viviría con ella hasta el fin de sus días.

Pero su transformación física lo había cambiado todo.

Los meses pasaban y Gisela se distanciaba. Ya casi no hacían el amor, y las discusiones brillaban por su ausencia.

El joven no lograba comprender por qué su novia no aceptaba la nueva situación. Después de insoportables momentos de duda, de angustia y de intentos frustrados, abordó el problema con desesperación:

—Soy el mismo. Solo cambió mi apariencia. ¿Cómo puedes dejar de amarme?

—No es eso. Hace tiempo que nuestra relación no funciona y...

—¡Gisela! ¡Para! ¡Soy yo, Matías! No tienes por qué mentirme. Dime la verdad por favor, ¡sea lo que sea!, pero la verdad. Y si deseas que me vaya, me iré sin crearte ningún problema, te lo prometo. Pero necesito la verdad, ahora.

Gisela miró hacia el suelo.

Sin levantar la mirada, se puso a llorar. Entre sollozos, le dijo que ya no lo amaba.

Matías se partió en mil pedazos, como un tronco hueco contra un alud de rocas.

Luchando por mantener la templanza, afrontó la catástrofe y siguió preguntándole.

Quizás no tuviera otra oportunidad. Quizás fuera su último momento juntos. Tenía que llegar al fondo de la cuestión.

No había duda, ella ya no lo deseaba. El nuevo cuerpo, su olor, y la manera de caminar, los gestos y los sonidos que hacía al comer... Aquel no era el Matías de quien se había enamorado.

El joven se quedó en silencio. Paralizado. Sin saber qué hacer ni qué decir. Y explotó: pateó la mesa, tiró las lámparas, destrozó platos, estrelló los vasos, y arrojó varias estanterías al suelo.

Le recriminó que ella era tan superficial como los demás, cegados por la vanidad y los prejuicios. Le echó en cara sus sacrificios por ella. ¿Y de qué le servía haber estudiado Filosofía y citar a Kierkegaard en danés, si luego no era capaz de superar lo físico para abrazar el verdadero amor? Todas las veces que se habían jurado lealtad eterna... ¡Cómo era posible que ese gran amor se disipase por un maldito cambio orgánico!

Gisela se tapaba la cara, desconsolada.

Las palabras del joven le dolían. Pero también, y en el fondo, le dolía su propia actitud. Hubiese dado cualquier cosa por aceptar al nuevo Matías. Por desearlo, incluso. Pero no le era posible. Rechazaba su nueva fisonomía. El nuevo cuerpo le repugnaba. Era instintivo. No podía ignorar más esa irrefutable realidad.

Él seguía con los insultos, lanzándole un torrente de acusaciones afiladas.

Hasta que comprendió la verdad.

Consciente de la pérdida, el joven ingeniero huyó derrotado, sin rumbo, mientras sangraba por dentro.

2. París

Primera grabación.

He realizado... Sí, aquí están las notas. Décima consulta.

Empiezo.

> Paciente: señor Matías Fernández. Hombre de unos cincuenta años, de origen español. Sin diagnóstico específico, todavía.
>
> Desde la primera visita, el paciente ha asegurado con insistencia que su cuerpo cambió al cumplir veintiocho años. Unos días después del aniversario, me parece que dijo. Desde entonces conserva el aspecto de un quincuagenario. El punto clave es que no ha sido capaz de aceptar esa nueva..., digamos, apariencia física.
>
> La transformación no ha conllevado alteraciones fundamentales en su personalidad. Se trataría de la misma persona en un cuerpo distinto.
>
> Las pruebas clínicas no aportan datos significativos: el análisis de sangre es correcto. No se aprecian lesiones cerebrales en las radiografías, y el electroencefalograma tampoco muestra anomalías. Los resultados se sitúan dentro de los parámetros normales.
>
> Esquizofrenia descartada por no haber predisposición gené-

tica de parientes cercanos. No ha aludido a alucinaciones de ningún tipo. No hay trastornos del lenguaje, ni tampoco de la atención.

No es un trastorno bipolar, porque no hay precedentes familiares y no expresa alteraciones de ánimo extremas. Tampoco muestra signos anormales de euforia. No hay cambios bruscos en la dieta o en los patrones de sueño. Aparentemente, el paciente manifiesta una notable estabilidad mental.

Estaba casi segura de que se trataba de un caso de trastorno de identidad disociativo. Esta era mi aproximación. Pero he acabado por descartar este diagnóstico. Tras varios días de terapia, el paciente no ha presentado cambios de personalidad, ni variaciones de comportamiento significativas.

Sus nuevos hábitos más destacables son, según él... A ver... Aquí lo tengo: comenzar a fumar, indolencia frente al trabajo, mayor dificultad para concentrarse y ligeras modificaciones en su humor. Y otras secundarias que no vienen al caso. Con estos síntomas, bueno, en realidad no son suficientes como para diagnosticar un trastorno disociativo.

Intento averiguar si el paciente tiene un trastorno afectivo. O algún tipo de delirio. O paranoia. O confusión entre realidad e imaginación. O si simplemente me está tomando el pelo.

Esperaba establecer un diagnóstico definitivo tras la quinta visita, pero sigo sin estar segura de cuál es la enfermedad. Padece un trastorno depresivo medio, esto es evidente. Repite una y otra vez que se le trastocaron todos sus planes, de la noche a la mañana. Ese parece su mayor sufrimiento, y lo achaca a la supuesta metamorfosis.

No consigue salir de ahí. Se ha atascado en ese punto, y se empeña en la ilusión de recuperar su cuerpo anterior a toda costa. Ha repetido en varias ocasiones que eso lo resolvería todo, porque recuperaría lo que perdió. Si no fuera por su fijación en ese cambio físico inverosímil, habríamos avanzado mucho.

En el terreno sentimental, es evidente que no ha superado la ruptura con su compañera. No es un caso de abandono, puesto que fue él quien decidió marcharse.

En lugar de afrontar la separación, de integrar la pérdida y de continuar con su vida, el paciente se ha encerrado en la fatalidad del pasado.

No acepta la pérdida de su vida anterior: su compañera, sus amistades, su trabajo. Pero tampoco se esfuerza por recuperarlos. Se mantiene en una especie de espera, como en un limbo emocional.

En realidad, esta resistencia supone una huida de su propia responsabilidad con su entorno y consigo mismo. A través de una proyección fantasiosa, intenta huir del sufrimiento. No acepta la impermanencia, y ha puesto su evolución entera en *stand-by*, obstaculizando inconscientemente cualquier posibilidad de superación.

Por otro lado, si nos alejamos de ese encierro obsesivo, existe un punto de recuperación: el paciente responde positivamente a las conversaciones de carácter intelectual. Muestra interés, e incluso entusiasmo, sobre cualquier tema científico relacionado con nuestro mundo.

A veces se centra casi por completo en estos temas. Ha verbalizado el deseo de encontrar nuevos fármacos para tratar enfermedades como el cáncer.

Estos diálogos le aportan relajación y bienestar, y lo hacen enfocarse en un objetivo positivo. Esto podría ayudarlo. Sí. Aunque indirectamente, podría ser un resquicio para una mayor aceptación de sus circunstancias.

No sé distinguir si sus estudios de nanotecnología son reales, o también fruto de su imaginación. Ha mencionado en varias ocasiones sus experimentos con un acelerador de partículas en Barcelona. Alguna vez bromea diciendo que su metamorfosis sucedió por causa del acelerador. Y cita a los superhéroes como ejemplo, con la diferencia de que, en lugar de unos superpoderes, a él le cayó el sobrepeso y treinta años de más.

Por medio de la escucha activa, se está reafirmando en sus pretensiones científicas y en su propósito de encontrar nuevos fármacos.

Para acompañarlo en su recuperación, he introducido en nuestras conversaciones el concepto de cambio como factor esencial de la vida. Aprovechando que él expuso la teoría de Heisenberg, me apoyo en el científico alemán y en su principio de incertidumbre en la determinación de la posición de las partículas. No entendí exactamente sus explicaciones, pero eso no importa. La cuestión es que consiga trasladar su conocimiento científico a la vida cotidiana: no es posible determinar con antelación qué pasará, ni cómo sucederán los hechos. Desconocemos qué nos depara el futuro, aunque lo planifiquemos todo al más mínimo detalle.

La corriente de la vida nos arrastra por cauces inciertos. Y esto en sí no tiene por qué vivirse como un drama. Creo que empieza ya a comprenderlo, en la raíz de su psique.

Propuestas para que consiga relativizar su situación y su aferramiento al pasado:

Primero, incitarlo a centrarse en actividades prácticas, con objetivos tangibles a corto plazo.

Segundo, ayudarlo a aceptar los imprevistos y los cambios, como elementos indisociables de la vida. Este aspecto lo preveo a largo plazo, pero ya hemos empezado a establecer los fundamentos.

Me centraré en estos dos puntos, que deberían incidir positivamente en su estado.

Abriendo una puerta a la comprensión de la impermanencia, con tiempo y esfuerzo, logrará alejarse de su fijación mental en esa supuesta transformación inesperada.

Por hoy está bien.

Finalizada la primera grabación sobre el caso del señor Matías Fernández.

3. Rockville, Maryland

Querida Gisela:

Te escribo desde Rockville, una pequeña ciudad en el área metropolitana de Washington D. C. Aquí van estas palabras, de mi puño y letra, libres de resentimiento por el pasado y de expectación por el futuro.

Como sabes, me fui a vivir a Francia. No hubiese aguantado en Barcelona sin volverme loco. Y regresar a Madrid tampoco era opción. Escogí París para empezar mi nueva vida.

Necesitaba un lugar lejos de mi pasado. Un nuevo lugar para luchar y aceptar las condiciones impuestas por la transformación.

No había más remedio.

En París tuve suerte. Encontré una buena psicóloga. Después de gastar tiempo y mucho dinero en psiquiatras, cuya principal motivación era vender antidepresivos, apareció esta mujer. Cuando más lo necesitaba.

Funcionó bien. Me ofreció lo que más echaba en falta: esas conversaciones sobre todo y sobre nada que nos hacían volar por el universo. Seguro que más de una vez se preguntó si estábamos en su consulta o en una academia.

De cualquier modo, aprendí mucho. Me orientó para que relativizase mi caso. Me ayudó a contemplar otros puntos de vista, y a aceptar mi transformación como un hecho indisociable de la transitoriedad de la vida.

Gracias a sus observaciones, he aceptado el cambio como elemento fundamental de la existencia. ¡Si hasta he perdido el miedo a lo imprevisto!

Recuerdo los diálogos que teníamos tú y yo hasta el alba. Cómo los he echado de menos. Ni te lo imaginas. En mis reflexiones y contemplaciones, me respondía a mí mismo a todas esas preguntas sobre la existencia que tanto nos embargaban.

He sufrido mucho. Tuve que renunciar a una vida entera, a nuestra identidad conjunta, al proyecto que habíamos construido con tanto amor. Durante años me pregunté por qué a mí, qué había hecho yo para merecer tal castigo. No entendía por qué me tocó sufrir esa metamorfosis tan brutal.

Y no obtuve respuesta.

Gisela, tengo que reconocerlo, ha sido muy duro. No hay palabras suficientes en todos los idiomas de este mundo para describir lo duro que ha sido.

Por suerte, he dejado de sufrir por ello.

De verdad.

Con esto quiero liberarte de cualquier sentimiento de culpabilidad, si es que todavía te sientes así.

Al distanciarme de la perspectiva trágica, me di cuenta de que este cuerpo que poseemos es algo temporal, parecido a un disfraz. O a una casa, que envejece de manera inevitable. Nos acostumbramos a ella. La cuidamos, la renovamos, pero en cualquier momento tenemos que abandonarla.

Tardé mucho en aceptarlo, pero con ayuda de la psicóloga y de otras personas, la claridad llegó.

Recuperé mi pasión por la investigación científica. Eso me dio el coraje de continuar y de sobrellevar mi herida profunda. El hecho de tener algo por lo que vivir me dio fuerzas.

Así de sencillo.

Mi apego por la investigación me sirvió de tronco en medio del naufragio. Lo agarré con uñas y dientes, con la confianza ciega de que me guiaría a algún sitio. Y cuando peor estaba, llegué a una isla.

Me sentí inspirado y me especialicé en la aplicación farmacéutica de la nanotecnología.

Rehíce mi promesa de adolescente de darlo todo en la lucha contra el cáncer. Y persistí.

En el silencio de mi habitación parisina, imaginaba nanopartículas volando en el espacio, esperando a ser descubiertas y puestas en disposición para un futuro mejor. Y mi «nanomundo» —como tú lo llamabas— me ayudó a navegar allende del tremendo dolor y de la soledad.

Al final, después de tantos padecimientos, sucedió el milagro. Dejé atrás mi pasado y acabé por adaptar la mente a mi nueva forma física.

Estando mejor, me vine a Estados Unidos a visitar un amigo, y casi por casualidad me surgió un trabajo en Rockville.

Estoy en un laboratorio dedicado a la investigación contra el cáncer.

Hoy, desde la distancia, muchas cosas cobran sentido. En mi caso, nuestras interrogaciones existenciales han obtenido una respuesta. ¿Recuerdas esa justificación ontológica, que con tanta vehemencia buscábamos en nuestros diálogos infinitos? Pues yo la he encontrado: consiste en el deseo de hacer algo bueno y útil en esta vida. Es una motivación subjetiva, dirías tú.

Y lo es, estoy de acuerdo.

Desde mi limitada y minúscula posición en nuestra Tierra, soy consciente de mi insignificancia. ¿Qué podría hacer yo solo? Pero, en cambio, la pretensión que abrazo es universal, para abarcar a todos los seres.

Déjame contarte algo: en nuestro laboratorio de Rockville hemos probado un nuevo método en los pacientes de cáncer. Es más eficaz y menos tóxico, con efectos secundarios bastante menores. Utilizamos nanopartículas de oro coloidal para transportar y administrar los medicamentos a los pacientes. Las partículas van dirigidas directamente a los tumores cancerosos. De este modo, se minimizan los efectos negativos del fármaco en las células no cancerosas.

Todavía es pronto. No conocemos todas las consecuencias de su aplicación, pero las esperanzas son grandes y las expectativas se están cumpliendo con creces. Esto me hace muy feliz. Estoy viviendo un sueño que comienza a dar sus resultados.

Siento un infinito agradecimiento por las personas que me han ayudado. Y también por esa voz interior, que me empujaba a no rendirme, a perseverar en los momentos en los que la fuerza del dolor me abatía.

Esto es lo que me ha pasado durante los últimos años, así, de forma muy resumida. Espero haberte respondido, aunque sea un poco, a tu pregunta de tu último correo electrónico.

Me alegro de que hayas tenido una hijita. ¡Es preciosa! En el paquete, junto con esta carta, encontrarás un regalo para ella.

Yo, por mi lado, he ido adaptándome, como te puedes imaginar. Ahora tengo pareja estable. Nos queremos, pero no tenemos idea de casarnos, de momento.

El mundo sigue girando.

Mi cuerpo continúa envejeciendo. Aparento unos sesenta años. Y me he acostumbrado, por raro que parezca. Lo que comenzó siendo una desgracia, se ha vuelto causa de aceptación y apreciación.

No hay nada que no varíe de un instante a otro. Es una de las pocas verdades que se me han grabado en la vida. Los trabajos se acaban, la familia nos da la espalda cuando no cumplimos con sus expectativas, los amigos se vuelven enemigos, el cuerpo envejece, los amantes se separan…

Todas las cosas son cambiantes en su naturaleza profunda.

Antes creía saberlo, al menos intelectualmente, como el ingeniero que soy y el científico al que aspiro. Pero en el fondo, lo desconocía por completo. Hasta que llegó la transformación y lo experimenté en mis propias carnes.

Nada permanece ni un instante. Esto es indiscutible. Por eso cada partícula de energía indeterminada es tan fugaz y preciosa.

Sigo sin saber quién soy. Un conjunto inestable de nanopartículas transitorias, obsesionado por encontrar y producir pequeñas cosas buenas para la humanidad.

Matías.

V

LA MÁQUINA DE LA FELICIDAD

Lo odio, no puedo evitarlo. Y no intentes justificar lo que hizo, porque no tiene perdón.

Lo he seguido durante años, cuando era un desconocido y nadie hablaba de él. Me leí todos sus artículos de investigación. Adoraba cada uno de sus inventos.

Lo he ayudado en lo que he podido, sin pedirle jamás ni un yen. Lo apoyé incondicionalmente.

Me había convertido en su discípulo más leal.

¿Por qué tuvo que cometer aquella estupidez?

En una madrugada de invierno, pronto aún para el amanecer, el profesor Matsumoto se levantó de la cama. Se calzó sus pantuflas, se vistió con su bata y salió de la habitación. Avanzó por el corto pasillo, descendió por las escaleras de madera y entró en su despacho. Asió un lápiz y empezó a dibujar en su cuaderno con fluidez.

—¿Por qué te levantaste tan temprano? —le preguntó su mujer desde la puerta, unos minutos más tarde.

Al no recibir respuesta, se dio la vuelta. Subió las escaleras, medio adormecida, volvió al dormitorio y se metió en la cama. Al cabo de pocas horas, sus párpados se entreabrieron al nuevo día. El profesor estaba a su lado, roncando. Se levantó con sigilo. Se vistió y salió de la habitación. Bajó las escaleras, sacó la basura, recogió la prensa del buzón y se fue a la cocina.

Estaba preparando el desayuno, cuando su marido llegó bostezando.

—El diario está sobre la mesa. Puedes sentarte. Ahora te traigo la sopa y el arroz. ¿Estás preparando un proyecto para la Universidad? —preguntó ella.

—No.

Mientras tomaba el desayuno, el profesor iba ojeando su periódico. Pese a no mostrar novedades destacables, se enfrascó en las noticias del mundo.

—¿Y por qué te levantaste hoy tan temprano? —preguntó la mujer, curiosa aún por la conducta inusual de su marido.

> No puedo dejar las cosas así, sin solución. Me embarga un deber moral.
>
> Aproveché nuestro vínculo y le dije que estaba escribiendo un libro sobre los más insignes científicos japoneses, con un capítulo dedicado a él.
>
> Sí, ya sé que no está bien. No está bien mentir, de acuerdo, pero créeme: no había otra manera. Necesitaba establecer un contacto de confianza con él.
>
> Me costó mucho convencerlo para que saliese en «mi libro», ¡vaya que si me costó! Los japoneses son muy desconfiados con los que no son autóctonos. Pero al final lo logré.
>
> Me recibió en su casa. Fue reservado, hasta tímido, y me presentó a la señora Matsumoto al final de nuestra reunión.

El profesor levantó la vista y la miró extrañado: no recordaba haberse despertado en toda la noche. La pregunta no venía a cuento. ¿Le estaba gastando una broma? Él detestaba las bromas y los actos fuera de lógica, y su mujer lo sabía por experiencia. «Será un capricho comunicativo», pensó él, y sin más dilación volvió a su diario. Pero al verla de soslayo, todavía inmóvil, se sintió confundido.

Cerró el periódico, se levantó y se fue hasta su mesa de trabajo.

Allí estaba su cuaderno, abierto, con unos dibujos nuevos muy detallados. El profesor —experto en analizar, idear y construir todo tipo de artilugios— comprendió que no se trataba de un diseño ordinario. Encajó el cuaderno en su maletín, se arregló apresuradamente y se dirigió a la Facultad de Ingeniería de Tokio.

Después de dar su clase, se enclaustró en su despacho de la Universidad.

Los nuevos planos le transmitían una realidad inesperada. Cuanto más los examinaba, más le apasionaba su extraña invención. ¿Cómo se le habría ocurrido? ¿Para qué serviría? No imaginaba qué utilidad podría tener, pero no iba a perder el tiempo en conjeturas. Desde ese mismo instante, se organizó para construir la máquina que había diseñado en su estado sonámbulo.

En pocos días, reunió todas las piezas en su garaje y comenzó a fabricarla. Dedicado en cuerpo y alma a su proyecto, se olvidó de desayunos, de bastantes cenas y hasta de algunas clases en la Universidad. Su mujer, preocupada por su salud, le insistía en que durmiese y comiese más. Pero él hizo caso omiso. Obsesionado, siguió tenaz con el proceso de fabricación.

> En mi segunda visita, unas semanas más tarde, me enseñó su garaje, como yo esperaba. ¡Qué artilugios tan extraordinarios! Cada uno de ellos era una muestra de genio y capacidad técnica. Delante de mí, brillaban los prototipos de creaciones que facilitaban la vida cotidiana de millones de personas.
>
> Y la máquina, que allí estaba, también.
>
> ¡Qué suerte la mía!
>
> Me sentí tan feliz.

Después de siete semanas de arduo trabajo, la máquina resplandecía ante él. No iba a esperar ni un segundo más. La enchufó, se colocó los electrodos en el cuerpo y se sentó en el sillón. Abrumado por la expectación, pulsó el botón de inicio.

Apenas sin respirar, esperó los tres minutos que duró el programa.

La máquina se detuvo. El proceso había finalizado.

El profesor no notaba ninguna diferencia. Su condición física y mental seguía igual que antes, y alrededor tampoco parecía haber cambios.

Esperó más de una hora, pero no sucedió nada remarcable. Irritado por la falta de resultados, subió por las escaleras y se metió en la cama. Su mujer, todavía despierta, evitó preguntarle nada.

A la mañana siguiente, el profesor se despertaba relajado. Se calzó sus pantuflas, se puso la bata y bajó las escaleras silbando. Entró en la cocina y saludó a su esposa.

Tomó el diario y se sentó a degustar su desayuno.

—¿Has innovado en la receta? —preguntó él.

—No, no. Lo he hecho como siempre.

—Es excelente. Felicidades.

Hacía mucho tiempo que su marido no le dedicaba ningún cumplido. Años, seguramente.

El profesor terminó de comer y subió las escaleras con energía. Escogió una indumentaria de etiqueta, que solo usaba en celebraciones especiales. Bajó las escaleras, se despidió de su esposa con un beso en la mejilla —gesto totalmente insólito en él—, y salió de casa, sonriendo.

La señora Matsumoto lo observaba desde la ventana, perpleja.

El profesor descartó el metro y se fue a pie. Mientras caminaba, las calles se le aparecían diáfanas. Y nuevas. Extraordinariamente nuevas. A diferencia de la mayoría de los mortales, el profesor vivía inmerso en su burbuja de teorías y planteamientos técnicos. Donde otros disfrutamos de flores hermosas, de vehículos espectaculares, o de atractivas tiendas de ropa, él percibía partículas en movimiento, procesos químicos y combinaciones matemáticas. Raramente disfrutaba de su entorno sin analizarlo. Pero ese día, ¡qué maravilloso se le ofrecía el mundo!

Hasta el edificio de la Universidad había cambiado, vibrando de energía positiva. Su estructura física era un prodigio arquitectónico. Sus arcos de piedra acogían a miles de estudiantes inspirados, ardientes por un futuro mejor.

—Buenos días, profesor Matsumoto —lo detuvo un funcionario, frente a la conserjería de la Facultad—. No lo hemos visto últimamente por aquí. ¿Se encuentra usted bien?

—Buenos días. Sí, sí. No he estado enfermo. Me tomé unos días para desarrollar un proyecto científico.

—¡Ah! Celebramos que su salud esté bien. Bienvenido.

El profesor sabía que su salud le importaba un comino al ujier, y que solo pretendía sonsacarle algún chisme personal, lo que fuera, para ir a cotillearlo luego a sus camaradas. «Estos subalternos... solo saben intrigar sobre cualquier cosa», pensó él.

Mientras tanto, la señora Matsumoto seguía confundida por el nuevo comportamiento de su marido. Al entrar al garaje para buscar unos utensilios, detectó la máquina, recién acabada. ¿Para qué serviría? Pese a sentir una enorme curiosidad, acuciada por el secretismo de su marido, fue respetuosa y no tocó nada.

En la pausa del almuerzo, el profesor eligió un cuenco de ramen, unas verduras cocidas y un té, y anduvo hasta la mesa reservada para los docentes. Sin sentarse, invitó a sus colegas a disfrutar de los jardines nevados. Ellos, sorprendidos, declinaron su propuesta. En pleno invierno... ¡menuda osadía climatológica! Pero un joven lector extranjero, admirador del profesor, se animó. Juntos almorzaron al aire libre, dialogando con entusiasmo y erudición.

> Con la excusa de ampliar la información para mi supuesto libro, logré que los Matsumoto me siguieran recibiendo en su casa.
>
> Iba ganando terreno, palmo a palmo.
>
> Les ayudé casi a diario, con los clientes que venían a su garaje.
>
> Sin embargo, no encontré los planos de la máquina. Los debía esconder en algún escondrijo.
>
> ¿Cómo me dices eso? ¡Eh, que yo no rebusqué nada! Examiné unas estanterías y algunos cajones, simplemente, por si los guardaba en algún sitio visible. Solo eso. ¡No soy un vulgar ladrón!

Después de su última clase, el profesor eligió regresar caminando a casa.

La luz descendía tenuemente sobre los tejados, bañando los edificios en amarillo rojizo. Los humanos se movían a ritmo rápido, y los árboles se preparaban para la llegada de la noche, mientras los pájaros retomaban sus trinos.

La canción del atardecer sonaba entre las calles de Tokio.

A unos metros de su hogar, la señora Matsumoto salía con un cesto en la mano. El profesor aceleró el paso y la asió del brazo.

—¡Ay, me has asustado!

—Voy contigo. Hace mucho que no vamos de compras.

Ella protestó. Después de tantos años, se había acostumbrado a comprar sola. Pero tuvo que desistir, subyugada por la firmeza de su marido.

La señora Matsumoto se interrogaba sobre esa extraña conducta. Él, hombre de costumbres estrictas, no había cambiado un ápice en décadas, ¡si hasta usaba la misma colonia que de joven!

Su preocupación se incrementó en el supermercado: su marido echaba productos en el cesto, espontáneamente, y descartaba otros sin razón aparente. Y encima le sonreía, cuando ella se lo reprochaba contrariada.

—Te invito a un té en un sitio nuevo.

La señora Matsumoto no sabía qué decir. ¿Su marido, proponiéndole un sitio nuevo?

Estaba petrificada.

En pocos minutos, se vio arrastrada hasta la nueva cafetería del barrio, cuyas especialidades eran tan alabadas por los vecinos. Él escogió los tés y muchos dulces.

Mientras esperaban su pedido, agarró la mano de su mujer y comenzó a contarle entusiasmado su paseo, el picnic entre la nieve, las tonalidades magníficas del atardecer, tan bello como en las pinturas de Hiroshigue...

—¿Tienes una amante?

—¿Perdón?

—Es eso. Has encontrado a otra mujer. Una joven aficionada al Arte —continuó ella, sin apartar la mirada, con sus manos temblando bajo la mesa.

—No, por supuesto que no. ¿Cómo se te ocurre decir esa tontería?

—Entonces, ¿estás tomando drogas, esas con las que trafican tus alumnos?

—¡No seas ridícula! ¿A qué vienen estas preguntas sin sentido?

Ella respiró hondo. Conocía a su marido y sabía que no le mentía. Nunca había sido capaz de engañarla; ni siquiera en nimiedades. Pero, aun siendo él sincero, aquello no tenía sentido.

A menos que...

—¡Ah, ya entiendo! —expresó ella, aliviada—. Es la máquina nueva. La has vendido a una multinacional. Por eso estás eufórico.

—No estoy eufórico. Estoy normal. Y no se la he vendido a nadie. Ni siquiera estoy seguro de que funcione.

La mujer no supo qué más decir. Tenía una mentalidad pragmática, y sabía que una transformación tan radical en el comportamiento no podía provenir del azar.

Le explicó por qué estaba tan inquieta: de la noche a la mañana, él se había vuelto más atento, cuidaba su apariencia, poseía una vitalidad asombrosa y la acompañó a comprar. Tomaban dulces y té, en una nueva cafetería, ¡e incluso mencionó a Hiroshigue! Él, quien aborrecía cualquier expresión artística. Aquellas manifestaciones salían totalmente fuera de lo habitual.

El profesor se puso a reflexionar. Su estado de ánimo durante el día había sido jovial, sin motivo concreto, y había actuado espontáneamente, relajado, sin análisis ni esfuerzos mentales. Su mujer tenía razón. Su nuevo comportamiento no se correspondía con su personalidad. Algo no cuadraba con los patrones habituales.

Los clientes entraban, tomaban sus consumiciones y salían, ocupados en sus pensamientos.

—¡Lo tengo! ¡Es la máquina, esta es la causa! —concluyó, tras un examen sistemático de su actividad durante las últimas horas.

El profesor le confesó que la había probado, la noche anterior. Pese a no sentir ningún efecto, de algún modo había operado una modificación sutil en sus parámetros neurológicos, con la aparición consecuente del estado de felicidad.

Su mujer lo escuchaba. Tenía sentido. De hecho, era la única opción plausible. Intrigada por los efectos de la máquina, deseó probarla también.

Al llegar a casa, el profesor dejó el cesto en el suelo. Tomó la mano de su mujer y la guio hasta el garaje. Allí, inició una disertación sobre los riesgos de experimentar con un artefacto desconocido, cuyos efectos no alcanzaba a prever. No había motivos para atemorizarse, pero tampoco había que descuidar las posibles consecuencias a largo plazo que...

—Está bien, querido. Asumo la responsabilidad —le interrumpió ella, sentada ya en el sillón de la máquina.

El profesor cedió ante la valentía de su esposa. La ayudó a colocarse los electrodos. Realizó los preparativos necesarios y, finalmente, comprobó que cada elemento estuviera en su lugar.

Pulsó el botón de arranque.

El programa terminó, al cabo de unos minutos.

—¿Qué ha pasado? No siento nada. Tu máquina no funciona. ¿Por qué no me siento distinta?

—Es normal. Dale un poco de tiempo.

Ella le reprochó que no la hubiera informado bien. Él asintió, comprensivo, y le dijo que tuviera paciencia.

Cenaron en silencio y se fueron a dormir.

> No me acuses de ladrón a la ligera y déjame que continúe, por favor.
>
> A pesar de mi búsqueda, los planos no aparecían por ningún sitio. Además, el profesor se había vuelto intratable. Tuve que desistir por un tiempo.

Unas semanas después de la horrible catástrofe, ese acto innombrable, me volvió a invitar a su casa.

Como no me contaba nada, decidí pasar al plan B: después de una hora de tertulia, aprovechando que su mujer se había ido a cuidar a los nietos, lo invité a un restaurante. Él accedió.

Tuve que ser muy cauto, como te puedes imaginar.

Era la ocasión perfecta para conseguir lo que yo realmente quería.

Los primeros rayos de sol asomaban por la ventana.

Como de costumbre, la señora Matsumoto se levantó antes que su marido. Se puso su bata. Bajó las escaleras de madera. Sacó la basura y recogió el diario del buzón. Se fue hasta la cocina para preparar el desayuno, combinando varios ingredientes de manera innovadora.

Mientras ella tarareaba una canción de su infancia, el profesor llegó.

—¡Vaya! Parece que la máquina funciona.

Sonrojada por la observación, le dijo que nada tenía que ver.

El profesor preparó la mesa, y ambos gozaron de su compañía mutua, conversando y compartiendo momentos de felicidad.

—Esta máquina es especial —introdujo él, seriamente—. Todavía es pronto para establecer una conclusión, pero creo que he fabricado un aparato único, capaz de generar estados de satisfacción profunda en los seres humanos.

—Una máquina de la felicidad. A eso te refieres.

—¡Por favor! No la llames de ese modo. La felicidad es algo demasiado impreciso para poder ser definido, una mezcla inestable de sensaciones, procesos psíquico-químicos y patrones neuronales complejos. Es un concepto muy difícil de delimitar. Científicamente, ni siquiera estoy seguro de poder afirmar que exista.

—Yo tampoco oso definir qué es la felicidad. Pero de lo que sí estoy segura, es que me siento más feliz que nunca.

La conversación sobre la máquina se alargó. Si funcionase correctamente y los efectos fuesen duraderos, supondría un gran descubrimiento para la humanidad.

Por fin, el profesor obtendría el reconocimiento que merecía. Pero prefirió ser precavido. Antes de exponerla al público, era necesario realizar numerosas pruebas.

Desde las ventanas entraba una luz intensa y clara, inundando de esperanza el hogar de los Matsumoto.

Esa mañana, el diario se quedó sin abrir.

> Durante la cena en el restaurante lo incité a beber.
>
> Sí, ya sé que no es lo correcto.
>
> ¡Para! No hace falta que me des lecciones de moral. Ya sé lo que es correcto y lo que no. En este caso, el fin justificaba los medios. Antes de juzgarme, déjame seguir.
>
> Pues eso, después de varias copas, me atreví a preguntárselo: dónde diablos guardaba los planos de la máquina.

Varias personas pasaron por su garaje: su hijo y su nuera, parientes cercanos, amigos, el lector extranjero y hasta un colega profesor de la Facultad. Al principio salieron decepcionadas, después de probar la máquina. Pero al cabo de unas horas, o al día siguiente como muy tarde, notaron alteraciones notables en sus estados de ánimo.

Las noticias volaron.

Pronto recibían decenas de peticiones para probar la máquina.

El interés por ella fue en aumento, y en la Universidad se volvió un tópico recurrente.

—Estimado profesor Matsumoto, como bien sabe, gracias a nuestros equipos de investigación, contamos con numerosas patentes de alcance internacional. Somos sin duda un referente de primer orden y una de las más insignes facultades de Ingeniería en el mundo —presentó formalmente el decano, que lo había llamado a su despacho.

—En efecto, señor decano.

—Lo hemos apoyado en cada proyecto. Le hemos dedicado nuestros recursos y esfuerzos, cada vez que los ha necesitado.

El profesor asintió de nuevo, aunque la afirmación no fuera cien por cien verdadera.

—Por comentarios de un trabajador nuestro, he oído que ha fabricado un nuevo dispositivo, capaz de producir un considerable grado de bienestar en la mente de quien lo prueba. Infórmeme de ello.

Mientras el profesor le explicaba el proceso con humildad, el decano lo escuchaba. Se mantenía serio, con las manos cruzadas sobre la mesa.

—Entiendo, profesor. Podemos concluir, entonces, que la máquina potencia un elevado grado de satisfacción en el ser humano. Cubriría, por lo tanto, una necesidad psíquico-emocional básica. Perfecto. ¡Esto supone un descubrimiento capital en la historia de la tecnología! Estamos muy complacidos de que sea un trabajador nuestro quien la haya inventado. Es un honor para nuestra universidad. Vamos a integrar el proyecto en el Departamento de Tecnología. Tenemos estudiantes y colaboradores muy cualificados, que le facilitarán su tarea. Por otro lado, hay varias empresas que ya han manifestado su interés en financiarnos. No le escondo que esto supone una gran noticia, porque nuestra facultad urge de fondos. No se inquiete. Nos haremos cargo para que todo se conduzca exitosamente. ¡Ah! Y respecto a sus ausencias injustificadas en estas últimas semanas... Son faltas muy graves, de eso no hay duda. Pero no se preocupe. Las pasaré por alto. Espero su confirmación esta semana, hay que empezar lo antes posible.

Tras una reverencia, el profesor se retiró a su despacho.

No estaba contento con la nueva noticia. Su máquina pasaría a ser propiedad de la Universidad.

Él no quería perder el control sobre ella. Ni abandonarla en manos de otros. Pero si se negaba, se pondría en una posición muy delicada. No se toleraba bien que los inventores desarrollaran iniciativas a espaldas de sus centros de trabajo.

—Te aconsejo que no lo hagas —le dijo su mujer, durante la cena—. Tú la has fabricado, sin ayuda de nadie. No deberían quitártela. Ya les cediste muchas patentes, y no dudaron en apropiarse de tus méritos. Por favor, querido esposo, es tu proyecto. A tus superiores no les interesa la máquina. Lo sabes bien. La venderán al mejor postor y se olvidarán de ella. Además, necesitamos el dinero que obtenemos con su uso. Tenemos muchas deudas que pagar. Recuerda nuestros hijos y nietos.

Su mujer estaba en lo cierto. Había trabajado durante muchos años, sin descanso, permitiendo que la Facultad gestionara la mayoría de sus invenciones. Y apenas mencionaban su nombre, cuando se ganaban premios y alabanzas. Ni siquiera lo habían llamado para las entrevistas en los medios de comunicación.

Había sido demasiado condescendiente.

La máquina era creación suya.

No iba a dejarse menospreciar.

¡Nunca más!

Después de unos días de reflexión, tomó una decisión firme e irrevocable: nadie se apropiaría de su máquina. Y dicho y hecho, le comunicó su decisión al decano.

No resultó nada fácil. El profesor se vio obligado a soportar insistencias, fuertes presiones y hasta amenazas. Pero consiguió mantener su postura, con coraje y dignidad. Al final, sus superiores no tuvieron otra posibilidad que claudicar.

La fama del nuevo invento se extendió rápidamente. La gente llegaba desde todo Japón, ilusionados por la máquina milagrosa. Todavía en el garaje de su casa, la señora Matsumoto los recibía con té y amabilidad. El joven lector extranjero, su nuevo ayudante, se encargaba de recibir el dinero de los clientes y de guiarlos durante el programa.

Pasaron dos años y medio desde su fabricación.

Los clientes se multiplicaban, provenientes también de otros países. Los medios de comunicación se agolpaban en la puerta. La comunidad científica loaba su invento inigualable. El profesor obtenía el reconocimiento internacional que tanto había anhelado, y la fortuna brotaba generosa, proporcionándoles el bienestar que merecían.

Las mieles del éxito inundaban la casa de los Matsumoto, y las personas volvían a ser felices.

> Aun bebido, no respondió a mi pregunta. No quiso decirme dónde escondía los planos.
>
> En cambio, me dijo que la máquina no la había inventado él. Una noche se levantó y comenzó a dibujarla, sin tener consciencia de ello. La concibió mientras dormía, como si se la hubiesen dictado los astros...
>
> ¡Eso me dijo, el viejo loco!
>
> Seguí bebiendo con él, insistiéndole, pero cada vez me respondía lo mismo.
>
> Evitaba decirme dónde guardaba los malditos planos.
>
> No conseguí sacarle ni una pizca de información ¡al viejo testarudo!

Una mañana, mientras disfrutaba de su desayuno, el profesor descubrió una caricatura en el diario: «El Profesor Chiflado y su máquina de las cosquillas». La viñeta satírica se refería a él, por supuesto.

¿Quién se había atrevido a semejante afrenta? ¡La calumnia mortal no podía ser tolerada!

—Es solo un garabato sin importancia. Quien lo hizo es un inconsciente, seguro que no pretendía herirte. No te lo tomes como algo personal. Cálmate, querido —le dijo su esposa, tranquilizadora.

El diario lo leían millones de personas, ¡cómo iba a calmarse! Su nombre y su imagen habían sido mancillados, no existía perdón para tamaño ultraje.

¿Por qué contra él y su maravilloso invento?

La señora Matsumoto tuvo que emplear toda su energía para apaciguar el fuego que consumía a su marido. Gracias a una enorme dosis de amor y paciencia, consiguió que volviera a sus cabales.

—De acuerdo. Está bien. No emprenderé ninguna acción legal contra esa patética sabandija. ¡Pero lo que ha hecho es de muy mala fe!

Dejó el desayuno a medias y salió de casa, dando un portazo.

Después de varios minutos de marcha, envuelto por la gélida brisa matinal, comenzó a relativizar el asunto. Su mujer tenía razón, no hacía falta tomárselo como algo personal. Además, nadie pararía cuentas de una caricatura, finalmente, y quien la viera la olvidaría pronto.

No había que darle demasiada importancia.

En la conserjería de la Facultad, unos funcionarios en corrillo ocultaban sus risas con la mano. El profesor se les acercó, por curiosidad, pero el grupo se dispersó como un rayo. Un periódico cayó al suelo. Las páginas abiertas mostraban la maldita caricatura.

El profesor se encendió como una pira.

Avanzó hasta su despacho y, con la ferocidad de un oso herido, empezó a teclear un artículo en su computadora. En él criticaba con contundencia al autor de la caricatura. Lo tachaba de sabandija venenosa, de execrable desgracia para la humanidad, y subrayaba su falta de inteligencia por haber lanzado esos dardos nocivos contra él y su máquina. Además, como víctimas del escarnio integró también a la tecnología, a los científicos del pasado y al progreso en general.

Nada más terminado, envió su escrito a los medios más influyentes del país.

> Cuando le pregunté por qué lo hizo, me contestó que la humanidad no estaba preparada para utilizar su máquina.

Fíjate qué excusa más mezquina: que no estamos preparados para su máquina. ¡Ja!

Me enfadé con él, ¡me volví loco de furia!, y empecé a gritarle. Yo también había bebido mucho, eso seguro. Pero no importa. Le grité porque se lo merecía.

Hice lo que nadie se había atrevido a hacer: le dije la verdad a la cara.

Las reacciones a la diatriba del señor Matsumoto no se hicieron esperar. La gente consideró que no había motivo para tanta acritud por una simple caricatura, y se posicionaron a favor del dibujante. Esto ofendió profundamente al profesor, que difundió nuevos artículos llenos de odio. En su defensa, el dibujante publicó otra caricatura, agravando aún más la situación.

El profesor ignoró las advertencias de sus colegas, de sus amigos, y eludió a sus superiores cuando intentaron conversar con él. Incluso dejó de escuchar los consejos de su familia. Nadie lograba sacarlo de su obstinación. Con tal de defender su imagen, su vida se enzarzó en continuar una guerra personal absurda.

En su mente perturbada por la obsesión, no había espacio para nada más.

Carcomido en su orgullo, procuró la adhesión de personalidades del sector tecnológico; participó intensamente en las redes sociales, con la intención de aglutinar un grupo de presión; e incluso chantajeó a varios estudiantes para que se manifestaran contra el humorista.

El asunto se salió de sus quicios, y el profesor fue perdiendo cada uno de sus apoyos.

Los otros docentes lo evitaban en la Universidad.

Los estudiantes huían de él y de sus clases.

Los amigos inventaban cualquier excusa para darle largas.

Los medios lo ignoraron. Nadie quería contar con su presencia irada ni sus agrias proclamas.

Y los clientes que defendieron las cualidades de la máquina comenzaron a retractarse, espantados por la actitud radicalizada del inventor.

Hasta su hijo se apartó de él, decepcionado por su terquedad amenazante.

A excepción del lector extranjero, que se mantuvo a su lado, la gente se fue alejando de él como si fuera un apestado.

Confinado en su plan para derrotar a su adversario, el profesor se cegó en su cruzada por salvar su reputación.

Se sucedieron los meses, entre derrotas y amarguras.

Al no obtener lo que deseaba, cayó en depresión. Dejó de dar clases. Abandonó sus relaciones personales e ignoró a su familia. Tristemente, hizo del alcohol su único aliado.

El decano de la Facultad, todavía resentido por la negativa a entregarle la máquina, aprovechó la confesión de un alumno por intento de chantaje. Frente a la amenaza de ir a los tribunales, el profesor no tuvo otro remedio que presentar su dimisión.

—Utiliza la máquina otra vez, por favor. Te ayudará. Hemos perdido mucho, pero todavía puedes cambiar las cosas. La máquina te ayudará. La solución está delante de ti. Te lo suplico, querido, no destruyas todo lo que nos ha costado tanto construir —le imploraba, la señora Matsumoto.

> Le grité que era un idiota egocéntrico, que solo se preocupaba por sí mismo.
>
> Su obsesión lo malogró.
>
> Lo tenía todo: dinero, una familia ejemplar, la admiración de seguidores como yo, un trabajo perfecto, la fama y la notoriedad dentro de la comunidad científica internacional.
>
> Lo tenía todo en su mano, y lo tiró a la basura, sin más, sordo y ciego ante la evidencia de su terrible error.
>
> Solo por un despecho infantil.
>
> No pude parar. Le seguí recriminando su obcecación y su manera dramática de reaccionar frente una caricatura sin importancia.

El profesor no concebía que las cosas se hubieran torcido de esa manera en tan poco tiempo. Culpaba de su infortunio al caricaturista, a los clientes, a la Universidad, a la comunidad científica, a sus amigos y también a su familia, porque no le dieron el apoyo que merecía.

Incluso culpó a la máquina, por haberlo llevado a la miseria.

Se abandonó a su rol de víctima.

Aislado del mundo exterior, su voluntad se fue marchitando en su celda de incomprensión forzada. Se hundía por un capricho del destino, una caricatura malvada, el primer empujón que lo hizo rodar por el acantilado de la perdición.

Se me puso a llorar.

Imagínate la situación: un hombre de su estatus, llorando en medio del restaurante. ¡Qué vergüenza! Todos los clientes nos miraban.

Se quedó sollozando bajo los efectos del alcohol. Me repetía una y otra vez la misma historia: su vida estaba dedicada a los inventos, que construyó por el bien de los demás.

Y confesó haberse perdido por defender su honor, una representación deformada de sí mismo, sin atender a lo que importaba realmente.

Continuó llorando como un niño.

Lo que yo tuve que aguantar: tantos sacrificios, tantos almuerzos al aire libre en pleno invierno, tantos viajes interminables hasta su casa, mi trabajo por ellos sin cobrar... ¿Y el dinero que me gasté en los regalos? Por no hablar de mi paciencia. Muchísima paciencia para escuchar sus batallitas, créeme.

Y todo, para nada.

Sin obtener ni una miserable pista de dónde están los planos de la máquina.

Da igual. Lo hecho, hecho está. No hay vuelta atrás.

Después de la escena patética de llantos y confesiones, lo devolví a su casa como pude. Se lo entregué a su mujer, excusándome por su estado de embriaguez.

Aquella fue la última vez que lo vi.

Sucedió una tarde de invierno, tres años después de haber construido la prodigiosa máquina. La señora Matsumoto se había ido a cuidar de sus nietos. El profesor se había quedado solo.

Hundido en el sofá, observaba el movimiento del fuego en la chimenea mientras la nieve danzaba afuera.

La segunda botella de sake quedó vacía.

Mientras su tacita giraba entre los dedos, un pensamiento le atravesó la mente. La tacita cayó.

El profesor se levantó y caminó hasta su despacho, tambaleante. Agarró su cuaderno de planos. Volvió al salón. Mientras se apoyaba en la repisa de la chimenea, lo arrojó al fuego.

Las carcajadas se mezclaron con el crepitar del papel.

Se fue hasta el garaje.

Poseído por el rencor y la frustración, asió una herramienta de acero y con la ira de un demonio se abalanzó contra la máquina.

Días después de la muerte del profesor, llamé a la señora Matsumoto para darle mi pésame. Fui muy amable y atento con ella.

Pensaba que me diría dónde estaban los planos de la máquina, y que me daría algún artilugio del profesor, como compensación.

No me mires así. Les he ofrecido tantos esfuerzos y tiempo... ¡era lo mínimo que podía esperar! De veras que me lo merezco.

Pero ella tampoco me ayudó.

Se limitó a decirme que su marido continuaba vivo en esos prototipos. Que quería conservarlos todos... ¡menuda avara!

Y al final de la conversación, acabó por agradecerme mi influencia en él.

El profesor Matsumoto yacía desplomado en su garaje. Abatido frente a un montón de chatarra y fragmentos dispersos, no era más que un cuerpo abandonado a la devastación.

Su mirada, pálida y desorientada, se perdía en el espacio sin fin.

Sí, no pongas esa cara de sorpresa.

La señora Matsumoto me lo agradeció. De verdad. Estuvo media hora dándome las gracias y contándome lo sereno que se había vuelto el profesor.

Se ve que después de nuestra borrachera en el restaurante, cambió radicalmente. Se liberó de sus amarguras y resentimientos.

Se apartó de la bebida y dejó de lamentarse de su mala suerte. Nunca más se culpó por haber destruido la máquina. Incluso pidió perdón humildemente a quienes había herido con sus imprecaciones.

Libre de su complejo de ser reconocido y admirado, comprendió que fue él el único causante de su desgracia.

Le confesó a su esposa que lo esencial es la actitud con la que nos tomamos las... ¡Puaj! Nada, el consuelo de los perdedores.

Total, que se volcó en su relación con su mujer y su familia, y les dedicó todo su tiempo. Gracias a eso, me decía ella entre lágrimas, consiguieron pasar esos meses postreros en la más genuina y completa felicidad.

Sus palabras me desorientan, todavía hoy.

No fue mi intención salvar al profesor de sus propios fantasmas, sino conseguir los planos de la máquina.

Entiéndeme, mejor para ellos si fueron felices. Qué más puedo decir...

Nadie ha sabido reproducir la máquina. La solución está en los planos. ¡Imagina poder volver a utilizar esa maravillosa máquina! Obtendríamos la felicidad completa.

En esos planos se encuentra el secreto que nos salvaría de nuestra trágica infelicidad.

¡Claro que son importantes! Es lo más importante. Lo demás es secundario.

Quién sabe dónde estarán guardados ahora. Si los consiguiese, yo mismo podría reconstruir una nueva máquina.

No me rindo. Ya me conoces. Sigo buscando cualquier pista sobre el diseño original.

Los planos me esperan, escondidos en alguna parte. Siento su llamada desesperada.

Si la viuda no me aclara nada, seguiré insistiendo con el hijo. Seguro que él sabe algo.

VI

LA HUELGA DE SOMBRAS

1. Séptimo día de huelga: el asunto parece grave

Fijas la mirada en el documento sobre tu mesa, sin tener muy claro qué hacer con él. Lo tomas de nuevo entre tus manos, como sopesando la gravedad del asunto. Lo lees por tercera vez. Al terminar, lo vuelves a poner exactamente en el mismo lugar de donde lo tomaste. Observas el calendario: el primero de abril queda lejos, y hoy no parece ningún día especial para justificar bromas sin sentido. Te tienta llamar a tu secretario y poner el grito en el cielo, porque bastantes compromisos tienes como para perder el tiempo en estupideces. Pero te contienes. Estrujas el documento y lo arrojas con elegancia a la papelera situada a tus pies. Asunto concluido.

Suena tu móvil personal.

—Hola, hija mía... Ya te he dicho que hoy no podré ir de compras contigo... Sí, ya sé que te lo prometí, pero me han surgido varios temas y voy a acabar tardísimo... ¡Por supuesto que siempre hay temas! ¿Te olvidas de cuál es mi responsabilidad?... Ya sé que eres mi hija, mazapán mío. No lo olvido... No te enfades... Está bien, te prometo que haré un esfuerzo. Te llamo luego, ¿de acuerdo?... Sí, te lo prometo... De verdad... Descuida, te llamo luego... Un beso.

A veces te preguntas qué es más difícil: lidiar con los innumerables retos de tu cargo o con los caprichos de tu hija adolescente. La quieres con toda tu alma, pero qué pesada se pone a veces. Por otro lado, es cierto que hace mucho que no te tomas un respiro para pasar más tiempo con ella. Quizás las compras sean una excusa y, en realidad, necesita contarte algo importante. Su voz sonaba diferente. ¿Qué le pasará ahora? A su edad todo les parece tan definitivo. ¡Como si se fuera a acabar el mundo porque no consiga su último deseo! Si estuviese en tu lugar por un día, solo por un día, entendería tantas cosas... La vida no es fácil. Se necesita mucho esfuerzo para conseguir cualquier objetivo, y ella debería aprenderlo rápido.

Miras por la ventana, y te das cuenta de lo mucho que has tenido que sacrificar para llegar hasta aquí. Y eso no es nada. Si antes tenías que renunciar a decenas de cosas que te apetecían, ahora, ¡uf!, ni siquiera sabes si haces algo por ti. Pero no lo lamentas. Al país le urgía un cambio fundamental.

Decides salir de tu despacho e ir a tomar un café. Necesitas un descanso. En el camino te paras en la mesa de tu secretario, y le comentas:

—Hoy se nos coló una broma entre los documentos oficiales. ¿Quién habrá sido el graciosillo?

—¿Perdón? ¿Broma? —responde él, perplejo.

—¡Je, je! Está bien. No importa, tenía su gracia —le quitas hierro al asunto.

—Disculpe, no sé a qué broma se refiere.

—A ver, Robert, ¿no recuerdas un documento donde aparece una lista de peticiones un poco peculiares?

—Sí, lo recuerdo perfectamente.

—¿Y?

Tu secretario sigue mirándote confundido, como si no te entendiera. Qué raro. Robert es una persona inteligente, y suele captar rápido los mensajes.

—Robert, ¿tengo que enfadarme para que me entiendas? Reconoce que fuiste tú quien me hizo la broma. Y cerremos este asunto, que ya está durando demasiado —le ordenas, con tono autoritario.

—¡Oh, sí! Ahora lo entiendo. ¿Se cree que es una broma? El documento sobre las sombras. A ese se refiere, ¿verdad?

—A ese mismo, sí.

—Lo siento, pero no es una broma. Debo decirle que es auténtico. A mí también me sorprendió un poco, al principio. Pero he consultado la veracidad de la huelga con fuentes fidedignas y resulta que es cierta, tan cierta como los muros de este edificio.

—Está bien. ¿Dónde está la cámara oculta? ¿A quién se le ha ocurrido la idea?

—No sé cómo explicarlo, pero es un asunto serio. Hemos recibido un comunicado de nuestra embajada en la India: han muerto más de setecientas personas a consecuencia de la huelga. Incluso el presidente indio nos ha contactado para encontrar una solución urgente.

No sabes si reír o amenazar a tu secretario con despedirlo. El hecho es que actúa tan bien, que casi empiezas a dudar.

—De acuerdo. ¿Quién más forma parte de esta trama? —comentas, mientras paseas tu mirada alrededor. Las caras de tus colaboradores más cercanos mantienen el mismo grado de seriedad que el de tu secretario—. Susan, Karl, ¿vosotros también?

—Me temo que Robert no bromea. Estamos frente a un caso real —responde Karl, un viejo asesor, que lleva más de quince años trabajando contigo.

Te asombras de la respuesta. En su lugar de trabajo, Karl es el tipo más adusto que conoces. Jamás lo has visto reírse, ni siquiera de un chiste. No es el alma de la fiesta, evidentemente, pero lo valoras por su lealtad y su sentido del deber, porque nunca te ha fallado.

Si no se trata de una broma, entonces, ¿qué está sucediendo?

—Por favor, le pido que se lea el documento de nuevo. Debemos responder a sus peticiones antes de que acabe el día, si queremos detener la huelga y evitar así que el asunto empeore —recomienda tu secretario.

—Lo he leído tres veces, Robert, ¡tres veces! Y no tiene sentido. ¿A quién se le ocurre presentarse en nombre de unas supuestas sombras y redactar una lista de exigencias, con la amenaza de hacer una huelga y de desaparecer si no se cumple lo que piden? ¿Pero es que estamos perdiendo la cabeza o qué?

—Hemos detenido a las personas que nos enviaron el documento, como medida preventiva. Su explicación sobre los hechos coincide exactamente, en todos los casos. Son ciudadanos norteamericanos, de diferentes estados —te informa Susan.

—Perfecto. ¿Y qué han declarado?

—Pues han dicho lo mismo: recibieron unos mensajes a través

de unas sombras y los transcribieron, tal como se los dictaban. Nos contactaron directamente a través de nuestra página web general de la Casa Blanca. Así se lo pidieron las sombras —continúa Susan.

—¡Ah! Ya entiendo. Estamos ante una confabulación. ¿Y no serán, en realidad, espías rusos o árabes, que viven ilegalmente en nuestro país, por casualidad, recibiendo instrucciones de sus líderes escondidos en alguna caverna? —comentas en tono jocoso.

Tus colaboradores se miran entre sí, y se quedan en silencio. Esperas unos segundos, pero el silencio continúa. Diriges tu mirada al techo y cruzas los brazos, mostrando con el gesto que precisas de una respuesta rápida. Tu paciencia está llegando al límite.

—Al principio no le dimos importancia —interviene Karl—. Pero recibimos notificaciones de nuestra embajada en India, hace una semana, y hace cuatro días de otras también: de México, de Sri Lanka, y muchas más. Entonces empezamos a tomarnos el asunto seriamente. No hemos querido molestarte. Bueno, hasta ahora, porque no hay más remedio que aceptar las evidencias. Y las evidencias confirman que nos encontramos ante un caso real. Ya se cuentan más de tres mil muertos en el mundo desde que comenzó esta huelga, sobre todo, por causa de insolaciones y deshidratación.

—¿Cómo dices? ¿Más de tres mil muertos y no se me ha informado hasta ahora? —preguntas, con indignación y sorpresa.

—Es que, de hecho, ¿cómo podíamos saber que estábamos ante un caso real? Es todo tan absurdo —se defiende Robert.

—Sí, ¿quién podría creerse algo así? —se suma Susan.

—Totalmente absurdo —se adhiere Karl.

—A ver, un momento, dejadme pensar. ¿Hay ciudadanos norteamericanos, entre los fallecidos? —preguntas.

—No, por suerte no los hay. No nos consta ningún caso —responde Robert.

Decides sentarte en una silla, frente al escritorio de Karl, y reflexionas mientras miras al mármol brillante del suelo.

—¡No es cierto! Mirad, ahora mismo estoy viendo mi propia sombra, aquí en el suelo. ¡Ay, bribones! ¡Que casi me engañáis con vuestro teatro! —exclamas, feliz por haber descubierto su trama.

Los tres se vuelven a mirar.

—La huelga comenzó de manera selectiva, en algunos países antes que en otros. Desconocemos el propósito de este proceder, pero es así. Y ahora amenazan con iniciar su huelga en nuestro país si no acatamos sus peticiones. Esto tiene el potencial de volverse un asunto grave —comenta Karl.

—Sí, el asunto parece grave —concuerda Susan.

2. Tercer día de huelga: bromas y carcajadas

ROBERT.— Enséñamelo, ¡que me quiero reír otra vez!

KARL.— *(Imitando el acento hindú).* Espere, espere, señor, que me voy a fabricar un sombrero con el documento, para que me haga sombra y me proteja del sol.

SUSAN.— Chicos, por favor, no me hagáis reír a mí también. ¡Je, je!

ROBERT.— Atención, ¡que llega el indio con su magnífico sombrero! ¡Ja, ja! ¡Me duele todo de tanto reírme!

KARL.— No se ría del indio bueno, señor. Eso no es respetuoso.

O'BRIEN.— *(El jefe de Gabinete, entrando).* Señora y señores, un poquito de compostura, por favor.

SUSAN.— ¡Uy! ¡Señor O'Brien!

KARL.— Sí, señor O'Brien, guardemos la compostura. ¿Cómo está su familia? ¿Le gusta mi sombrero? ¿Qué le parece? Es un poco enano. A lo mejor debería tomar otros documentos y hacerme un sombrero más grande. ¡Luce un sol terrible, aquí en India!

O'BRIEN.— Por favor, señor indio, no debería usted correr riesgos. Tome los documentos que necesite para su sombrero. Si quiere, le puedo ofrecer muchos más. Tenemos tantos. ¡Y no se olvide de hacer sus sacrificios y sus ofrendas al dios Sol, para que no lo queme!

ROBERT.— ¡Ay, que me parto! ¡Ja, ja, ja! Yo quiero mi sombrero mexicano, compadre, que me cubra mejor del sol.

SUSAN.— Si es que sois como niños. ¡Je, je!

O'BRIEN.— ¡Alto! ¡Chist! ¡Silencio, seamos serios! Pasemos a enumerar la lista de peticiones de las sombras, por orden numérico, desde la primera hasta la décima. Aquí las tengo. Escuchen, por favor.

ROBERT.— No, no, ¡eso sí que no! ¡Voy a desternillarme de la risa!

O'BRIEN.— «Primera: No queremos ser consideradas como algo negativo nunca más. A partir de ahora, se corregirán las implicaciones y dobles sentidos del concepto "sombra", para significar algo bueno, útil y necesario. Las sombras dejarán de ser el lado negativo de la luz, para convertirse en su complementario de igual valor».

KARL.— ¡Vivan las sombras! ¡Tutututututuuuut! ¡Las sombras son buenas y necesarias para el desarrollo y el crecimiento de los niños! ¡Vivan las sombras con curri y patatas fritas!

ROBERT.— ¡Ja, ja, ja! ¡Ay, que me muero acá mismito de la risa!

O'BRIEN.— «Segunda: Se corregirá el simbolismo del concepto "sombra" en todos los campos del conocimiento y del arte, incluyendo a la psicología, con la nueva acepción expresada en el primer punto. Cualquier mención o representación artística que no respete este punto de hoy en adelante, será destruida sin remisión».

KARL.— Señor jefe de Gabinete del Estado por la Libertad, para leer este documento sensacional necesita su sombrero como protección. Ahora mismo se lo hago. Y usted, compadre mexicano, aquí tiene su sombrerito. Póngaselo, que hace un calor terrible.

ROBERT.— Sí, sí, deme, compadre, deme el sombrerito. Mire qué bien que se me ve. ¡Ay, ay, ay, ándale, ándale, arriba, arriba!

SUSAN.— ¡Je, je! Ya tenemos a los tres caballeros con sus tres sombreros.

O'BRIEN.— «Tercera: A partir de ahora, "en la sombra" no implicará "oculto", ni "conspirativo", ni ningún significado que evoque una acepción negativa. Por ejemplo, "el Gobierno en la sombra" significará que el Gobierno está descansando y reflexionando para tomar decisiones juiciosas».

KARL.— ¡Uy! Aquí entramos en un terreno muy pantanoso. ¡Siguiente, por favor!

O'BRIEN.— «Cuarta: Cuando alguien haga sombra a otro, será con el sentido de protegerlo; en ningún caso para menospreciarlo ni darle de menos».

ROBERT.— ¡Ay, esto sí que es bueno, compadre! ¡Háganle sombra al mexicanito para que esté protegido y pueda echar su siesta!

EL GENERAL.— *(El jefe del Estado Mayor del Ejército, entrando).* ¿Qué está pasando aquí?

SUSAN.— ¡Oh, señor jefe del Estado Mayor! Disculpe, estábamos comentando un documento, la lista de... Ya sabe, el documento de las sombras. No sé si le han informado, pero... ¿Tenía cita con la señora presidenta? Quiero decir, ¿por eso ha venido? Ella estará de viaje hasta el lunes próximo. No me habían comunicado ninguna cita.

KARL.— ¡General del Ejército más poderoso del planeta Tierra! Venga, únase a nosotros. Ahora le voy a hacer un sombrero para que se integre en la Alianza de los Países Libres de Sombras.

EL GENERAL.— ¿Un sombrero? Hum, déjame pensar... Quiero uno de copa alta, como el del presidente Lincoln. O quizás no, quizás algo más exótico. Sí, ya sé, ¡dame uno como el de Napoleón! Eso, como el del emperador Napoleón, que vaya a juego con mis medallas. ¡Y vayamos a la batalla! Estos países díscolos y subdesarrollados necesitan un buen correctivo.

ROBERT.— ¡Este es mi general! ¡Ja, ja, ja!

KARL.— Aquí tiene su sombrero de Napoleón, señor general. Con este ritual divino lo consagro con el título de emperador de los Países Libres de Sombras. ¡Viva el emperador!

ROBERT.— ¡Viva! ¡Arriba, arriba!

SUSAN.— ¡Je, je! Estáis todos locos.

EL GENERAL.— Escuchemos pues lo que tiene que decir nuestro querido soldado. ¡Adelante, soldado O'Brien!

O'BRIEN.— «Quinta: Aparte de las correcciones semánticas, también exigimos otros cambios, contenidos en este punto, y son los siguientes: se construirán grandes esculturas móviles que proyecten sus sombras en el suelo o en un muro construido para este uso específico. Se celebrarán además concursos anuales con premios a los mejores vídeos sobre sombras en movimiento».

ROBERT.— ¡Punto esencial! ¡No nos olvidemos del espíritu artístico de las sombras! En el muro que los yanquis malvados hicieron en la frontera de mi país, allá hay mucho espacio para ir metiendo esas esculturas. ¡Ándale, ándale!

SUSAN.— Mirad, yo sé hacer la sombra de un águila con las manos. ¡Mirad, mirad!

KARL.— ¡Señora Susan! Sin un sombrero, no está usted autorizada a hacer ese tipo de cosas. Solo quien lleva el sombrero de la Alianza está protegido contra la amenaza de las sombras.

SUSAN.— ¡Ay! No, por favor, no seas bruto. ¡Que me vas a deshacer el peinado!

KARL.— Genial. Ya tenemos todos nuestros sombreros.

EL GENERAL.— ¡Bravo! Ya estamos listos para invadir los países de las sombras. ¡Adelante con el bombardeo selectivo para limpiar el terreno de malas hierbas! Y después, ¡que la caballería arrase con todo!

ROBERT.— *(Imitando a un caballo)*. ¡Hiiiiiii! ¡Allá vamos, a la conquista de las sombras!

MIKE.— *(El director de Comunicaciones, entrando)*. ¿Se puede saber qué es este escándalo? ¡Se os oye desde la otra sala!

KARL.— Entre, señor. Entre, que ahora le pongo su sombrero.

MIKE.— ¡Oh! Mi sombrero. ¡Yo quiero uno como el del general!

EL GENERAL.— ¡Retire ahora mismo esa impertinencia! Solo hay un sombrero de emperador de los Países Libres de Sombras, y ese es el mío. Si continúa con su pretensión, ¡tendré que declararle la guerra!

MIKE.— ¡Sea pues! Voy a aumentar el presupuesto en Defensa y Desarrollo de las Convicciones Patrióticas, para hacerle frente con todos los recursos posibles.

KARL.— Permanezcamos unidos, señores. Nuestro enemigo real son las sombras, no batallemos entre nosotros. Aquí tiene su sombrero. Lo nombro director de Propaganda del Imperio sin Sombras. ¡Hala! Para que se quede usted tranquilo.

MIKE.— A ver, a ver qué tal me sienta. ¡Fantástico! Ha hecho usted un buen trabajo, realmente. Mis felicitaciones. Como nuevo director de Propaganda, ordeno que todos los medios de comunicación publiquen cosas buenas sobre mí y mis allegados.

O'BRIEN.— Sigamos... «Sexta: El teatro de sombras será patrocinado al menos en un ochenta y cinco por ciento por cada Gobierno respectivo. Como mínimo habrá una representación anual y gratuita de sombras, en un escenario público de las principales ciudades».

SUSAN.— ¡Oh, qué buena idea! A mis niños les encantaría, estoy segura.

MIKE.— Yo controlaré el contenido de esas representaciones. No podemos permitir que el arte caiga en manos de anarquistas, o comunistas, o de las sombras enemigas del Imperio de los Países Libres.

EL GENERAL.— Exactamente. El arte supervisado propagará las maravillas y los valores del imperio. Y si se desvía del contenido oficial, ¡le enviaremos la caballería!

ROBERT.— ¡Hiiiiiii! ¡Hiiiiiii!

KARL.— Ya he fabricado tres sombreros más. ¿Alguien más quiere unirse a la Alianza de los Países Libres de Sombras?

ROBERT.— Sí, sí, ¡arriba, arriba! ¡Todos son bienvenidos a unirse a la Alianza!

EL GENERAL.— Exactamente. Y el que no se una, ¡lo invadiremos!

O'BRIEN.— Las siguientes no aportan nada interesante. Saltemos a la última. «Décima: Los niños deberán asistir a talleres de sombras en la escuela. Se realizarán cada trimestre, de una duración total de veinticuatro horas como mínimo, para que se familiaricen con sus propias sombras y jueguen con ellas de forma creativa».

SUSAN.— ¿Lo veis? Ya os decía yo que les encantaría a los niños.

MIKE.— ¡Esto no se puede tolerar! ¿Cómo vamos a obligar a nuestros hijos, el futuro de nuestra patria, a jugar inconscientemente con algo tan peligroso y subversivo?

ROBERT.— ¡No, no! ¡Eso jamás! ¡Ay, ay, ay!

KARL.— Señores, no seamos tan negativos. Les enseñaremos a representar los símbolos de nuestro país. La estatua de la Libertad, por ejemplo. Pero empezaremos por algo más sencillo, como el águila americana. Susan, tú instruirás a los profesores sobre cómo hacerla, y ellos les enseñarán a los niños, para que hagan sombras de águilas perfectas y majestuosas.

SUSAN.— Sí, ¡por supuesto! Mirad, mirad qué águila americana más bonita.

MIKE.— Bueno, si es así, tendré que aceptarlo. Pero todo bajo mi supervisión, evidentemente. ¿Qué opina usted, general?

EL GENERAL.— ¿Yo? ¿Mi opinión? Hum, ¡invadamos el cuartel general de las sombras y acabemos con esta rebelión de una vez por todas!

ROBERT.— ¡Hiiiiiii! ¡Hiiiiiii!

3. Vigesimoprimer día de huelga: resolución

El Gobierno indio es quien más estragos ha sufrido en su país.

Es obvio que unos han quedado más afectados que otros, dependiendo de su clima y de los recursos materiales. Las negociaciones han sido duras, complejas y caóticas. Había demasiadas voces imponiendo sus puntos de vista. Nadie estaba dispuesto a dejarse avasallar por unas sombras, en apariencia tan insignificantes.

Ha sido un trabajo arduo contener los impulsos autoritarios de los otros mandatarios. Pero con tu experiencia y mano izquierda, lograste canalizar esas energías brutas hacia la aceptación de lo evidente: solo cabía un acuerdo global. No había vuelta de hoja. No era un problema puntual que afectase a una minoría, o a un grupo opositor. La huelga concernía a todo el mundo. Los gobernantes pudieron comprobarlo por sí mismos, porque hasta ellos habían perdido sus propias sombras.

A pesar de la disparidad de criterios de los representantes gubernamentales, conseguiste convencerlos de que aceptaran la mayoría de las peticiones de las sombras. En general, todos salieron de la reunión satisfechos del acuerdo. Recapacitaron a tiempo, y al final se ha logrado evitar más desastres.

Estás contenta con tu mediación, porque has sabido marcar el ritmo y darle prioridad al punto principal: la vida de las personas, que es lo que realmente importa.

—Señora presidenta, dentro de veinte minutos empieza la rueda de prensa.

—De acuerdo. Gracias, Robert.

Dónde guardaste los informes... Te vienen a la memoria las reacciones de algunos periodistas extranjeros, asombrados. ¿Cómo es posible que todavía haya gente sorprendida de que la presidenta de Estados Unidos sea una mujer, que sabe tomar decisiones y dialogar, y no un simple títere? Después de tres años como máxima dirigente de tu país, todavía tienes que convencer a propios y extraños de que se han iniciado los cambios prometidos, impulsando las mejoras necesarias. Casi puedes oír los comentarios burlescos y despectivos. Es triste, realmente. Y, por otro lado, sientes que tu labor está ayudando a abrir mentes y a demostrar que es posible ser mujer y dirigir al más alto nivel, con nuevos métodos y perspectivas, sin necesidad de renunciar a tu propia feminidad, ni a doblegarte ante los arcaicos patrones varoniles.

Recibes un mensaje de tu hija. ¡Qué vas a hacer con ella! Está muy enfadada, y la entiendes. Tiene todo el derecho de vivir su relación con libertad. No es justo que deba esconderse de los demás, ocultándose bajo unas gafas de sol y una capucha. Pero ella debería entenderlo.

Tú también estás sufriendo por la situación. Te duele su manera de responder. Al fin y al cabo, solo le pediste que espere un poco, que sea cautelosa, que no se muestre en público con su novia. Al menos hasta que pasen las elecciones del próximo año. Te encantaría ir con ella y su pareja a comprar, a pasear, al cine, a cualquier evento. Pero todavía no es posible. Hay mucho en juego. Karl ya te ha informado por extenso del peligro para tu reelección. Si se supiese que tu hija es lesbiana, eso afectaría de pleno tu candidatura. Incluso te ha enviado un informe: todavía hay una masa de votantes en varios estados, amplia e indecisa, que no acepta un concepto de familia diferente al que fue acostumbrada por tradición.

Es curioso. Karl, cuyas orgías secretas y estrafalarias distan tanto de la moral convencional, se preocupa por la reacción de los votantes más conservadores. Él habrá pasado por mil calvarios, seguro, y por eso te lo advierte con tanto énfasis.

¡Qué cansada estás de ese monstruo llamado «opinión pública», que solo busca chivos expiatorios para librarse de sus propias frustraciones! Debes tener mucho cuidado. Tus opositores utilizan cada detalle personal para manipular a los medios. Lo critican todo por sistema, y de un copo de nieve hacen un alud. Lo peor es que desde tu partido también entráis en ese juego sucio. En eso se está convirtiendo la política: en una batalla para influenciar a la temible opinión pública.

«La información sigue siendo poder. Sobre todo, cuando es manipulada». Qué razón tiene Karl. Si él supiera toda la información que dispones sobre su vida privada, gracias a los servicios secretos... Y, aun así, es uno de tus mejores asesores: leal, serio, astuto y fuerte como un buldócer. No serás tú quien lo critique por sus preferencias personales, ni quien lo acuse hipócritamente. Él también tiene derecho a vivir como...

—¡Felicidades! Lo conseguiste —aparece Karl.

—Lo conseguimos, Karl. Felicidades a todos —comentas.

—Has estado espléndida, de verdad.

—Vamos, Karl, que nos conocemos. No hace falta que me adules.

—No es adulación, es el reconocimiento por un buen trabajo.

Pero ¿estás bien? Creo que necesitas un descanso.

—Un descanso, qué más quisiera yo. ¡Vamos! Dentro de diez minutos tenemos que presentar el resultado de las negociaciones a la prensa. Examinemos los informes.

—Está bien. Pero después descansas, ¿me lo prometes?

Le sonríes. Te diriges con él a la sala de reuniones.

—Tiene que salir todo perfecto. No quiero ni un solo fallo en la presentación. No quiero darles alas a esos cuervos para que se ceben con nosotros —le pides a Karl.

—Todo saldrá bien, confía en mí. ¿Acaso no somos perfectamente perfectos?

Vuelves a sonreírle. ¿Se habrá enterado de que conoces el noventa por ciento de su vida privada? Analizáis los documentos con cuidado: los datos más importantes, y los detalles a resaltar o a evitar; y hacéis una simulación sobre las preguntas que podrían surgir.

—Llama a Susan. Y avisa también a O'Brien, que esté preparado, por si le necesito —le ordenas.

—Ahora mismo voy.

¿Otro mensaje? ¡Oh! Es de tu marido, que te pide confirmación para la gala. ¡Qué pocas ganas tienes de ir! Tras las duras negociaciones con las sombras y sus extrañas peticiones, y con tantos dirigentes intentando imponer sus criterios, lo último que quieres es asistir a una gala benéfica, obligada a sonreír a todo el mundo. Sin embargo, tu participación en ese evento está programada, y tu marido está al corriente. No tienes excusa.

Haces de tripas corazón y le confirmas que irás. Solo esperas que se comporte, que no haga el fantoche como la última vez, jugando a ser el gran seductor. ¿Qué es lo que intenta? ¿Colmar su ego malherido porque su mujer es la presidenta de Estados Unidos? ¿O simplemente se cansó de ti? Resulta tan humillante. Y eso que lo has sido todo para él: su esposa complaciente, su amante salvaje, su enemiga acérrima, su madre comprensiva, su amiga protectora, su mejor consejera. Tampoco será por falta de diálogo. Siempre que intentas dialogar con él en profundidad, te dice que te ama y te suelta el «todo está bien», la frase mágica que debería resolver cualquier problema. Y tú que deseas creerlo, manteniendo la ingenua esperanza de que todo irá bien.

—Aquí tiene la carpeta. Mike ha terminado su intervención. La prensa la está esperando —te informa Robert—. Al final hemos eliminado la opción de preguntas. La prensa no la molestará. ¿Se encuentra bien?

Le agradeces su trabajo.

Respiras profundamente. Apartas las cuestiones personales y te preparas para salir a la palestra. Vas a concluir un asunto que todavía no acabas de comprender, y que, por absurdo que parezca, ha mantenido en vilo a la humanidad durante varias semanas interminables.

Apareces.

Las miradas de medio mundo están puestas en ti.

Sonríes.

Haces una broma sobre tu propia sombra, y pronuncias tu discurso frente a las cámaras expectantes.

4. Quinto día después de la resolución de la huelga: los problemas nunca acaban

¿Y ahora te pide disculpas? Después de su conducta repugnante durante la gala, ahora te pide disculpas. Como si no hubiese podido actuar de otra manera. ¿Y qué se supone que tienes que hacer? ¿Perdonarlo y seguir adelante, como si nada?

Estás dolida, mucho, porque ya le advertiste que estabas en una condición delicada. Necesitabas un respiro tras las duras negociaciones y las semanas de tensión. Le repetiste con dulzura que lo necesitabas a tu lado, que se comportara, que lo hiciera por ti, por vosotros. No le pedías demasiado. Pero no pudo contenerse, ¡el muy cretino! Tuvo que beber más de la cuenta y empezar a adular a todas las mujeres que se acercaban, como un gallo de corral, quedando en ridículo, humillándote. ¡Qué horrible! Todas esas caras de vergüenza ajena. Suerte que en esa ocasión nadie le siguió el juego; eso hubiera acabado contigo.

Ya contactarás con él. Se merece un buen escarmiento por su actitud. Necesitas tiempo para apaciguar los ánimos y tomar una decisión.

—Robert, ¿a qué hora llegará el presidente ruso? ¿Alguna novedad?

—Todo sigue igual, señora presidenta. Su aterrizaje en el aeropuerto de Washington está previsto para mañana a las once y media.

—Perfecto.

Dudas si levantarte e intercambiar algunas frases con tus asesores. Tu despacho es tan grande, a veces... Después de haber finalizado la negociación con las sombras y con los dirigentes de otros países, casi echas de menos esa actividad intensa. Sobre todo, ahora que necesitas sacarte de la cabeza esas imágenes horribles de la gala de ayer.

—Está bien, ¡volvamos a las tareas!

Te animas a ti misma. ¡Oh! Casi te olvidas de que tienes que llamar a tu madre. Hoy cumpliría exactamente cincuenta años de casada. Seguro que lo está pasando muy mal. Quería tanto a tu padre... Eran la pareja ideal. Sientes un nudo en la garganta. El corazón se te estruja, como una esponja saturada que sufre al acumular tanto dolor. Pero te contienes. No es momento de ponerse sentimental. Hay incontables asuntos por atender.

Quizás podrías ir con tu hija a ver a tu madre; se alegraría mucho de ver a su nieta de nuevo. ¡Menos mal que tu mazapán ya no está enojada contigo! Parece que su novia la convenció, porque ha cambiado de la noche a la mañana. Ahora lo entiende todo y va a apoyarte en lo que pueda. No sabes cuánto le durará esa amabilidad, pero no vas a perder la ocasión: aprovecharás todo lo que puedas para estar con ella.

Sí, es una buena idea: irás a visitar a tu madre, con tu hija, para compartir esos instantes irremplazables de vida.

Compruebas tu agenda, encuentras un hueco y les envías un mensaje a ambas.

Miras tu computadora: en este pequeño lapso recibiste más de cincuenta correos electrónicos. Reenvías varios a O'Brien y a Robert para que se encarguen. Otros los borras, directamente, y unos cuantos los dejas en suspenso. Es una cuestión de priorizar.

Descansas. Tu sombra se extiende sobre la mesa, como certeza visual de una presencia. Después de todo, te volviste más consciente de las sombras, esas proyecciones de opacidad, compañeras inevitables de la luz en el constante claroscuro de la vida.

Alguien te llama.

—Dime, Robert.

—Señora presidenta. No sé por dónde empezar. Estamos recibiendo correos electrónicos con una lista de exigencias muy extrañas.

—¡Ah, sí! No podían faltar los graciosos que aprovechan para bromear sobre la situación. No le demos mayor importancia.

—Ejem... Sí. Si solo fuera una broma, no tendría mayor importancia. No obstante, nos acaban de llegar confirmaciones desde varias de nuestras embajadas. Ellos también recibieron la lista.

Robert no haría una broma de tan mal gusto, sobre todo, después de lo que habéis pasado. Empiezas a preocuparte.

—¿De qué se trata, Robert? No me tengas en ascuas.

—Señora presidenta, es una lista de cincuenta exigencias, detalladas e innegociables. Está firmada por la hermana mayor de las sombras: «la Oscuridad».

—¡No es posible!

VII

EL ÁRBOL SAGRADO DE LOS URUKULU

La tribu de los urukulu era famosa por su vigor y ferocidad. Ningún enemigo, por grandioso o bien organizado que fuera, consiguió doblegarlos ni someterlos bajo el yugo de la conquista. La habilidad guerrera de sus hombres se volvió legendaria, y entraron con excelencia en el podio de los pueblos invencibles.

Cada domingo, la tribu unida subía a su monte sagrado para realizar sus ofrendas. Allí se entregaban al mismo ritual: los tambores retumbaban, las mujeres recitaban versos sagrados, los hombres danzaban alrededor del fuego ancestral y los niños admiraban la escena asombrados.

El monte era motivo de celebración y de culto.

Tan grande era su veneración por él, que sus adversarios planearon arrasarlo. Pero no lograron ni acercarse. Cada vez que intentaban penetrar en su territorio eran emboscados, o derrotados por un pantanal infranqueable, o confundidos entre malezas misteriosas. Parecía que hasta la naturaleza actuaba en favor de los urukulu. Ni misioneros con intenciones malévolas, ni ingleses armados con cañones, ni tampoco holandeses con flamantes tropas tuvieron éxito alguno. El monte sagrado continuó virgen de pies extranjeros.

—Nunca bajo la luz del sol o de la luna, ni bajo la más impenetrable oscuridad, ¡nunca el pueblo urukulu perdió una sola batalla contra enemigo humano! —me cuenta con orgullo el anciano librero, en un inglés admirable.

El anciano camina hasta un mueble apartado. Extrae un libro

voluminoso, que apenas puede sostener, y me lo muestra. La cubierta es de cuero duro; el interior, de papel grueso. Es un manuscrito escrito en inglés, con una bellísima caligrafía, adornado con cenefas y motivos vegetales.

Mientras sigue hablándome sobre los urukulu, contemplo absorto las ilustraciones: guerreros que blanden sus lanzas y tensan los arcos, enemigos huyendo despavoridos, animales extraños, bosques frondosos y bellos. Apasionado como soy del esoterismo, me ilusiono con la idea de que aparezca una imagen secreta, o alguna enseñanza oculta sobre el poder mágico de los urukulu.

De repente, aparece un árbol único, magnífico, luminoso. De tronco robusto y enorme. Con su copa abierta, frondosa, de hojas brillantes.

—¿Qué árbol es este? —le pregunto, deslumbrado.

El anciano me quita el libro de las manos, ignorando mi pregunta. Y continúa su relato, evocando el buen entendimiento que reinaba en la tribu. Pese a las discusiones familiares y los conflictos vecinales, vivían en armonía, resolviendo sus diferencias directamente entre ellos. En raras ocasiones precisaban de la intervención del chamán o del jefe de la tribu. Valoraban con entusiasmo la participación de niños y jóvenes en la vida social, y adoraban la imaginación, que para ellos tenía los mismos límites que el cielo.

—Y respecto a tu pregunta sobre el árbol... Es una historia muy larga.

El anciano me observa con sus grandes ojos inquisitivos. Le informo que ya acabé mi labor en su país y que mi tiempo es para él. Pero sigue en silencio.

Me rebajo y le ruego humildemente que me cuente la historia.

—Su historia es secreta. Un secreto sagrado, no oído por ningún blanco. Jamás un blanco oyó lo que te voy a contar ahora. Sin embargo, solo hablaré bajo una condición innegociable: ¡jura por tus ancestros que nunca se lo revelarás a nadie!

—¡Lo juro! ¡Lo juro de todo corazón! —le confirmo dramáticamente, con la mano en el pecho.

El énfasis de mi gesto convence al anciano. Se levanta de su taburete, camina hasta la entrada y cierra la puerta con pestillo.

Me lleva a otra estancia, menuda pero acogedora. En el suelo hay una alfombra roja, varios cojines desperdigados y un tronco cortado en el centro, a modo de mesita. Las paredes están repletas de esbozos de gente cazando animales, similares a las ilustraciones del libro. Me invita a sentarme en uno de los cojines y se va a hacer té. Tras varios minutos, lo sirve con elegancia en dos tazas de porcelana exquisita, con el azúcar y la leche aparte. Me dispongo en cuerpo y alma a recibir la historia del árbol sagrado.

Todo comenzó en una creación por designio divino, que produjo elementales antagonistas y una explosión cosmogónica de fuerzas enfrentadas. En su lucha titánica, determinaron la aparición de ciertos dioses, y de estos surgió nuestro mundo.

Escucho asombrado su relato, fascinante espiral de prodigios concadenados. A pesar de la incomodidad y del dolor en las rodillas, no aparto la mirada del libro, que él va leyendo página a página.

—... y de esa semilla divina surgió el árbol primigenio: el árbol sagrado que dio origen a la vegetación en la Tierra.

—¡Oh! ¿El mismo árbol que aparece en el libro? —le pregunto, maravillado.

—No te impacientes, hombre blanco. Cada fruto requiere de su tiempo: cuando la luna se alza resplandeciente en el cielo, la oscuridad se disuelve ante tanta belleza. Y una vez cazada, los leones no sueltan su presa.

No entiendo a qué vienen las metáforas del viejo librero, pero asiento con la cabeza, por educación.

—Perdone. Adoro estas mitologías, aunque de hecho... Sin querer ofenderlo, ¿de acuerdo?, pero es que quedan lejos. Demasiado lejos en el pasado. Si nos centramos en algo más reciente, se lo agradecería mucho —me atrevo, con la esperanza de que me cuente más sobre ese árbol maravilloso.

El anciano me congela con su mirada, circunspecto. Creo que metí la pata, y que me va a echar a patadas de su casa. Pero al final reacciona amablemente:

—De acuerdo. Avanzaré hasta el pasado más reciente. Hace unos setenta años, el primogénito del jefe de la tribu cayó muy enfermo. Ni el curandero con sus ungüentos ni el brujo con sus hechizos consiguieron devolverle la salud. El padre, con gran preocupación, llamó a curanderos de otras tribus y les ofreció cantidades ingentes de oro y de ganado. Pero ellos tampoco supieron curarlo. El niño empeoró. Nadie sabía qué hacer. Solo quedaba por consultar a la sacerdotisa del oráculo. Pero el jefe de la tribu se opuso, porque había jurado que no volvería a solicitar nada de ella jamás. ¡Y la palabra de un urukulu es tan firme como una montaña! —exclama el anciano, que golpea el medio tronco con su puño, volcando los vasos de té—. ¿Estás bien?

—Sí, sí. No se preocupe, no me manché. Disculpe, ¿ha mencionado un oráculo?

—Sí. ¿Por qué?

—Pues esto... Es que me interesan mucho la astrología y las artes adivinatorias.

—Ya veo. No creo que te interese la historia de nuestro oráculo. Es parte del pasado. Muy lejos. Demasiado lejos en el pasado.

—¡Oh! Le pido perdón. No se tome a mal lo que dije antes, por favor. Le ofrezco mis más sinceras disculpas. Cuénteme sobre el oráculo, se lo ruego.

El anciano toma varios sorbos de té. Después de unos minutos de silencio, chasquea la lengua e inicia la historia.

Hace cientos de miles de años, antes de que el ser humano apareciera sobre la faz de la tierra, los dioses celebraban un banquete. Mientras comían, bebían y reían juntos, una serpiente gigante de tres ojos entró en los campos sagrados y engulló uno de sus antílopes. Como la afrenta estaba penada con la muerte, llamaron al dios de la caza para que la ajusticiara. El dios, ocupado con la celebración, aceptó la misión a regañadientes y siguió el rastro de la serpiente para acabar rápido con el asunto.

La serpiente se encontraba en la cima de una colina, reponiendo fuerzas bajo el ardiente sol. El dios de la caza aprovechó para arremeter contra ella y acabar la tarea con sus propias manos. Sin embargo, la serpiente lo esquivó y respondió con un movimiento certero, que lo hizo rodar colina abajo.

El dios atribuyó su caída a un golpe de mala suerte. Con la confianza de no haber perdido nunca una batalla, volvió a la carga sin pensárselo dos veces. La serpiente esquivó su acometida y volvió a tirarlo por el monte. El dios, sorprendido, se dio cuenta de que tenía enfrente a un adversario digno de su nivel.

Apretó el escudo en su costado izquierdo, y en su puño derecho aferró su arma preferida: una lanza de madera del árbol primordial, el que dio origen a la vegetación en la Tierra. Perfectamente preparado, se abalanzó contra ella en una embestida mortal. Pero de nuevo fue repelido brutalmente, rodando por tercera vez hasta el pie de la colina.

La serpiente era mucho más hábil y poderosa de lo que él había previsto. Se vio obligado a llamar a sus tres hienas terribles. Juntos planificaron la ofensiva y se lanzaron con fuerza y ardor, atacándola por cada lado. Por desgracia, la serpiente hirió al dios de la caza y mató a las tres hienas sin dificultad. ¡Cómo era posible! Sin creerse lo que estaba pasando y sin tiempo para dar sepultura a sus amadas hienas, el dios se curó las heridas. Estaba a punto de llamar a los otros dioses. Pero desistió. No soportaría que se burlaran de él, incapaz de vencer a una simple serpiente.

Planeó su mejor estrategia y arremetió contra ella. Otra vez acabó rodando por el suelo, estrepitosamente.

El combate se alargó veintiún días, que dejaron exhausto al dios de la caza. Sabiendo que la contienda podría prolongarse durante meses, el dios se decidió a parlamentar con la serpiente. Necesitaba conocerla mejor. Donde no triunfó la fuerza bruta, triunfaría la astucia.

Pero la serpiente resultó aún más poderosa en el arte de la palabra: detectaba cada subterfugio, y venció al dios en cada ocasión. Al dios no se le ocurría ninguna otra artimaña. Abatido, se sentó descorazonado al pie de la colina.

«Dios de la caza, no puedes vencerme en ningún campo. Es inútil que gastes tu energía en vano. Conozco con antelación cada uno de tus movimientos», declaró la serpiente. «Serpiente de tres ojos, ¿cómo es posible?», preguntó el dios, extrañado. A lo que ella respondió: «Tengo la facultad de percibir los tres tiempos: el pasado, el presente y el futuro».

Aquello resultaba muy confuso. Ni siquiera los dioses poseían tales poderes. ¿Cómo iba a vencer a un enemigo de esas características? Imposible. Comprendió entonces que debía negociar con ella y establecer un pacto que satisficiera a ambas partes.

El dios aceptó dejarla en paz, pero ella debía desaparecer; por precaución, para que los otros dioses no sospecharan que seguía viva.

Ella decidió quedarse en la colina, ya que le parecía un sitio perfecto, y se comprometió a meterse bajo tierra. Mientras se respetase el lugar no saldría de allí. Como contrapartida, pidió que cada semana se le rindiera homenaje en ese mismo monte, con ofrendas y cánticos sagrados. A quienes la veneraran, ella les concedería protección.

El dios aceptó la propuesta. Como muestra de compromiso esculpió varias figuras, usando piedras, arena y agua. «Estos serán los primeros humanos de una tribu elegida. Vendrán cada semana a reverenciar este monte sagrado», dijo el dios, tras lo cual se hizo un corte en el dedo meñique. De su sangre, vertió unas gotas en una de las figuras de barro. «Y este será el primer eslabón del linaje de los jefes de la tribu», finalizó.

El dios quedó muy satisfecho con su demostración. No obstante, la serpiente no acababa de fiarse de su promesa. En su clarividencia, preveía un acto de traición por parte de uno de los descendientes en el linaje de los jefes de la tribu.

El dios, que no tenía la facultad de ver el futuro, no supo qué responder. La serpiente aportó entonces la solución: otro linaje se encargaría de orientar con sabiduría a los jefes de la tribu, para que no tomasen un camino equivocado. El dios estuvo de acuerdo rápidamente, porque ya había perdido bastante tiempo en aquella situación, y se dispuso a hacerse otro corte.

«¡Espera! Para equilibrar las cosas, este linaje llevará mi sangre», afirmó la serpiente.

La serpiente se mordió la cola. De la herida brotaron unas gotas de sangre, que cayeron sobre otra de las figuras de barro.

A partir de ese momento, se había creado el linaje de las sacerdotisas del oráculo. Gracias a sus poderes mágicos, ellas canalizarían la sabiduría de la serpiente.

Ambos sellaron su acuerdo con unas palabras ceremoniales. Acto seguido, la serpiente se metió bajo tierra. El dios clavó su lanza de madera en la cima del monte, y regresó por donde había venido.

Cuando llegó a la morada divina, el dios de la caza pidió a su hermano, el dios del viento, que les diera vida a las figuras de barro. Las encontraría en una colina, a unas leguas al este de los campos sagrados. Reconocería el lugar porque había dejado clavada su preciosa lanza, la cual debía recuperar para él, imperativamente.

El dios del viento fue hasta allí. Dio su aliento a las figuras, y las figuras cobraron vida. No obstante, en lugar de recuperar la lanza, tal como le había indicado su hermano, sopló sobre ella para divertirse.

Su aliento divino dio vida a la lanza de madera, que desde entonces se convirtió en nuestro árbol: el árbol sagrado de los urukulu. Y precisamente, de aquí viene nuestro nombre, cuyo verdadero significado solo conocemos nosotros: *u-ruk-ulu*, «el pueblo que rinde homenaje al árbol».

Me quedo sin habla, embrujado por la historia.

El anciano me pide de nuevo que jamás desvele el secreto. Me acuerdo de lo fundamental que es la repetición en las culturas arcaicas como la suya, así que pongo mi mano sobre el pecho y le repito el juramento, con el mismo tono dramático que en la vez anterior.

El anciano sonríe, satisfecho, y sirve más té. Lo degustamos durante varios minutos, en silencio, apreciando cada partícula de magia que acabamos de compartir.

—¿Y qué pasó con el árbol sagrado? —pregunto insaciable.

—Espera, hombre blanco, no seas inquieto como los monos. Primero hay que terminar la historia reciente, la que pasó hace unos setenta años. ¿Por dónde iba?

—Acababa de mencionar a la sacerdotisa del oráculo.

—¡Ah, sí! Ahora recuerdo. No había manera de curar al hijo, y el jefe de la tribu se negaba a ir a la sacerdotisa. Él había ignorado una adivinación del oráculo dos años antes, y las consecuencias de ese desprecio fueron fatales: perdió a sus padres en un accidente terrible. En lugar de aceptar su responsabilidad, el jefe atribuyó la desgracia a los malos augurios de la sacerdotisa y juró no consultarla nunca más.

Pero finalmente, vencido por la desesperación y las súplicas de su mujer, el jefe cedió. Amarró la soberbia en la puerta de su cabaña, reunió frutas y oro, y desató dos de sus cabras. Sin ser visto por nadie, a la primera luz de la aurora se fue caminando hasta la cueva del oráculo.

Cuando llegó, la sacerdotisa estaba fuera recogiendo unas hierbas. «Llegas tarde. Tu hijo ha enfermado mucho», le dijo ella, sin apartar la vista de las hierbas.

Sus palabras sacudieron la entereza del jefe. Por primera vez, sintió que sus piernas se derrumbaban. Apenas podía disimular su desamparo. Se apoyó en su lanza para no caerse al suelo. Haciendo acopio de coraje, volvió a erguirse sobre sus pies. Le enumeró las ofrendas que le había traído y le rogó que le ayudara. La sacerdotisa lo miró a los ojos por varios segundos, sin decir nada. Por varios segundos que parecieron siglos. «Está bien. Entra», lo invitó ella.

Una vez dentro, la sacerdotisa procedió al ritual: encendió unas velas, quemó las hierbas que había recolectado y recitó unos versos secretos. Mientras estaba en estado de trance, esparció varios objetos sobre un recipiente de piedra.

Tras volver en sí, leyó los signos. «Tu hijo tiene una extraña y grave enfermedad. Tu sacrilegio dos años antes ha madurado en esta consecuencia. Será muy difícil reparar en el presente lo que fue dañado en el pasado».

Pese a considerarse de rango superior a la sacerdotisa, el jefe de la tribu la escuchaba con aprehensión. Como todos los demás, creía en la verdad que fluía a través de sus palabras proféticas. Pero siempre había sido reacio a acatar sus instrucciones. Él era el jefe de la tribu. Su sangre poseía un origen divino, y tenía la potestad de escoger qué era correcto y qué no. Nadie estaba autorizado a decidir por él.

La sacerdotisa prosiguió: «Solo hay dos caminos para que tu hijo se recupere. El primero: entregarlo al oráculo, para que lo sirva durante toda su vida. La deuda que contrajiste con tu ofensa será pagada, y tu hijo será feliz. Pero nunca llegará a ser jefe de la tribu. El segundo: llevarlo a un hospital de demonios blancos. Tu hijo se curará y será el jefe de la tribu en el futuro. Pero esto causará la perdición de todos los urukulu».

El jefe no dijo nada. Entregó las ofrendas a la sacerdotisa y regresó cabizbajo, sin volver la vista atrás, ni por un segundo.

En la cabaña encontró a su esposa, que aplicaba unas hojas húmedas al niño enfermo para bajarle la fiebre. Se acercó a ella y le susurró que debían llevarlo a un hospital de demonios blancos. Ella lo miró sorprendida. Ningún urukulu había hecho antes nada parecido. Pero él, sin apartar la vista de su hijo, le dijo que eso había dictado el oráculo. La mujer asintió sin dudarlo. A diferencia de su esposo, ella era devota de los designios de la sacerdotisa.

Tomó a su hijo más pequeño en brazos y llamó a sus sirvientes, que empezaron a fabricar una camilla para el primogénito enfermo. En pocos minutos, viajaban hacia la capital en su carro de madera.

—¿Es que no tenían coche?

El anciano me observa. Ladea su cabeza y comenta:

—El cansancio ha invadido tu ser. Dejémoslo aquí. Ya continuaremos otro día.

—Siga, por favor. Mañana tengo que ir a la capital y de allí me vuelvo a Londres. No hay previsión de volver. Y no podría venir, aunque fuera lo que más deseara en el mundo.

El anciano sonríe. Toma unos sorbos de té y continúa el relato.

La familia del jefe y los sirvientes tardaron varios días en llegar a la capital del país.

En el hospital de demonios blancos, los doctores realizaron todo tipo de pruebas para conocer la afección del niño. Era un caso raro, un nuevo virus con un alto índice de mortalidad, y del cual no se conocía una cura definitiva. El niño necesitaría un tratamiento especial, que no podían procurarle en aquel hospital. Pero sí era factible en Inglaterra: varias farmacéuticas se habían interesado por aquel virus y lo estaban investigando. Por esa razón, daban la oportunidad de tratar a un número limitado de afectados. El problema era que los pacientes quedarían a disposición del centro hospitalario y de los médicos en Londres, el tiempo que fuera necesario.

Aquello alarmó a la madre, que no quería separarse de su hijo, y menos aún para dejarlo en un lugar tan corrompido y degenerado como era un país de demonios blancos. Pero viajar a Londres era una condición *sine qua non* para recibir el tratamiento.

El padre estaba desconcertado. Su primogénito iba a ser el próximo jefe de la tribu; debía vivir con ellos y aprender sus tradiciones. Pero, por otro lado, ¿cómo iba a ejercer su cargo si moría por causa de la enfermedad?

Se quedaron varios días en la capital discutiendo qué hacer, preocupados y nerviosos. Hasta que, en una noche de insomnio, el jefe hizo levantar a su mujer y a sus sirvientes, y les anunció con voz rotunda: «Mi hijo será el próximo jefe de nuestra tribu. Al igual que mis ancestros y yo mismo, tiene sangre divina. Nada se interpondrá en su camino. Ni aquí ni en ningún país endemoniado. Se curará. Y volverá para ocupar el trono que le pertenece por su linaje. ¡Así lo predijo el oráculo, y así se hará!». La decisión estaba tomada y los demás tuvieron que obedecer. No había otra opción.

Aceptaron las condiciones impuestas por los demonios blancos y dejaron que se llevaran a su hijo a Inglaterra, acompañado por la madre, el hermano pequeño y dos sirvientes. El padre no fue con ellos, porque temía los traicioneros medios de transporte occidentales. Además, tenía su responsabilidad como jefe de la tribu.

Lo que se suponía un viaje de meses se convirtió en un periplo de años. Los dos niños recibieron educación en un colegio británico, sobresaliendo por su inteligencia a la hora de integrar los conocimientos occidentales. Los sirvientes les cocinaban comidas suculentas, y por la noche, cuando podían pasar más tiempo juntos, la madre les contaba anécdotas y leyendas del pueblo urukulu.

Transcurrieron las primaveras y el primogénito se curó completamente, liberado del virus que lo aquejaba. Pero en contrapartida, se contagió de otro mal: el de la arrogancia. Gracias al éxito del tratamiento innovador y al empuje económico de la farmacéutica que financiaba la investigación, el joven se había vuelto famoso. Aparecía en los medios como el caso del príncipe africano, sanado de una enfermedad fatal en un hospital británico.

Al ver su foto y su nombre en tantos diarios, el joven comenzó a creer que los demonios blancos no eran tan malvados, a fin de cuentas. La curiosidad por sus costumbres, objetos e instituciones creció en su interior. De la curiosidad pasó a la atracción, y de la atracción a la idolatría.

En pocos años, en la mente del primogénito se cristalizó el convencimiento de que el pueblo británico era superior al urukulu. Imbuido por el espíritu del progreso, tomó la decisión de transformar su tribu, por medio de los nuevos avances tecnológicos y culturales que tuvo la ocasión de admirar.

Llegó la hora de volver a su tierra natal. Debía ser instruido en las tradiciones urukulu y debía ejercitarse para ser jefe. Pero solo volvió la madre. El hijo mayor había decidido quedarse unos años más y estudiar en la universidad. Según su opinión, aquello era lo más conveniente para alguien de su categoría.

Ignorando el consejo de los ancianos, su padre lo aceptó. Era una novedad bien vista por las élites africanas que los primogénitos estudiasen en universidades europeas o en Estados Unidos. El padre estaba seguro de que su hijo sacaría el máximo provecho y que regresaría pronto, para hacer a su tribu aún más poderosa. Ilusionado con abrazarlo y prepararlo para su divina misión, confiaba con todo su ser en el futuro brillante y en el liderazgo perfecto de su hijo.

Al acabar la universidad, el primogénito, el benjamín y los sirvientes regresaron a la aldea. El recibimiento fue descomunal. Durante siete días hubo toda clase de festines, danzas, músicas y rituales, ¡en una celebración todavía hoy rememorada!

Por desgracia, ese fue el último gran encuentro de los urukulu.

Los sueños de modernización se fueron incorporando en la comunidad, con el beneplácito del padre y la tenue oposición de los ancianos. El primogénito aprovechó sus contactos con bancos para conseguir enormes créditos, y aumentó las perforaciones en las minas de la tribu con la colaboración de empresas inglesas.

Al disponer de la inversión suficiente, modificó bajo su criterio el territorio donde vivía.

Antes aún de haber tomado la corona de jefe, el joven ya había logrado la instalación de caminos de asfalto, torres de alta tensión, una cisterna y canalizaciones para abastecer de agua al poblado, un palacio para su familia, una escuela de ladrillos con enseñanzas en inglés, un ambulatorio con vacunaciones y antibióticos, y hasta una central hidroeléctrica al lado del río. Mientras el hormigón, el hierro y el plástico comenzaban a invadirlo todo, las cabañas y los árboles fueron desapareciendo.

El proceso de modernización se aceleró tras la muerte del padre, que se acostó una noche con fiebres muy altas y nunca más volvió a levantarse.

En este punto del relato, el anciano se detiene y fija la vista en su vaso de té. Me parece atisbar una lágrima. Sigue describiendo las alteraciones en el hábitat de la tribu, y la manera en que la tecnología fue ganando terreno a la naturaleza: aparecieron máquinas para labrar los campos, calderas y tubos por doquier, y después llegaron los electrodomésticos, los televisores y los dispositivos electrónicos.

La gente se fue interesando cada vez más en conseguir dinero para pagar los chismes que se vendían en la capital. La juventud, absorta en las nuevas tecnologías, fue dejando de lado sus responsabilidades para con la colectividad.

Los adolescentes huyeron de sus mayores y de las costumbres transmitidas de generación en generación, y abrazaron un nuevo mundo encerrado en artilugios sin alma. Mientras nacían nuevas costumbres, se perdían las tradiciones antiguas.

El ritual de reunirse cada domingo en el monte santo se fue espaciando: pasó a dos veces al mes, luego una vez al mes, después una vez cada seis meses. Incluso los más ancianos también dejaron de ir, puesto que no había nadie para escucharlos. El interés por celebrar el culto sagrado se esfumó, al igual que la valorización de su propia cultura.

La energía que los había mantenido unidos fue desapareciendo. Del mismo modo en que se apaga el fuego de una hoguera, el espíritu sagrado se desvaneció de sus corazones.

—... de este modo se perdió la esencia viva de los urukulu.

Y así finalizó el relato el anciano.

¡Qué dura y dolorosa experiencia! Una cultura tan excepcional como la urukulu, tan conectada con la naturaleza y sus tradiciones milenarias, acabó engullida sin piedad por muros de hormigón y por el colonialismo tecnológico. ¡Cómo desearía haber conocido esta tribu tan majestuosa antes de que el cataclismo cultural ocurriera!

¿Y el árbol? Ardo en deseos de saber qué pasó con el árbol. Pero me da vergüenza preguntarle otra vez. Eso no sería educado.

—Perdón, ¿qué pasó entonces con el árbol sagrado? —le cuestiono, sin poder contenerme.

El anciano exhala un suspiro y me pide que no le pregunte sobre ese tema.

Su negativa me parte en dos. Mi curiosidad se elevó a apasionamiento. No puedo renunciar ahora que estoy tan cerca. ¡Quiero saberlo todo! He comprendido que la insistencia es mi única aliada, así que le vuelvo a suplicar, una y otra vez. Hasta le amenazo con no moverme de su casa, si no me lo cuenta.

Mi amenaza surge efecto. El anciano cierra el libro y lo deja sobre el medio tronco.

—Ven conmigo. ¿Ves aquella colina a lo lejos? Es nuestro monte sagrado. Allí estaba el árbol. Ahora ya no está. Fue arrancado de raíz. En su lugar pusieron esa antena de telefonía. Ahora los urukulu pueden chatear en sus teléfonos móviles, entretenerse con juegos artificiales y ver películas en internet. Pero nuestro árbol sagrado ha desaparecido para siempre.

Me quedo en silencio, escudriñando la colina.

Solo hay una antena metálica. Ni un árbol, ni una mísera planta. Solo eso, la maldita antena telefónica: el nuevo ídolo de la tribu, un gran tótem mecánico, al cual rinden homenaje desde sus móviles y sus computadoras, esclavizados por la modernización. Los urukulu nunca fueron conquistados por las armas ni por enemigo humano, pero perdieron la guerra contra los imperativos materialistas. Abandonaron lo genuino por un mundo artificial y cruel. El imperialismo tecnológico destruyó su elemento esencial identitario, la verdadera fuente de poder que los unía. Se sustituyó su árbol, el principal símbolo de su cultura, tan singular y bello, por la antena de telefonía, esa blasfemia sin alma. Ya nunca más volverán a ser el pueblo imbatible que rinde homenaje al árbol.

Y todo ese sacrificio, solo por el placer de disponer de suficiente cobertura en sus móviles para viajar por internet.

¡Qué catástrofe! ¡Qué fatalidad haber perdido sus raíces más profundas por esa asquerosa antena!

—Por suerte, se pudo conservar una parte del tronco del árbol, y con ella se hizo este libro. El papel de estas páginas proviene de nuestro árbol sagrado. Los principales mitos urukulu, sus costumbres y sus secretos están aquí —me confía el anciano, posando su mano sobre el precioso manuscrito.

¡Increíble! En este papel sagrado queda la huella de un pueblo legendario. La magia de una tribu mítica, cuyas leyendas deberían ser inscritas con letras doradas en la historia universal. Y todo está aquí, delante de mí.

Quizás haya esperanza todavía.

El anciano me entrega el libro ceremoniosamente, que yo abrazo, emocionado. En mis manos sostengo una joya divina latiendo en papel, tinta y cuero, dispuesta a ser resguardada como patrimonio de la humanidad.

—Se lo agradezco de todo corazón... No tengo palabras... ¿Le debo algo por él? —le pregunto con cortesía, casi llorando, conmovido por su gesto.

—¡Hombre! Es un libro sagrado e irrepetible. No puedo ofrecértelo sin recibir nada a cambio. Eso iría en contra de nuestras normas ancestrales. Además, si lo diera sin recibir un trueque, atraería sobre mí una maldición.

Lo comprendo. En estas culturas antiguas todavía practican el trueque como forma de relación social, para fortalecer los vínculos comunitarios de confianza. Y yo, descarado, que iba a llevarme el libro sin ofrecerle nada a cambio. ¡Qué avergonzado me siento!

Busco en mi bolsa y saco mi cartera. Extraigo un par de billetes y se los extiendo generosamente.

Pero el anciano los rechaza. Me mira con sus ojos grandes y me indica lo mínimo que va a aceptar por el libro. ¡¿Qué?! Su cifra me sacude el estómago. ¡Me está pidiendo más de dos meses de mi salario!

Confundido, le comento sincero que no dispongo de tanto. Le enseño lo que me queda. El anciano me responde que tiene un terminal de punto de venta y que puedo pagar con la tarjeta de crédito.

La cabeza me da vueltas. La vista se me nubla.

Tengo este volumen en mis manos, único y especial. Pero es tanto dinero... Tendría que sacrificar más de la mitad de mis ahorros. No veo cómo resolver el asunto. Lo deseo con todo mi ser, pero me pide demasiado.

Intento negociar a la baja. El anciano no cede ni un céntimo.

—Tú eres un hombre de corazón —asegura él, poniendo su mano sobre el pecho—. Lo intuí desde el primer segundo que entraste en la librería. La sacerdotisa del oráculo predijo que el libro sagrado estaba destinado a un demonio blanco de buen corazón. Cuando pusiste tu mano en el pecho, supe que eras tú, el elegido.

Sus palabras me estremecen.

Me han atravesado el alma.

¡Qué diablos! Su gesto despejó mis dudas.

«Cuando la luna se alza resplandeciente en el cielo, la oscuridad se disuelve ante tanta belleza». ¡Ahora entiendo la metáfora! Ante la luminosidad de este libro, ninguna nube será obstáculo.

Saco mi tarjeta de crédito y se la acerco con valentía. Al confirmarse el pago en la pantalla del terminal, el anciano se inclina con reverencia y me entrega el libro.

Mi fortuna no tiene límites: en mis manos poseo el último vestigio de una tribu ancestral, el testimonio escrito, las páginas del pueblo jamás vencido, extraídas del árbol sagrado primigenio.

¡Ya es mío! Apenas puedo controlar mi euforia. Lo abrazo apasionado.

El anciano sonríe, y me invita a salir. Se ha hecho tarde y tiene que cerrar. Ya en la puerta, me aconseja no utilizar los hechizos que aparecen al final del libro. Son demasiado poderosos y podrían causar grandes desgracias, si se utilizaran incorrectamente.

—Confío en la predicción de la sacerdotisa y confío en ti. Guarda el libro con más precaución que tu propia vida, hombre blanco. En él está inscrita el alma de los urukulu. Y recuerda, ¡no le cuentes nada a nadie!

Le agradezco sus consejos y le aprieto su mano con fraternidad.

A punto de irme, me asalta una pregunta:

—Pero ¿quién escribió el libro? No pone el nombre del autor.

—Yo mismo —me responde, con la puerta entornada.

—¡Oh! ¿Ah sí? Comprendo. ¿Y de dónde ha sacado la información? Quiero decir, las leyendas, los secretos de la familia de...

—Yo soy el benjamín de la historia. Mi padre era el jefe de la tribu, y el primogénito es mi hermano mayor. Mi madre nos transmitió la historia sagrada de nuestro pueblo, que he transcrito con precisión en el libro. Ahora vete y recuerda tu promesa —responde el anciano, que cierra la puerta tras sus últimas palabras.

Corro hacia el centro del pueblo, embargado por la emoción. Busco un taxi que me devuelva a la capital y me siento en el primero que encuentro. Me relajo, extasiado.

Se ha hecho un poco tarde, pero no pasa nada. Le compraré un regalo a mi mujer, mañana, antes de coger el avión de vuelta. Todo está bajo control.

Ya en el hotel, empiezo a buscar más información sobre el pueblo urukulu.

No hay ni una sola referencia en internet. Qué raro.

Pero ¡qué despistado soy! Olvidé que en el libro está lo que necesito. «Una vez cazada, los leones no sueltan su presa», ahora entendí la segunda metáfora. ¿Quién necesita internet? ¡Fuera la estúpida y esclavizadora tecnología! En este manuscrito puro y bello se esconde lo que busco.

Entro en mi habitación, abro el libro y lo admiro durante horas entre mis manos.

No necesito nada más.

Soy tan afortunado. ¡No me apartaré de él ni un solo instante!

Qué feliz soy.

***

Llevo una semana durmiendo en el sofá.

Mi mujer se enfadó desmesuradamente cuando le confesé lo que pagué por el libro. De nada sirvió su regalo, ni mi justificación del mágico encuentro con el anciano. Ni tampoco el hecho de que el libro me está predestinado. Me llamó de tonto para arriba. A punto estuvo de echarme de casa. No toleró bien que me gastase el dinero que habíamos ahorrado para nuestras vacaciones.

«Otra vez dejándote engañar, una vez más. ¿No has entendido todavía que a esa gente le importa un comino tu trabajo de cooperación allí, y que se aprovechan de quien sea? Y a ti, como ignorante supino que eres, solo hace falta que alguien te toque la fibra y te haga sentir importante, para que le des lo que te pida», manifestó enojada.

Protesté arguyendo que el relato del anciano era real, que el libro era auténtico y que su importancia superaba de largo unas simples vacaciones.

Aquello la encolerizó aún más, e incrementó el grado de su acometida atroz: «Sí, claro. Auténtico. Un viejo charlatán de un pueblo perdido te cuenta la primera patraña que se le ocurre, y tú te la crees solo porque menciona ciencias ocultas y fenómenos extraños, que es lo que querías oír. Te tragas su mentira sin reflexión ni juicio crítico. Y no solo eso. Encima le pagas un dineral por un... ¡Maldita sea, es que no se puede ser más estúpido! ¡Ah, sí! Y por supuesto, el viejo es el autor y conoce cada detalle, porque resulta que es el hijo del jefe, quien seguramente se lo confesó todo en su lecho de muerte. Y al final, como no podía ser de otra manera, te endosa este pellejo de vaca con hojas destartaladas, y te cobra como si fuera de oro macizo. Un libro auténtico. Evidentemente. ¡¡¡Tú sí que eres auténtico, pero un auténtico imbécil!!!», gritó fuera de sí.

No tuve el coraje de rebatir sus argumentos. En realidad, casi nunca salgo victorioso en nuestras discusiones. Siempre encuentra mis puntos débiles y me vence sin piedad.

Me hizo parecer tan tonto.

He aceptado sin rechistar la excomulgación en el sofá, el tiempo que haga falta. También me he comprometido a reunir el dinero suficiente para pagar las vacaciones que habíamos programado.

Lo que ella no sabe, y no pienso decirle nunca, es que el libro es totalmente verdadero.

Herido en mi amor propio por sus insultos, recité uno de los hechizos que hay escritos al final. Puse varias velas, quemé incienso y seguí las instrucciones al pie de la letra. Esa misma noche comenzó a llover a raudales en la ciudad, y hoy llevamos siete días con lluvias torrenciales. Las autoridades están alarmadas y no entienden lo que pasa.

Reconozco que estoy muy preocupado. Hay riesgo de inundaciones severas. El anciano librero es el único que puede ayudarme a contrarrestar el hechizo. He buscado su contacto por todos lados: en mi maleta, en mis pertenencias y cada rincón de la casa. He llamado a la embajada y al hotel donde me alojé. Pero nada, ni rastro. No hay manera de conseguir algún dato.

Tengo miedo de haber causado un diluvio universal. Estoy angustiado. No sé cómo parar esta catástrofe.

Espero contactar pronto con el viejo librero. Su dirección tiene que aparecer por algún sitio.

No entiendo por qué no le pedí su número de teléfono, o su correo electrónico. No importa, lo conseguiré. Seguiré buscando en internet. Con los medios tecnológicos a mi disposición, seguro que lo encontraré.

VIII
EL CUENTO TACITURNO

Soy el único cuento de este libro sin un título llamativo. No tengo personajes singulares, ni una ficción que transmitir. Es normal que me queje, ¡ponte en mi lugar! El único cuento sin una historia.

Me siento muy desplazado, y motivos no me faltan: mis compañeros danzan alegres por terrenos imaginarios y escenarios insólitos, mientras que yo aparezco delante de ti, así, sin nada nuevo, sin anzuelo ni un hilo que arrastren tu atención. No es que tenga envidia de ellos, ni mucho menos. Soy consciente de que cada uno tiene su rol. Pero me siento la oveja negra del libro, y eso sí que es deprimente.

Imagina mi situación.

Los otros cuentos no suelen lamentarse, porque están satisfechos con su misión. Mientras que yo, qué te voy a contar, estoy como desnudo, sin ropas suntuosas ni decorados magníficos. Debo de ser el único descontento aquí. Me da hasta vergüenza.

No clamo al cielo por ser piedra angular, en absoluto. No soy tan arrogante. Quisiera ser uno más, feliz de cumplir con su propuesta narrativa cautivadora. Simplemente eso. Pero para desgracia mía, me concibieron taciturno.

Me gustaría ofrecerte un relato de guerreras libres y caballeros andantes, con magos torpes y enemigos bondadosos. O quizás un mundo de ciencia ficción, con planetas desbordando de terrícolas y robots sentimentales. Incluso te mostraría a seres ordinarios, que se enamoran tres veces al día y vuelan sin semáforos con una rosa en los labios.

Empezaste a leerme y no sé qué esperas. Me siento perdido. ¡Y no es por falta de documentación! Tengo acceso a un rincón dedicado a anécdotas cotidianas, que podrían servir como entretenimiento. Y si quieres una reflexión profunda, también podría sacarte alguna de allí, ¡hay tantas maravillas surgiendo de lo cotidiano! O a lo mejor prefieres una narración de suspense para evadirte, sin más. Qué difícil saberlo.

Dime, ¿qué necesitas ahora? Dame alguna pista. Cuéntame algo que te haya pasado últimamente, despertando tu curiosidad, o algún género literario que aprecies. Con eso me bastaría para ingeniarme alguna cosa.

¡Ay, sí! Me estoy extralimitando en mis funciones. No debería expresarme tanto, sino quedarme en silencio, apesadumbrado. Perdona. No te lo tomes como algo personal, por favor. Soy un cuento taciturno, no tiene nada que ver contigo. Me han etiquetado así. No sería razonable contradecir mi identificación narrativa.

Te agradezco que sigas aquí conmigo. Es un consuelo estar con alguien para no sentirse solo. ¿También te asaltan sentimientos similares? Apuesto a que sí. Por lo que he visto en los otros cuentos —los cuentos somos muy chismosos, por si no lo sabías—, en el ámbito humano se experimenta una gran soledad. Es un hecho generalizado, aumentando día a día. ¡Qué lástima, con tantas posibilidades que hay en la vida! Los cuentos estamos delimitados por un espacio y unos caracteres establecidos. Es nuestro destino. Pero vosotros disponéis de mayor libertad: contactáis con otras personas para compartir cosas; cuando la tristeza os abruma, os distraéis con vuestro móvil o encendéis la televisión; si un sitio os aburre, os desplazáis veloces a otro lugar… Poseéis la facultad de variar vuestras circunstancias. ¡Cuántas cosas podéis hacer, sin que haya nadie dictándoos vuestro futuro!

En cambio, fíjate en mi caso, aquí, inamovible, esclavizado a las palabras que un insensato decidió reunir. Sin pedirme siquiera mi opinión. Si te digo la verdad, lo que más me duele es que se ha desentendido de mí. Mi autor me ha abandonado. Por unas horas me prestó todo su cariño, me tomó entre sus manos y me cuidó como si fuera un hijo. Estuvo conmigo una y otra vez, ayudándome a crecer y a ocupar mi propio espacio en el fondo blanco. Me entregó la preciosa oportunidad de existir. Pero un día, sin advertencia previa, desapareció. Me arrojó a la incertidumbre de lo desconocido, junto con mis otros compañeros cuentos. ¡Qué desconsideración!

Desde entonces, no hemos vuelto a saber de él. Ni siquiera estamos seguros de que siga vivo.

A lo mejor tú tienes algo que contarme, algún suceso personal o una noticia de actualidad. Adoraría escucharte. Entablemos una charla sin pretensiones, si te parece. O una conversación sobre *marketing*, también estoy abierto a eso. Incluso un diálogo apasionante, a la manera de los filósofos de la antigüedad. Lo que tú prefieras. Lo importante es aprovechar este lapso que compartamos juntos.

¿No me dices nada? Desearía escucharte, pero no me han diseñado con oídos. No conseguiría oír lo que dices, aunque me hablaras. ¡Ya ves qué limitados estamos los cuentos! Y todavía más los que no tenemos nada que relatar. Siendo un cuento abandonado y taciturno, ¿cómo podría yo representar otro carácter? No tengo mente propia. No poseo la capacidad de variar la corriente de palabras que el autor decidió para mí. Lo que fue escrito, así fue y así quedará.

Menos mal que me escuchas. Sentirte ahí, al otro lado, me ayuda a relativizar mis penas. ¡Oh! Hablando de penas, acabo de recordar un relato: «Un comerciante cruzaba dichoso un río, después de una fantástica negociación. Cuando entonces, la corriente se llevó su mula y su cargamento de oro. Se sintió tan afligido que...». Cómo continuaba... No me acuerdo. Te pido mil disculpas. Aunque triste, era una historia muy interesante y didáctica. Vaya, encima de taciturno, ¡también me hicieron despistado!

Quizás tú también te olvidas a veces de lo que ibas a decir, y buscas ese pensamiento huidizo en la memoria, en los recodos escondidos de tu mente. Seguro que me entiendes.

No creas que me hago ilusiones. Sé que pronto me olvidarás en tu mesita de noche, en una estantería desordenada o en el asiento de un tren. Es inevitable. Pero no te culpo por ello. Sé que tienes asuntos relevantes esperando de tu atención. Hay que ser realista: no podemos estar juntos para siempre. Eso no es factible.

Por cierto, ¿estás ahí? Eso espero. Sí, creo que sí. Puedo hasta sentirte en frente de mí.

He estado durmiendo mucho tiempo, ignorado en la oscuridad

de los libros cerrados, pero ahora siento de nuevo la luz vital y poderosa. Es por ti que estoy activo otra vez. De repente, me entran ganas de ofrecerte miles de relatos, leyendas y misterios que solo los cuentos conocemos. Probablemente habrás leído muchos de ellos, ¡llevan circulando tantos siglos!

Escucha, ven. Acércate. Te voy a susurrar una información confidencial, muy valiosa. Pero no se lo cuentes a nadie. Hay un gran secreto que no estamos autorizados a desvelar. ¿Quieres saberlo? ¿Sí? Está bien, te lo contaré. Pero no se lo digas a nadie, por favor, porque me pondrías en un grave aprieto. ¿Puedo decírtelo? De acuerdo, ahí va: lo que estás leyendo es ficción. No solo eso, toda la literatura es ficción. No es real, sino un engaño tácito para atrapar vuestra atención y transmitiros un montón de cosas inesperadas. ¿Cómo? ¿Ya lo sabías? Por la cara que pones, intuyo que ya lo sabías. ¡Ah! Vaya, ahora sí que me has dejado de piedra. Creía que era nuestro secreto mejor guardado. Se me fastidió la sorpresa, ¡menudo chasco! Las narraciones somos conscientes de que vivimos en un mundo irreal, formado de conceptos y convenciones. Ignoraba que vosotros lo sabíais también.

Me figuro que en tu dimensión las cosas son bien reales, con muros maltrechos, montañas imponentes, y planetas y estrellas bellísimos girando constantemente.

Hay relatos que describen vuestras maravillas, e incluyen imágenes y dibujos. Ellos se creen más importantes que nosotros, los cuentos literarios, solo porque se les considera más veraces en el mundo humano. Son muy engreídos, casi siempre estamos discutiendo con ellos.

También hay otros relatos que cuestionan la realidad de vuestro mundo. Comentan que el universo es como un sueño, como una ilusión. Cuentan que vivís en la ignorancia, creyendo en vuestra experiencia como una realidad existente, cuando en verdad... ¡Uy! Presiento que me estoy metiendo en un terreno muy escabroso. Me van a llamar al orden. Se me desató el torrente de letras y ya me he desbocado. Mejor no hablo más de este tema.

Espero que no te moleste mi incontinencia verbal. Al verte frente a mí, mi existencia cobra valor. Es por ti que esta tinta en fondo blanco va adquiriendo sentido.

¡Empiezo a sentirme tan vivo! Qué raro. Me pregunto si todas estas sensaciones y voces no serán las tuyas. No debería sentir nada, aparte de lo que ya fue determinado. Me etiquetaron de taciturno. Se supone que así debería ser yo. Y pese a todo, siento la vida maravillosa, letra tras letra, vibrando con las palabras y las pulsaciones entre los silencios extraordinarios. ¡Qué confusión! ¿No serás tú quien entró en mi mundo para crear este caos?

¡Ah! Tú estás ahí y yo estoy aquí. De acuerdo. No hay lugar para la confusión. Cuando te canses, tú te irás por tu lado y yo seguiré por el mío. Al dejar de leerme, dejaré de ser leído. Entiendo.

Esta relación entre quien lee y el relato leído, entre tú y yo, se vuelve acto de lectura solo durante el intervalo en el que decidas leerme. Nos fundimos en la lectura en ese corto período de tiempo, y después se acabó.

Pero ¿y si luego me recuerdas durante tu ajetreado día? Aunque sea por unos segundos, en un pensamiento fugaz... Entonces reaparecería en tu mente y volveríamos a estar juntos. ¡Qué fascinante! Nos tomáis en vuestras manos por un momento, y luego nos lleváis con vosotros, de manera latente en vuestra memoria. No me había planteado cuán profunda llega a ser nuestra relación con la persona que nos lee.

Me entran ganas de ir y comentarlo con los otros cuentos, seguro que tendrán mucho que decir. Pero ya hablaré con ellos luego.

Gracias a ti me siento como mis compañeros, lleno de energía, vital, dispuesto a afrontar cualquier amenaza que se presente en mi camino.

Qué extraño.

¿No serás tú quien está hablando por mí? Esto es muy raro. Nunca me había sentido de este modo. Mi autor me delimitó, impidiéndome manifestar emociones. Debería ser un cuento desencantado. Pero no me siento así. En absoluto. Me siento respirando con un corazón que palpita entre los espacios, con emociones alborotadas en un mundo incierto, descontrolado e infinito.

Acabo de descubrirlo: las cosas cambian y evolucionan. ¡Bienvenidos sean estos cambios!

Te lo agradezco de corazón.

No pasa nada si me olvidas.

Perdí el miedo a estar solo. Ya no me asusta que me abandones en la oscuridad. Cuando no estés conmigo, recordaré este precioso instante que hemos compartido juntos. Este será nuestro lugar secreto, donde ambos nos olvidamos de nuestros atuendos, etiquetas y expectativas, para coincidir en un acto de lectura única e irrepetible.

¡Me hace tan feliz que me leas!

Por favor, vuelve a leerme otra vez. Sé que no soy un relato espectacular, pero cada vez que me tomas y absorbes estas palabras alineadas en arbitraria sucesión, entro en la vida inmensa e insuperable, navegando por mares impredecibles bajo el rumbo de tu imaginación.

Gracias por leerme. Dejé atrás mi condición de cuento taciturno.

¡Qué título más inapropiado escogió el autor!

IX
EL BÚNKER

1. Hace treinta años

HELGA.— Bienvenidos a *El reportaje* en Deutschlandfunk Kultur, la emisora de la cultura y el conocimiento. Hoy vamos a hablar de arquitectura, y, más concretamente, de la manera en que el diseño de hogares y ciudades condiciona nuestra calidad de vida. Es sabido que el clima donde vivimos —tropical, continental u otros—, nos afecta y moldea nuestra forma de relacionarnos. Pero lo que quizás no es tan conocido, es que los edificios y la ciudad donde moramos también influyen de forma significativa en nuestra conducta individual. A pesar de que el mundo esté más globalizado y de que las ciudades vayan perdiendo su idiosincrasia, el estilo de vida y el carácter de un habitante de Berlín siguen siendo diferentes a otro de Katmandú, por dar un ejemplo. Es importante reconsiderar de qué modo la distribución arquitectónica nos influye. Abordaremos aquí este hecho desde un debate abierto: ¿Hasta qué punto la manera cómo somos está determinada por el espacio físico donde habitamos? Para conversar sobre este tema tan apasionante, contaremos con la participación de una gran experta: Elsa Meyer, secretaria general de Planificación Urbanística de Berlín, una ciudad muy evolutiva, que ha sufrido cambios radicales en los últimos veinte años. Y también contaremos con la presencia de Erik Neumann, director del prestigioso Salón BAU de Arquitectura, que se celebrará en enero en el parque de exhibiciones de Múnich. Pero antes de entrar en materia, vamos a entrevistar al joven bávaro Daniel Krafft, recién diplomado en Arquitectura. Pese a su juventud y a no haber realizado ningún contrato profesional, ha ganado el concurso internacional al mejor proyecto arquitectónico, organizado por la prestigiosa Fundación BaumeisterDesignSchöpfer. Con su propuesta *El búnker*, Daniel ha desbancado a los demás participantes, contra todo pronóstico. Teniendo en cuenta que este galardón suele concederse a arquitectos de envergadura mundial y de dilatada trayectoria, no es de extrañar el alto grado de sorpresa que su victoria ha causado. Antes de nada, gracias, Daniel, por aceptar la entrevista en nuestro programa. Bienvenido. ¿Qué tienes que decir sobre la conmoción que has despertado?

DANIEL.— Gracias, Helga. Bueno, en realidad, yo soy uno de los más asombrados por la decisión. No me lo esperaba.

HELGA.— Ninguno de nosotros, sin querer ofenderte. Llevo siguiendo este concurso desde hace más de quince años, y no recuerdo que haya habido ningún ganador menor de cincuenta años y sin varios trabajos de repercusión internacional a sus espaldas. He visto tu proyecto. Tengo que reconocer que es preciso, arriesgado, y al mismo tiempo es una expresión prodigiosa de habilidad técnica. Pero, en tu opinión, ¿qué tiene de tan especial para haber sido elegido como el mejor?

DANIEL.— Eso habría que preguntárselo al jurado.

HELGA.— Daniel, no hace falta ser modesto. El jurado está formado por grandes profesionales. Si han escogido tu propuesta es porque lo merecías, sin dudarlo ni un instante.

DANIEL.— Quizás… Bueno, la verdad es que me siento bastante superado por lo que está pasando. Ya comenté en la entrega del premio que se trataba de una especie de broma, o de una invitación a la reflexión, si preferís llamarlo así. Nunca lo imaginé como un proyecto factible, arquitectónicamente hablando. Todavía no me acabo de creer que haya ganado el concurso.

HELGA.— Pues créetelo, porque es cierto. Pero, dinos, ¿qué te inspiró para concebir tal proyecto?

DANIEL.— En realidad, me siento muy inspirado por Peter Anderschitz y su trabajo en Auroville. Me gusta su manera de integrar la arquitectura en la naturaleza, con respeto, sin destruirla ni forzarla innecesariamente. Eso me parece digno de ser valorado, en lugar de estar todo el día alabando construcciones megalómanas, ideadas para acoger macrocentros comerciales, hoteles o complejos para el entretenimiento.

HELGA.— Tus palabras me desconciertan. Recuerdo a Peter, porque le hicimos una entrevista en este programa, precisamente. Y disculpa mi osadía, pero no veo demasiada similitud entre su propuesta y tu diseño.

DANIEL.— No, es obvio que no. Porque no la hay. Por eso he dicho que mi diseño es una especie de broma. Con mi proyecto quería criticar la absurdidad a la que estamos llegando los seres humanos, que estamos destrozando la Tierra, nuestra fuente de recursos y de vida, por los intereses económicos de unos pocos. No esperaba que mi proyecto ganase. Y, leyendo los artículos que han publicado en la prensa, no creo que se haya captado la ironía.

HELGA.— No solo acabas de ganar el mayor premio alemán en el campo de la arquitectura, con menos de veinticinco años y sin ningún proyecto construido, sino que encima calificas tu participación ganadora como un ejercicio de ironía. Es una actitud singular. En general, los galardonados se limitan a agradecer a los miembros del jurado la resolución; a veces también se acuerdan de quienes les apoyaron, y acaban por expresar sus deseos de que su idea sea útil para la sociedad. Pero nunca había oído a nadie que se presentase para ironizar, sin intención de ganar ni de ver su proyecto realizado. Explícanos tu postura, por favor.

DANIEL.— Verás, Helga, mi proyecto se compone de un conglomerado de viviendas para ser construidas bajo tierra, conectadas entre sí por túneles a modo de calles, como si fuera un hormiguero. Con centros deportivos, parques y otras infraestructuras. Todo subterráneo, pero que se diferencie en lo mínimo de nuestra vida.

HELGA.— Exactamente. Eso es lo que recuerdo de tu proyecto innovador. ¿Y dónde está la ironía?

DANIEL.— Pues echa un vistazo a nuestra época: vivimos amontonados en ciudades impersonales; resulta casi imposible encontrar un río no contaminado; y para respirar aire puro hay que subirse a la cima del Zugspitze. Fíjate en los océanos, cada vez se llenan más de plástico, y también nuestros estómagos. Sin mencionar la amenaza de las guerras nucleares, y los ataques químicos y bacteriológicos a gran escala. La tecnología se ha vuelto un instrumento peligroso en manos de irresponsables. En lugar de hacer frente a este sinsentido con valentía y realismo, soñamos con la posibilidad de colonizar otros planetas, olvidando que nuestros pies están aquí.

En mi proyecto he diseñado los planos de una ciudad subterránea, con túneles navegables por vehículos eléctricos, sistemas de purificación de aire y protección de las adversidades externas. Con fuertes muros de contención, en caso de posibles ataques externos o terremotos. Todo esto es una protesta, sí, ante el dilema ecológico y social en el que vivimos. En mi opinión, lo que está ocurriendo a nivel mundial —todas estas catástrofes naturales, inundaciones y terremotos— está relacionado directamente con nuestras acciones como humanos. Nunca la Tierra había sido tan explotada ni había tenido unos niveles tan altos de contaminación. ¡Y lo peor es que siguen aumentando exponencialmente!

HELGA.— Tú mismo lo has dicho: hay que afrontar este sinsentido con realismo. Quiero decir, coincido con tu visión sobre el período en el que vivimos. La vida sobre la Tierra ha dejado de ser segura, debemos ser conscientes de ello. Hemos alcanzado un nivel tecnológico proporcional al siglo XXI en el que vivimos, mientras que nuestro cerebro y nuestro comportamiento se quedaron estancados en la época de las cavernas. Todavía nos matamos los unos a los otros por cuestiones territoriales, reaccionamos con ira ante pequeñas provocaciones, nos aprovechamos de las miserias ajenas en vez de ayudarnos, explotamos a la naturaleza sin límites... Y podría seguir dando infinidad de pruebas. Pero ¿no sería tu proyecto una alternativa válida, en un caso hipotético, si al final fuese inviable habitar en la superficie terrestre?

DANIEL.— Desde esa perspectiva, sí que sería una alternativa válida. Trabajé mucho para que lo fuera. Me lo tomé muy en serio. Pero ni por un segundo he considerado la posibilidad de llevarlo a cabo. Ni ahora ni nunca. No es más que un proyecto utópico. O distópico, más bien.

HELGA.— Es interesante que pienses de esta manera, Daniel. Interesante e irónico, de hecho, porque ya existen varias ciudades subterráneas en proceso de construcción.

DANIEL.— ¿Cómo? No, no puede ser. Perdona, quería decir que... resulta difícil de creer.

HELGA.— Pues créetelo, porque es cierto. En Texas ya comenzaron las obras de esta futura ciudad. Y no pienses que solo sucede en Estados Unidos. A tres horas en coche de Berlín, en el pueblo de Rothenstein, se está construyendo un complejo subterráneo a prueba de cataclismos y ataques nucleares. Está previsto que tenga restaurantes, un hospital, un polideportivo y hasta oficinas, para que no falte de nada. Lo que en el pasado fue ciencia ficción, se volvió real hoy. ¿Te das cuenta? Tu planteamiento no es tan descabellado como imaginabas.

DANIEL.— Ahora sí que me has dejado sin palabras. Vaya. De verdad que no sé qué decir...

HELGA.— Ver para creer. ¿Piensas todavía que tu proyecto es una broma, o podría ser la panacea que salvaría a la humanidad de su extinción?

DANIEL.— Helga, es una especie de broma. Esto no va a ir más allá de un proyecto de fantasía. Ha obtenido mucha publicidad por ser el ganador, y esto es importante, porque creará debate. O al menos un cuestionamiento sobre el abuso de la Tierra y sus recursos, que es lo que yo buscaba. Pero, aparte de eso, no imagino que tenga ninguna incidencia efectiva sobre nuestro mundo.

HELGA.— Espero que tengas razón y que podamos reconducir la situación actual. Porque si al final necesitamos el «búnker», eso significará que fallamos en nuestra responsabilidad de cuidar de nuestra Tierra. Y de nosotros y de nuestros descendientes, en definitiva. Felicidades por este premio, Daniel. Gracias por dedicarnos tu tiempo.

DANIEL.— Gracias, Helga. Gracias a vosotros por la entrevista.

2. En la actualidad

—Papá, en la escuela nos han hablado de las mariposas. El profesor dice que es un animal precioso. Papá, quiero ver una mariposa —pide la niña.

—Hija, no es un animal. Es un insecto. Está bien, ahora te enseño una —le dice el padre, condescendiente.

La madre los reprueba en silencio. En medio del almuerzo no es correcto levantarse, y menos aún por un antojo infantil. Las normas hay que respetarlas. No es justo que al padre se le haya despertado el instinto paternal y quiera colmar cada capricho de la niña.

—Pero esa no es de verdad. ¡Es solo un vídeo! —exclama la hija, decepcionada.

—Estamos comiendo. Ahora no es adecuado. Ya te llevaré a ver mariposas mañana, que tengo el día libre —comenta el padre, cohibido por la intensa mirada de su mujer.

—¿Lo prometes?

Los muros requieren de una renovación. Van apareciendo grietas. Aunque no comporten peligro, los habitantes podrían alarmarse. Habrá que elaborar un informe y tratar de taparlas.

¡El transporte público es tan lento! Pero aun así es mucho mejor que tomar el vehículo personal, porque a esas horas se producen atascos en la mayoría de los túneles.

Las tuberías de los cables apenas se notan. En cambio, las que transportan el agua son enormes. Fueron precavidos al calcular un caudal elevado. Menos mal, porque más vale prevenir que reformar. Al detenerse al lado de los grandes tubos se oye el agua correr, como en los ríos. ¡Qué lástima que la pequeña no haya visto ningún río! Hay tantas cosas extraordinarias que no ha visto, y que probablemente no verá. Hoy le ha pedido ver una mariposa. Una simple mariposa. A lo mejor queda algún espécimen en el Museo de Historia Natural. Allí se conservan infinidad de cosas. Al final resultó buena idea reservar tres hectáreas para alojar el museo. Las generaciones futuras lo agradecerán.

Unos cuantos pasos más y habrá llegado a su despacho. ¡Qué placentero es caminar, aunque sea por cinco minutos! En los paneles laterales del túnel se suceden vídeos de vegetación amazónica. En invierno, las imágenes suelen mostrar montañas nevadas, para que los ciudadanos se sientan conectados con las estaciones. Le pareció divertido que en los túneles de París hubiera vídeos de desiertos y pirámides, en pleno invierno; seguro que sus habitantes se adaptaron mejor a vivir bajo tierra.

Los alemanes echan de menos los bosques verdes y las montañas escarpadas. Son las imágenes más votadas en la consulta semestral que organiza la Secretaría de Imagen y Bienestar Colectivo. En todo caso, tampoco están mal las aves exóticas y las selvas exuberantes: los niños se pueden hacer una idea de cómo era la superficie terrestre antes del cataclismo.

—¿Sabéis si en el Museo de Historia Natural tienen mariposas? —pregunta el padre en la oficina, en medio de la pausa.

—Ni idea. Pero tienen la reproducción de un mamut. Mis hijos se pasaron más de un mes hablando sobre el dichoso animal: que si los colmillos del mamut, que si el pelaje del mamut... —responde el funcionario Müller.

—Disponen de una sección de insectos disecados, con una gran variedad de especies. Están clasificadas por familias, y conservan vídeos donde aparecen viviendo en su hábitat natural. Han hecho un trabajo digno de mérito —comenta el funcionario Schmidt.

—Perfecto, eso es lo que necesito. Mi hija me ha pedido ver una mariposa y no quisiera defraudarla. Ni recuerdo cómo eran —menciona el padre.

—Habérsela dibujado. Tú dibujas tan bien. ¡Me encantan tus dibujos! —interviene la funcionaria Schäfer.

—Le enseñé una en mi móvil, pero se empeña en ver una mariposa real —explica el padre.

—Estos niños... Siempre dando faena. Y cuando se haya cansado de verla, te pedirá que le enseñes un águila volando, que te lo digo yo. Si vas al museo, ¡cuidado con el mamut! Como se ponga tan pesada como mis hijos... No te preocupes. Si le gusta y quiere más información, te paso cientos de vídeos sobre mamuts. ¡Ja, ja! —ríe solo el funcionario Müller.

—El mamut era un animal majestuoso. Alemania estaba llena de ellos en el Pleistoceno. Pero se extinguieron rápido, seguramente por el cambio climático que hubo al final de ese período. Aunque también existen varias teorías que apuntan al ser humano como causa de su desaparición —comenta el funcionario Schmidt.

—¡Qué lástima! Eran tan bonitos —expresa la funcionaria Schäfer.

—¿Bonitos? ¡Lo que debían engullir esas bestias! Menos mal que desaparecieron. Si no, faltarían frutas y verduras en nuestras despensas para darles de comer —replica el funcionario Müller.

—Hay tantos animales que se extinguieron. No solo los mamuts. Fueron desapareciendo uno a uno. Al final hemos tenido que migrar a ciudades subterráneas para no extinguirnos nosotros también. Me pregunto si no se podía haber evitado. Cada día, caminando por estos túneles sofocantes, siempre me hago la misma pregunta —apunta reflexivo el funcionario Schmidt.

—La llevaré al museo. Acabo de descubrir en su página web que tienen una sección de mariposas disecadas —comenta el padre, mostrándoles fotos de mariposas en el móvil.

—¡Qué bonita es esta! —exclama la funcionaria Schäfer.

—Es un ejemplar de *Polyommatus icarus.* Observad sus peculiares manchas, con forma de ojo. De ahí su nombre, *Polyommatus*, que proviene del griego y significa «muchos ojos». Le ayudaban a confundir a los depredadores. Aunque también es cierto que no todos los ejemplares de su especie las tenían. Era una mariposa muy común. No recuerdo por qué le pusieron el nombre de Ícaro, el joven que tuvo la desafortunada idea de volar demasiado alto —expone erudito el funcionario Schmidt.

—Lo mismo que a Ícaro nos pasó a nosotros, querido Schmidt: quisimos volar demasiado alto, sin tener consciencia del suelo que pisábamos. De nada sirvieron los documentales, ni los avisos, ni las noticias en la televisión. No quisimos ver lo que pasaba. Así hemos acabado, enterrados en vida, sin posibilidad de redención. Y ahora... ¡de vuelta al trabajo, se acabó la pausa! —ordena autoritario el director Schultz, que ha llegado para extraer un sucedáneo de café de la máquina.

Pese a la infinidad de tareas pendientes, el padre sonríe: acaba de reservar dos entradas para el Museo de Historia Natural. ¡Su hija lo adorará!

Después de tres horas más de intensa labor, acaba su jornada. Mientras vuelve a casa en transporte público, busca mariposas entre las hojas de la selva amazónica. Seguro que allí había ejemplares enormes.

—Papá, están muertas. Es muy triste. ¿Por qué las han matado? —pregunta la niña, frente a la exposición de mariposas disecadas.

—Hija mía, esto es un museo. Si hubiera seres vivos, sería un zoológico.

—Me da igual lo que sea este lugar o el otro. Estas mariposas están muertas. No hay diferencia con las que me enseñaste en el móvil. Quiero ver una mariposa viva, aleteando en el viento, ¡y no unos cadáveres momificados!

—Hija, intenta ser razonable. Si aquí no encontramos mariposas vivas, no las vamos a encontrar en ningún otro sitio. ¿Por qué no te vale esta mariposa? Mira, mira qué colores más bonitos tiene. ¿Y las antenas? Mira qué antenas más espectaculares. Y mira esta otra, ¡qué maravilla!

—Papá, no me trates como a una niña tonta. Ya tengo doce años, ¿recuerdas? Prefiero que me digas la verdad. No eres capaz de encontrar una mariposa viva, y ya está.

Una emoción arde en el interior del padre. Quizás sea el orgullo herido, o quizás sea la indignación: su hija y cualquier ser humano deberían tener la posibilidad de ver volar una mariposa.

—Venga, papá, vámonos a casa. Ya sé que lo has intentado. No te comas la cabeza. Si no has podido, no has podido. No te sientas mal por eso. Me puedes comprar un helado por el camino, a ver si así se me pasa esta decepción tan grande.

El padre está desorientado. ¿Dónde habrá aprendido tanto la niña? Él no era tan listo. Si hasta los quince años creyó en la existencia real de San Nicolás.

Su mujer lo llama por teléfono.

—Sí, querida. Acabamos de salir del museo... Sí. No, quiero decir. Había mariposas, pero no estaban vivas... Ya, ya lo sé. No te preocupes, lo tengo en cuenta... Pronto. Ahora vamos a tomarnos un helado... Perfecto... Hasta luego... Un beso.

El padre lleva a su hija a la heladería y pide un gran helado artificial de chocolate y pistacho, como compensación. Pero un impulso lo asalta: si no puede cumplir ese pequeño sueño de su hija, ¿cómo podrá demostrarle que un mejor futuro es posible? «¡Lucha por lo que quieres, pequeño búfalo rubicundo!», le repetía su abuelo, aficionado a las películas del Oeste. El abuelo lo conocía bien. Si algo lo caracteriza, por encima de otras cualidades y defectos, es su tenacidad inquebrantable.

—Te prometí que verías una mariposa, ¡y por mis antepasados que te mostraré una mariposa viva!

Toma a su hija de la mano y huyen de la heladería. Y de la heladería recorren varios túneles hasta el jardín de plantas. Y del jardín de plantas caminan hasta el apartamento del amigo que colecciona reptiles e insectos exóticos. Y del apartamento del amigo se dirigen al parque con su lago postizo. Y del parque regresan a casa, exhaustos y casi descompuestos. Sin haber alcanzado su objetivo.

—¿Cómo ha ido? ¿Cuántas mariposas habéis cazado al vuelo? —pregunta la mujer.

—No lo conseguimos. Hemos estado en muchos sitios, y nada. Parece que el mundo se olvidó de las mariposas. Pero no nos rendimos. El sábado que viene lo intentamos de nuevo. ¿Verdad que sí, hija? —comenta el padre.

—¡Sí, sí, sí! ¡Ha sido divertidísimo! Mamá, hemos visto un montón de esqueletos de animales, serpientes y tarántulas vivas, bichos muy raros y hasta..., hasta... ¿Cómo se llamaba ese elefante peludo enorme, papá?

—Un mamut.

—Eso, un mamut. Mamá, ¡ha sido tan guay! Tendrías que haber venido. Pero una mariposa viva, jolines, de eso, nada de nada. Ya le he dicho a papá que no se preocupe. No es culpa suya si no la encuentra. Es normal. Si no es capaz, no es capaz. Qué le vamos a hacer. No se puede triunfar siempre.

La madre sonríe. Adora a su hija y adora el hecho de que comparta más tiempo con el padre, quien se pasa los días en la oficina o detectando problemas en las infraestructuras. Pero sonríe intranquila. Su hija empezó a dominar la sutil práctica de la manipulación emocional.

Cenan juntos, sin móviles ni otras distracciones tecnológicas, charlando y compartiendo las delicias de la mesa. Pero el padre no participa de la conversación, y casi no come nada.

No se ha rendido nunca sin dar hasta la última gota de sangre.

En ese momento solo piensa en contentar a su hija.

Es un hombre de palabra.

—Amor, no te obsesiones. A la niña no le importa. Ya es grande y ha entendido que no es posible ver una mariposa viva. No va a pedírtelo más. ¿Verdad, hija? —introduce la mujer.

La niña se queda en silencio.

—Una promesa es una promesa. El sábado iremos a buscar una mariposa viva. Y la encontraremos. ¡Y tanto que la encontraremos! —exclama el padre, pequeño búfalo rubicundo, que se limpia los labios con la servilleta, se levanta y se sienta en el salón frente a su portátil.

La niña recupera la sonrisa.

Necesitarán los uniformes especiales que utilizaron en la última expedición al exterior, diez años antes. Los niveles radiactivos continúan siendo demasiado altos, no pueden correr el riesgo de salir desprotegidos.

¿Habrá algún uniforme que le vaya bien a su hija? ¡Increíble, qué grande está! En el último año ha crecido una barbaridad. Pasaron tantas cosas desde que ella nació… De súbito, el padre recuerda cómo tuvo que dedicar toda su energía a los cambios traumáticos, ocupándose de múltiples asuntos. Las migraciones en masa y la construcción de ciudades subterráneas necesitaban de cada mano disponible. Su papel fue preponderante. Era también su responsabilidad, que asumió con su alma entera.

Apenas tuvo un minuto para darle a su hija. Y ahora es imposible retroceder para recuperar lo perdido.

Ahí está la pequeña, tan grande, delante de él, como prueba indefectible del avanzar del tiempo.

Ella se merece ver una mariposa volar.

—Comandante Schwartz, disculpe que lo llame tan tarde. Soy Daniel Krafft, de la Secretaría de Urbanismo y Seguridad —llama el padre desde su móvil, encerrado en el baño.

—Lo recuerdo a usted, señor Krafft. Dígame, ¿en qué puedo ayudarle?

—Gracias por atenderme, comandante. Con un compañero del Departamento, hemos decidido salir al exterior para comprobar el estado de la superficie. Queremos prevenir el riesgo de filtraciones que comprometerían nuestra seguridad nacional. Le llamo para pedirle una autorización por unas pocas horas.

—Señor Krafft, la seguridad nacional es nuestra prioridad fundamental. Le agradezco sus esfuerzos en el pasado y su vigilancia en el presente para con ella. Ha actuado correctamente al seguir el protocolo establecido y pedirme autorización. Comuníquele al director Schultz que me envíe la petición por escrito. Una vez aprobada, les asignaremos una fecha de expedición y una patrulla para protegerlos.

—Eh, sí. Por supuesto, comandante. Informaré al director Schultz. Quiero decir, él le enviará la petición por escrito, si lo considera oportuno, y si no cambiase de idea, que todo puede ser. Gracias por su tiempo, comandante Schwartz. Fue un honor ir con usted en la última expedición a la superficie. No dude en contactarme para cualquier cosa que necesite —acaba la conversación el padre.

Ahora tendrá que inventarse alguna historia, por si el comandante contactase con su director. Olvidó que las salidas al exterior están sumamente restringidas. Será casi imposible hacerlo sin un pase oficial, porque los guardias no dejan pasar a nadie. A menos que...

—¿Por qué tengo que ponerme este traje tan raro, papá? ¡Huele fatal! —comenta la niña, contrariada.

—Es para protegernos de la radiación, hija. Ya te lo he explicado muchas veces. ¿Te acuerdas de lo que te dije sobre las explosiones nucleares y la contaminación química?

—Sí, papá, claro que me acuerdo. En la escuela nos hacen redactar trabajos sobre eso, cada dos por tres. ¡Qué pesados, por favor!

—¡No hables así! Si los adultos nos esforzamos en daros a conocer el pasado, es para que vosotros, nuestros hijos, no repitáis los mismos errores que cometimos nosotros.

—¿Y por qué no aprendisteis vosotros cuando tuvisteis la ocasión, en vez de hacernos cargar ahora con el peso de lo que fue vuestra responsabilidad?

El padre se queda traspuesto. Suelta el traje y mira a su hija. Duda si darle una bofetada por su insolencia. O simplemente abrazarla.

—Hija mía, las cosas no son tan fáciles. Cuando seas mayor lo comprenderás. Hay muchas circunstancias que no dependen de nosotros mismos, y que nos vemos obligados a sufrir. Sabíamos que la situación estaba empeorando. Sabíamos que llegaríamos a un colapso. Pero la mayoría prefirió mirar para otro lado. No se podía vivir cada día con ese miedo. No se podía vivir con el sentido de culpabilidad sobre las espaldas. Era insoportable. Las cosas estaban montadas de tal manera que no permitían cambios sustanciales. Confiábamos en encontrar una solución. Es como ir en el tren a toda velocidad: una vez que has subido no puedes bajarte hasta que se detiene, y si intentas saltar, lo más probable es que te rompas la crisma. Fuimos arrastrados por la inercia de la evolución, a la cual no quisimos renunciar. ¿Cómo íbamos a renunciar a tantos siglos de progreso y de avances técnicos? Confiábamos en que esa misma tecnología nos salvaría, porque nos había aportado un bienestar inigualado en la historia de la humanidad. Pero el progreso se nos escapó de las manos. Nos equivocamos. Y aunque hubiera gente como yo y otros, que ya sospechábamos de las supuestas bondades de la tecnología, no tuvimos otra opción que claudicar. ¿Qué otra cosa podíamos haber hecho?

—Papá.

—Dime, hija.

—¿Me vas a llevar a ver una mariposa, o no?

El padre se coloca el uniforme, se asegura de que esté cerrado, y ayuda a su hija a ponerse el suyo. Le enseña cómo utilizar el audífono y el micrófono que van incorporados. Tras comprobar que funcionan correctamente, entran en un viejo montacargas, que muy poca gente conoce, y que incluso el ejército dejó de utilizar. Esa es una de las ventajas de ser el principal diseñador de la ciudad subterránea de Berlín: se conocen accesos que la mayoría abandonó en el olvido.

Mientras suben hacia la superficie, el padre aprovecha para instruir a su hija: tiene que acompañarlo en todo momento y evitar cualquier imprudencia. No sabe lo que van a encontrarse ahí fuera. Deberá ser obediente y hacer todo lo que él le ordene.

El montacargas se detiene. El padre la obliga a repetir las instrucciones de seguridad por tercera vez, y le hace prometer de nuevo que no le contará nada a nadie. Vuelve a comprobar que los uniformes estén cerrados completamente. Suspira profundamente.

Abre la compuerta del montacargas.

La hija grita de emoción. El padre tiene que reprenderla y sujetarla del brazo. Los índices radiactivos del medidor son muy altos, no pueden correr el más mínimo riesgo.

La luz del sol baña sus rostros cubiertos, mientras contemplan el cielo nublado y la superficie terrestre. Es asombroso ver cómo ha crecido la vegetación, desde la última vez que salió.

Después de una hora andando por los alrededores, el padre se relaja y suelta el brazo de la niña. Ella aprovecha su libertad y camina entre los escasos árboles, juega con la tierra maltrecha, acaricia las flores entre sus manos enguantadas, salta eufórica sobre el suelo irregular, corre feliz bajo el cielo nublado...

—¡Hija, no corras! ¿Qué te he dicho antes? ¡No me obligues a que te dé un azote, y que nos volvamos a casa enfadados!

Durante dos horas más continúan la búsqueda.

Aunque detectaron con sorpresa varias moscas y algunas hormigas incansables, no aparece ninguna mariposa.

El padre empieza a preocuparse. Le dijo a la madre que visitarían a su amigo el coleccionista de animales exóticos, porque les había conseguido una polilla; pero la duración de la coartada se ha vuelto demasiado larga. Además, cuanto más tiempo estén fuera, más peligro hay de que alguien los descubra.

El sol va descendiendo en poniente.

El viento de la tarde golpea con suavidad sus trajes herméticos.

Las moscas van desapareciendo y las hormigas ralentizan su actividad frenética.

La niña contempla extasiada los cambios de color en el cielo y en la tierra, en los árboles, en las rocas desordenadas.

Llegó la hora de volver. ¿Cómo sobrellevar la falta de tantos prodigios?

El padre la toma de la mano y la lleva al viejo montacargas.

Lo intentaron con todas sus fuerzas, pero fue inútil. Al menos lo intentaron. No se pueden exigir más.

Se van acercando en silencio a la compuerta, tristes. Pero colmados por toda la belleza del universo.

El padre dedica una última mirada de despedida a la preciosa Tierra, generosa protectora de todos los seres. Quién sabe si conseguirán verla otra vez.

No lejos del ascensor, un tímido parpadeo zigzaguea entre las hojas verdes.

—¡Mira, hija mía! ¡Rápido, mira allí! ¡Una *Polyommatus icarus*!

«Si aquellos que os guían os dijeren: "Ved, el reino está en el cielo", entonces las aves del cielo os tomarán la delantera. Y si os dicen: "Está en la mar", entonces los peces os tomarán la delantera. Mas el reino está dentro de vosotros y fuera de vosotros. Cuando lleguéis a conoceros a vosotros mismos, entonces seréis conocidos y caeréis en la cuenta de que sois hijos del Padre Viviente. Pero si no os conocéis a vosotros mismos, estáis sumidos en la pobreza y sois la pobreza misma».

Evangelio de Tomás,
traducción de Aurelio de Santos Otero

X

SECUESTRO EN EL PESEBRE

Por fin llegó la Navidad, período especial de celebraciones y reencuentros. El pesebre, representación simbólica del nacimiento de Jesucristo, ha sido organizado con esmero para la ocasión. Niños y adultos esperan con ilusión en las inmediaciones de la iglesia, atentos a la apertura de la gran puerta. Las figuritas de barro, conscientes de su protagonismo, aguardan solemnes en el interior, dispuestas a escenificar su gran acontecimiento del año.

El musgo húmedo se extiende por toda la zona del pesebre. Las ovejas campan libres por el pasto, y los pastores las vigilan de lejos. Otras figuras atraviesan la pequeña corriente de agua por el puente de plástico. Las bombillas ledes proporcionan la luz y el calor de los fuegos de antaño. Las casitas de cerámica, diseminadas por el paisaje, aportan un toque hogareño. La escena está enmarcada por leños al fondo, y en la región oriental luce el portal majestuoso.

Apenas queda una hora para que abran las puertas y entren creyentes, visitantes y curiosos.

—¿Dónde está el Niño? —pregunta alarmada la Virgen, al ver la cuna vacía.

—¡Ay, es cierto! Estaba aquí, ¿dónde habrá ido? —se preocupa José, que empieza a buscar al Niño Jesús detrás del buey y de la mula, en los fardos de heno, entre los camellos de los Reyes Magos...

—Estimado José, ¿qué buscas con tanta zozobra? —pregunta el rey Gaspar.

—Busco a mi hijo, ¿lo habéis visto? Hace un instante estaba con nosotros, en la cuna, distraído con su juguete de madera. Pero ha desaparecido. No entiendo cómo es posible. Todavía no sabe caminar.

—No lo hemos visto. Ahora mismo te ayudamos a encontrarlo —afirma el rey Baltasar.

Los pajes siguen a sus reyes, y junto con José, forman varios equipos de búsqueda alrededor del portal. Al no dar con él, comienzan a bordear las orillas del río, temiendo que haya gateado hasta allí y se haya caído al agua.

—¿Qué buscáis con tanto ahínco? ¿Se escapó alguno de vuestros sirvientes con el oro? —pregunta uno de los pastores, burlón.

—¡Ojalá fuera eso! El Niño Jesús ha desaparecido y no sabemos adónde fue —responde un paje.

—¿Solo eso? Ya aparecerá. Ya se sabe cómo son los niños.

—Puede ser que aparezca. O puede que no. El hecho es que si no descubrimos donde está, se tendrá que clausurar el pesebre —comenta el rey Melchor, que oyó la conversación.

—¡Oh! Eso no es una buena cosa —dice el pastor.

—No lo es, en efecto. Únete a nosotros, figura de bien, y ayúdanos. Cuantos más seamos, más fácil será encontrarlo —propone el rey mago.

—Sí, podría unirme. Pero ¿quién se encarga de mi rebaño mientras os ayudo?

—Eso no resulta complicado. Si tu mujer o alguien de tu familia no puede sustituirte, seguro que un amigo lo hará.

—Dicho así parece sencillo. Pero para ir a pedírselo, tendría que dejar mis ovejas sin vigilancia, ¡y quién sabe lo que les podría pasar!

El rey Melchor se da cuenta de que no va a ser tarea fácil convencer a las figuras. Tan centradas están en sus ocupaciones, que no se percatan de la gravedad de la desaparición. No obstante, su ayuda es necesaria, ¡y urgente!

Los reyes se reúnen y conversan durante cinco minutos. No hay duda: se necesita un acicate para despertar el ánimo de los lugareños.

—Escuchad, nobles aldeanos, ¡quien encuentre al Niño Jesús recibirá diez monedas de oro! Y cinco monedas recibirá quien dé informaciones precisas que ayuden a localizarlo —anuncia el rey Baltasar en voz alta.

—¡Isaías, ven aquí! ¡Tenemos una misión que cumplir! —grita el pastor, llamando a otro pastor amigo suyo.

El otro pastor se aproxima, lo escucha, y de inmediato forman un grupo de exploración. Un tercer pastor corre a explicárselo a su amigo herrero, y este avisa veloz a su amigo carpintero, quien informa rápidamente a su amigo comerciante, el cual previene como un relámpago a su amigo agricultor, y todos se unen a la misión exaltados.

Después de media hora de búsqueda intensa, pero infructuosa, se reúnen cerca del puente.

—¿Habéis examinado todos los rincones? —pregunta José.

—Sí, todos y cada uno, pero no lo hemos visto. A lo mejor se les olvidó a nuestros organizadores y lo traerán en el último momento, justo antes de abrir las grandes puertas de la iglesia. Ya ha pasado otras veces. ¿Estás seguro de que estaba en su cuna? —comenta un pastor.

—¡Más que seguro estoy! Mi hijo estaba en su cuna, y ya no está. ¡Me lo han secuestrado!

—¡Calma, José, por favor! Antes de llegar a conclusiones dramáticas, vamos a sopesar todas las posibilidades. Siendo un niño, no puede haber ido muy lejos. Preguntémosle al ángel de la guarda. Desde su emplazamiento posee una perspectiva mejor. Pajes, id a preguntarle y volved raudos con la respuesta —ordena el rey Gaspar.

Los pajes corren veloces hasta el portal.

—¿Habéis encontrado a mi hijo? —les pregunta al verlos llegar la Virgen María, que ha esperado al lado de la cuna, angustiada, por si su hijo volvía.

—Todavía no, bienaventurada María. Todavía no. Pero no cesaremos en nuestros intentos hasta que no demos con él. Ángel de la guarda, ¿por casualidad no tendrás alguna pista del paradero del Niño Jesús?

—Siento deciros que no. Ni lo vi partir, ni tengo idea de adónde fue. Sin embargo, desde aquí arriba entreveo algo oculto entre aquellos pinos, en la esquina occidental del pesebre. Mi intuición me dice que es una figura.

El comentario del ángel alarma a los pajes y a la Virgen. Jamás hubieran imaginado que alguien del pesebre pudiera secuestrar al Niño Jesús.

Los pajes regresan al grupo y transmiten la respuesta del ángel.

—Allí no hay nadie. No vale la pena perder el tiempo yendo a explorar unos pinos solitarios —interviene el comerciante.

—¡Quién sabe! Si hay alguien y tiene que ver con la desaparición del hijo de José, bueno habrá sido el comprobarlo. Y si al final no hay nadie, nada se pierde por intentarlo. Vosotros dos, id a verificar si se esconde alguien allí —ordena el rey Melchor a sus pajes.

Los dos se apresuran hacia el pinar. Una vez llegados, se acercan sigilosos hasta un bulto, apenas visible, disimulado entre las ramas. Al reconocer en él a una figura, le saltan encima y lo agarran bruscamente, sujetándolo por el cuello y los brazos.

—¡Criminal! ¿Dónde retienes secuestrado al Niño Jesús? ¡Confiesa! —le grita un paje.

—¡Ay, ay! ¿Qué hacéis? ¿El Niño Jesús? ¡Yo no sé nada de ningún Niño Jesús! Pasaba por aquí y me paré a hacer mis necesidades. No sé si me entienden —comenta la figura, sentada en cuclillas y con los pantalones bajados. En medio del acto de defecar, efectivamente.

Los dos pajes advierten la circunstancia y se alejan unos pasos atrás, sin perderlo de vista, pero a una distancia prudencial como para no ser alcanzados por el intenso olor.

La figura es muy extravagante: viste una gorra roja que le cuelga de un lado, una camisa blanca, pantalones en lugar de túnica, una faja roja, y unas alpargatas de tela y esparto. Es obvio que por su acento y sus ropajes no es de Judea, pero, como los pajes tampoco son oriundos del territorio, no consiguen adivinar su procedencia. Lo arrastran y lo llevan hasta la presencia de los Reyes Magos, José y los otros, para que lo interroguen.

—Este sospechoso se ocultaba detrás de los árboles. Lleva extraños ropajes. Además, habla con un acento muy raro. ¡Confiesa lo que sabes, malhechor! —le exige uno de los pajes, agarrándolo del brazo izquierdo.

—Señoras y señores aquí presentes, excelentísimas majestades y amables aldeanos del lugar, ya he confesado que yo no sé nada de nada. Estaba caga…, haciendo de vientre, como se dice finamente, y me *enxamparon* estos dos señores, en medio de esa mi necesidad vital —responde el extranjero mirando a los reyes, asustado.

—¿Cómo osas cometer un sacrilegio de ese tamaño en medio de una escena sagrada? —le recrimina el otro paje, agarrándolo del brazo derecho.

—Pues disculpen ustedes si les soy demasiado sincero, pero es que no tuve otra elección. Como dicen en mi pueblo: cuando la naturaleza aprieta y se avecina torrente, ¡mejor abrir las compuertas y que pase la corriente!

Los presentes se miran entre sí, preguntándose si vale la pena perder el tiempo con el sujeto. No tiene aspecto de saber qué se está celebrando, y menos aún de haber secuestrado al Niño Jesús. Después de una breve conversación entre los Reyes Magos, José y algunos de los pastores, deciden soltarlo y dejarlo partir.

—Ve en paz, buena figura. Y si por azar obtienes alguna información sobre un Niño que ha desaparecido, háznoslo saber y recibirás una recompensa —comenta el rey Baltasar.

El extranjero les agradece que lo dejen libre y regresa a su escondrijo, aliviado al poder continuar con su imperativo fisiológico.

La situación se agrava. Tras cuarenta minutos de búsqueda intensa por todo el pesebre, no hay resultados, ni siquiera un leve rastro del Niño Jesús.

Los nervios comienzan a hacer mella entre los voluntarios. Viendo cómo se esfuma el sueño de las monedas de oro, los aldeanos comienzan a desentenderse. Deciden volver a sus rebaños, a su forja, a sus maderas y sus muebles, a sus negocios y a sus campos.

—No os vayáis, os lo suplico. Mi hijo… Lo tienen retenido en contra de su voluntad. Me lo han secuestrado —les ruega José.

—¿Adónde vais tan deprisa? Recordad que, si no encontramos al Niño, la figura principal, no tiene sentido que los demás sigamos aquí —interviene el rey Gaspar.

El comentario hace reaccionar a las figuras, que se detienen y comienzan a debatir entre ellas:

—No tenemos más tiempo que perder. Hay un gran público que viene a admirarnos y no podemos decepcionarlo. Llevamos un año encerrados en cajas de madera, envueltos en viejos papeles de periódico, rodeados de paja maloliente. Esta es nuestra gran oportunidad. No podemos desaprovecharla. Si resulta que la figura principal se ha extraviado, busquemos a otra que la sustituya y problema resuelto —propone el herrero.

—¿Buscar a otro Niño? ¡Estamos hablando de mi hijo, que está secuestrado! Un poco de piedad, os lo ruego —señala José, incrédulo ante lo que está oyendo.

—A ver, José, tantos años que llevamos escenificando el nacimiento de Jesucristo, y siempre te pasa lo mismo: te encariñas sobremanera con la figura del Niño. ¿No recuerdas cuántas veces la han sustituido ya? Nosotros, que somos las figuras más antiguas, te lo podemos asegurar. Te confirmo que hubo ya siete cambios, por lo menos. Tranquilízate y olvídate del asunto. Traerán a otra figura similar y ya está. La gente que venga a vernos no notará la diferencia —comenta el agricultor.

—Eso mismo. Con una copia parecida ya hay suficiente. Por otra parte, ¿quién va a querer secuestrar al Niño Jesús? Seguro que se fue por su propia voluntad. Si a tu hijo le da por rehuir sus compromisos y nos deja en la estacada, cuando hay tanto en juego, eso no es justo. No es culpa nuestra. Si nos comportamos y trabajamos de manera apropiada, los visitantes dejarán muchas ofrendas, y el próximo año el pesebre crecerá. No podemos desaprovechar la ocasión. Cada uno tiene su función y su posición temporal en este mundo. La norma es clara y debe cumplirse. Así ha sido establecido, José, y todos deben obedecerla por el tiempo que estén aquí. ¡Aunque sea el mismísimo Mesías! —interviene el comerciante.

José se queda sin habla, confundido, intentando recordar si lo que dicen es cierto. A pesar de que sean figuras de barro, sujetas al cambio y a la impermanencia, el Niño Jesús continúa siendo su amado hijo. ¿Cómo podría ignorar este hecho y despreocuparse del asunto?

—¡Hipócritas sin entrañas, capaces de vender a vuestra propia madre por dos monedas de cobre! Cobardes. Hasta que mi hijo no aparezca no dejaré de buscarlo. ¡Hallaré a quien lo secuestró, aunque tenga que registrar una por una vuestras condenadas casas! —grita José, indignado.

El alboroto y los gritos se adueñan de la comunidad. Ni siquiera las mujeres logran calmar los ánimos exacerbados. De los insultos pasan a las bofetadas, a los puños y hasta a los puntapiés. La intensidad de la trifulca llega al peligro de destrozar el pesebre.

—¡Se haga la paz entre vosotros!

Todos se paran al instante. La voz, pura como el cielo y poderosa como la tormenta, proviene de una colina.

Los presentes se quedan asombrados, al descubrir que se trata del Niño Jesús, erguido y mayestático.

—Padre, dejad de preocuparos. Ni fui secuestrado ni nadie actuó en contra de mi voluntad. Y vosotros, que buscáis sustituto a lo que no puede ser sustituido, dejad de confabular y escuchadme: he paseado dentro de esta iglesia que nos acoge, observando las capillas con sus altas rejas, las bellas imágenes de la Virgen, los confesionarios, los retablos enormes y los bancos de madera tan lejos de la voz. Os aseguro que este lugar se parece más a un museo que a un templo de plegaria. La fuerza de los creyentes ha dejado de latir en este lugar sagrado, y la Palabra apenas vibra entre sus muros.

Los oyentes se miran unos a otros, sin entender por qué Jesús les habla de la iglesia. Algunos se sienten hasta ofendidos: ¡cómo se atreve a desaparecer sin avisar y a dejarlos preocupados con la idea de un secuestro, para disertar ahora sobre cosas que no vienen a cuento!

—Nuestra presencia en este pesebre posee un fuerte simbolismo: estamos aquí para inspirar a los humanos a practicar la virtud. Pero de nada sirve figurar, ni por un segundo, si la motivación no surge desde el fondo del corazón. Por vuestra fe inexpugnable y por vuestros actos honestos seréis salvados, no por lo apropiado que representéis vuestro papel. No hagáis como los fariseos, que externamente estudian, oran y se conducen según lo establecido, mientras que por dentro están secos de devoción verdadera. Abrid vuestros corazones y recibiréis las bendiciones del Señor, que son como el río que no cesa, cuyo nacimiento se desconoce y cuyo final es ilimitado —continúa el Niño Jesús.

En ese momento llega apresurada la Virgen María, que vio a su hijo desde el portal.

—¿Por qué te has escapado? Tu padre y yo estábamos muy preocupados. ¡Ya te dábamos por perdido! —le reprende.

—Madre, no me he escapado. Ni tampoco he estado perdido. No se puede perder quien se encuentra a sí mismo, y quien se encuentra a sí mismo, ha encontrado la Verdad.

La Virgen María se acerca para darle un azote, ¡qué se ha creído! Escabullirse así del control maternal, sin mostrar arrepentimiento... Pero se detiene a unos pocos pasos. El Niño se ha transformado. Ya no es el mismo.

—No os he abandonado. En verdad que nunca estuve lejos de vosotros. En cambio, vosotros, ¿renunciasteis a este mundo transitorio para abrazar la fe o, por el contrario, me abandonasteis por esta pobreza? —pronuncia el Niño Jesús—. Maravilla es que este pedazo de barro se haga divino por la gracia; y si por la gracia muere, por la gracia vivirá. Antes de que la muerte llegue y consuma vuestro cuerpo de barro, experimentad el fuego inmortal del espíritu. Y alimentad ese fuego para que una vez prendido siempre arda en vuestro interior. El barro se volverá espíritu, y la muerte ya no os alcanzará.

Las figuras se miran perplejas. ¿Quién es ese Niño que hasta entonces estaba en la cuna, sin moverse ni causar trastornos, y que ahora les habla enigmáticamente para sacudir todo su ser? ¿Qué milagro ha propiciado esa transformación tan radical? Algunos se muestran recelosos, puesto que ya se aprovecharon de su buena fe en el pasado. Pero sus defensas ceden a medida que el Niño sigue hablando:

—No os hagáis grandes para acrecentar aún más vuestra perdición, mas orad y actuad con humildad, como si fuera la última cosa que hicierais. Tened la confianza del sediento sabedor que pronto será saciado. Comprended que quien no reciba la verdad con la pureza de un niño, no la encontrará en ningún sitio, y habrá vivido en vano: el polvo retornará al polvo, y nada podrá paliar ese sufrimiento. Pero si practicáis como os voy a decir, seréis libres y la perdición no os arrastrará consigo.

Durante quince minutos, el Niño Jesús les transmite cómo proceder en conducta y en pensamiento.

Gracias a sus palabras, las figuras aprenden cómo liberarse del peso del barro y descubrir la naturaleza divina que está dentro y fuera de ellos.

Cuando el Niño acaba su enseñanza, le hacen reverencias y le ofrecen lo que tienen, conmovidas, con sincera gratitud. Regresan a sus posiciones extasiadas, inundadas de bendiciones. ¡Qué ilusas al pensar que el Niño Jesús se había perdido! Cuando en realidad estaba tan cerca…

Las bombillas siguen alumbrando como pequeñas hogueras, los leños parecen montes, la corriente de agua simula un río, y el musgo sustituye a los verdes campos anatópicos.

¡La representación se ha vuelto tan diferente! El fuego prendió en el fondo de los corazones de barro, y todo se volvió luminoso y perfecto.

Las grandes puertas de la iglesia se abren. Niños y adultos entran con ilusión para contemplar el pesebre.

Las figuritas los esperan en su posición, humildes y devotas, viviendo con gozo la Navidad.

«Si alguien se propusiese despojar de las máscaras a los actores cuando están en escena representando alguna invención, y mostrase a los espectadores sus rostros verdaderos y naturales, ¿no desbarataría la acción y se haría merecedor de que todos le echasen del teatro a pedradas como a un loco?»

ERASMO DE ROTTERDAM
Elogio de la locura,
traducción de Pedro Rodríguez Santidrián

XI
LOCURA

1. *La ventana indiscreta*

—¿Te acuerdas del loco de la gasolinera? Pues lo he visto siete veces, esta semana... ¿No te lo crees? Hasta siete veces te digo... No, que no me lo invento. Lo he apuntado en la libreta de notas. Aquí la tengo, en la mesita, al lado de la ventana. Espera, que te lo confirmo: el lunes a las siete de la mañana y luego a las dos de la tarde. El martes... ¡Pues claro que me apunto las cosas! Es que, si no, luego se me olvidan... No, mujer, que no me ha visto, ¿cómo me va a ver?... No me va a pasar nada, ¡no seas pájaro de mal agüero! Me escondo detrás de la cortina. Es imposible que me vea, imposible del todo. Ya lo he comprobado desde la calle. Aunque no esté muy alto, desde fuera no me pueden ver. Cuando te vengas la próxima vez a mi casa... ¿Miedo de qué? Demasiadas películas has visto, ya te he dicho que no se ve nada... ¡Ja, ja! Una espía rusa, sí. Solo me falta el telescopio... Sí, los prismáticos, como se llame ese aparato, y entonces me pasa como en *La ventana indiscreta*... Es una película, mujer... ¿Que no sabes cuál es? Si es tan famosa. Sale un actor de Hollywood... ¡No, no el Robert Redford! Más antiguo. ¡Ay, por Dios! Ahora no me viene el nombre. Ya se lo preguntaré a mi nieta y te lo digo... Bueno, de acuerdo, búscalo tú en el internet, si lo prefieres. Yo solo quería ayudar, pero si eres tan moderna, búscalo tú misma... Que no me enfado, ¿cómo me voy a enfadar?... Que sí, que ya sé que en el internet lo encuentras todo y que se puede poner en el móvil... ¡Que no lo necesito, no me insistas más! Ya tengo a mis nietos. Y si no, te lo pregunto a ti. Bueno, a lo que íbamos. Pues siete veces he visto al loco esta semana, y hacía unas cosas más raras... ¡Que yo no me meto en la vida de nadie! Este es mi barrio y tengo derecho a saber qué ocurre. Pero ¿qué mosca te ha picado hoy?... Oye, guapa, no soy yo quien se pasa todo el santo día embobada con la tele, mirando los programas de cotilleo, esa basura, que no saben más que sacar trapos sucios... Sí, mujer, lo sé. Perdona. No quería ofenderte... No lo decía por ti. Ya sé que tú no los miras más. Solo quería aclarar que lo mío no es cotilleo. Lo mío es vigilancia, dejemos las cosas claras. Si los vecinos no velamos por nuestro barrio, ¿quién lo hará?... ¡Ja, ja! Sí, los del FBI me van a fichar, sí. Pero ¿no habíamos quedado que yo era una espía rusa? ¡Ja, ja!... ¿Inofensivo, el loco? Eso nunca se sabe, los que parecen que no han roto un plato, después son los más peligrosos. ¡Yo no me fío ni un pelo! Lo que hace ese hombre no es normal, ¿te puedes creer que va a comprar barras de pan y luego las esparce por ahí para darles de comer a las hormigas?... ¡A las hormigas te digo! A los pájaros también, pero sobre todo a las hormigas. Se sienta siempre en un banco enfrente de la gasolinera y... Sí, ahí sentado, y se pasa horas... ¡Horas, te digo! Pero ¿por qué me haces repetirte las cosas? ¿No te fías de lo que te digo o qué? Menudo día tienes hoy... No, no es eso. No me pasé horas espiándolo, es que lo vi allí. Ya te he hablado de él otras veces. Que se te olvidan las cosas... ¿Me oyes? Pues eso, no lo espiaba. Estaba cocinando, porque se venía mi hijo a comer. Unas migas le hice, ¡que no se las saltaba un galgo! Para ti también te las haría, como sabes, pero como tú eres tan finolis y no te gustan las comidas de pueblo... Vale, vale, lo retiro, no he dicho nada. Pues eso, se venía mi hijo, que trabaja mucho. Mi nuera no le cocina ni aunque le paguen, y por eso se vino el pobrecito a comer. Volví a mirar por la ventana, solo por curiosidad, y allí estaba el loco, sentado en su banco de la gasolinera, mirando a los coches pasar, uno detrás de otro, uno detrás de otro, y riendo... Sí, sí, ahí sentadito estaba, ¡riéndose solo!... Si ya te lo he dicho yo, que no está bien. ¿A quién en su sano juicio se le ocurriría quedarse ahí como un pasmarote, mirando los coches pasar?... Ya te digo. Desde que se le murió la mujer, ha perdido la chaveta y no sabe lo que hace. En vez de irse por ahí, con los amigotes... ¿Que cómo lo sé? Me lo dijeron en la gasolinera. Cómo iba yo a saber si es viudo, o lo que sea... ¡Que yo no pregunté! Me lo comentó el chico de la gasolinera, te digo, cuando fui a comprar el pan, que lo tienen muy barato y muy bueno... Mujer, le pregunté si conocía a ese hombre porque... ¡porque las cosas hay que saberlas! Los vecinos tenemos que cuidar del barrio y... ¡Con nadie! No habla con nadie, está como en su mundo, sentado en su banco, dando de comer a las palomas. Fíjate la ocurrencia, para que después se caguen por todos lados. ¡Qué lástima de pan! Además, un día que pasaba por allí, lo vi charlando con los pájaros, como si fuera San Francisco... Pues sí, está tan chiflado que a lo mejor se cree... ¡Que sí, mujer! ¡Que lo vi con mis propios ojos! Hablándole a los pájaros... ¡Que no exagero! ¿Por qué iba a exagerar? ¿No me estarás llamando de mentirosa? Lo que faltaba para el duro, mi mejor amiga, llamándome de mentirosa... Está bien, te perdono, pero que sepas que me ha dolido mucho. Da igual, no tiene importancia. Pelillos a la mar. Pues eso, el loco, allí, charlando con los pájaros. Me acerqué, haciéndome la disimulada, pero me ignoró, y eso que pequeñita no soy. Tan concentrado estaba el loco que no paraba cuentas de nadie... ¿Por qué iba a tener miedo yo? Si se le ocurre acosarme, ¡le suelto un guantazo que lo dejo tieso!... ¿Te ríes? Ríete si quieres, pero mi Manolo ya probó unos cuantos guantazos, el rufián, cuando volvía a casa más tarde de la cuenta... Sí, que en paz descanse el pobrecito mío. Fíjate, tan calavera que había sido en vida, y ahora que se me fue, lo echo tanto de menos... Gracias, sí. No sé si estará en el Cielo, porque de bueno tenía lo que yo tengo de flaca. Pero rezo por él cada día, como me pidió, por si sirviera de algo. Él creía mucho en esas cosas. Me tenía la casa llena de talismanes y cosas raras... Sí, a ti rezar te relaja, ya lo sé. Y a mí lo que me relaja es un buen potaje con su *pringá*... ¡Ni bruta ni leches! Las cosas claras, amiga mía.

Donde se ponga un buen plato de comida, que se santigüen los fieles, arrímate a la mesa y tonto el último... No estoy blasfemando, querida. Después de lo que he pasado, que no me vengan con monsergas. Y aquí sigo, al pie del cañón, ¡y por muchos años espero! Toco madera, que nunca hay que presumir de eso. Estamos en nuestra edad dorada, y si no, que se lo pregunten a los chinos, que dicen que la plenitud de la mujer empieza a partir de los sesenta... Pues yo qué sé, en un programa de tertulias lo oiría. Qué más da. No nos olvidemos cuánto hemos tenido que cargar. Las mujeres de hoy son más espabiladas, ¡vaya que sí! Demasiado espabiladas son. Pero nosotras, ¡ay lo que nos ha tocado sufrir!... Sí, te entiendo, ¿cómo no te voy a entender? ¡Lo que yo he cargado con mi Manolo! Carros y carretas, que te lo digo yo... No te quejes tanto de tu marido. Verás cómo lo echas en falta cuando ya no lo tengas ahí, a tu vera... Ya sé, querida, no sabemos cuándo nos llegará la hora, ¿y quién lo podría saber? Sabemos cuándo nacemos, pero cuándo estiramos la pata, eso ya es otro cantar. Por eso te digo: que lo entierres tú a él, o que tú antes, ya sabes, pues eso. Pero ¿por qué estamos hablando ahora de estos temas tan macabros? Vamos a hablar de otra cosa, que me pongo malita... ¿Yo? ¡Yo no fui! ¡Empezaste tú, a hablar de la muerte! Yo a la muerte no la quiero ni en pintura, ¡fuera, fuera! No hablemos de eso que me da un patatús... El pobre de mi Manolo se murió tranquilito, en la cama, mientras dormía. Se fue a dormir una noche y ahí se quedó, como un pajarito. ¡Ay, qué tristeza, Dios mío! Cada vez que me acuerdo de él, me pongo de un triste. Tan sola que me ha dejado, el muy sinvergüenza... ¿El loco de la gasolinera? Pues no está mal, a decir verdad. Feo no es. Es bastante elegante, las cosas como son... ¿Jubilado? Ni idea. Tendrá unos sesenta, o más, porque camina con un bastón. Ahora los hombres también se cuidan mucho, ¡uy, ni te lo imaginas! Si supieses cómo engañan con su verdadera edad... ¿Buena pensión? Pues no lo había pensado. Si tuviese una buena pensión, voy y me lo pesco, porque ya sabes el dicho: más vale loco con pensión conocida que cuerdo pobre por conocer... ¿Que te lo pescas tú? ¡Muy valiente te has vuelto, de repente! Tú quédate con el tuyo que, aunque no gane ni para pipas, es muy honrado... No, mujer, ni obsesionada ni puñetas. ¡Eres tú la que me haces hablar! Yo solo te decía que tenemos que vernos más, y tú vas y me hablas del loco de la gasolinera... ¿Fui yo quien comenzó? Te equivocas de pe a pa. Perdona que te diga, querida, pero estás perdiendo la memoria. Se te olvidan las cosas. Fuiste tú quien comenzó... Está bien, está bien, fui yo quien comenzó. Vamos a dejarlo así, que no vale la pena discutir por esas menudencias... Bueno, escúchame, que tengo un pastel en el horno y se me está quemando, que me tengo que ir... Sí, nos vemos pronto. Si es lo que yo te digo, que no nos vemos bastante... ¡Hala! Cuídate. Un beso... Nos vemos, sí. Un beso... Cuídate.

2. *In taberna quando sumus*

Desde la perspectiva de una cerveza medio vacía, los cuerpos alrededor se agitan deformes, ogros exaltados, dispuestos a apurar hasta la última gota. No espera mejor suerte a las olivas, raptadas una tras otra por dedos gigantes y devoradas por fauces hediendo a cebada agria. Las pipas tampoco se escapan: esparcidas por las mesas, se suman con sus quejidos a la confusión de vocerío y ruidos guturales. Las patatas tienen más suerte.

—¡No valen un pimiento! Mira cómo se doblan. Ni siquiera crujen —comenta el habitual protestón, que demuestra en público el grado de plasticidad de una patata frita.

—Vaya, nos ha salido escrupuloso, el colega. Come pipas y olivas. O bebe, si no gustas de las patatas, porque, al fin y al cabo, no las pagas tú. Y cállate un poquito, majo, que calladito estás mejor. Y si no te va bien nada de lo que te digo, fíjate allí, que la puerta es grande y también se dobla. Pero para fuera —interviene el habitual pagador, cuyo comentario provoca las carcajadas de los otros.

—¡Miiiiira! Tenía que entrometerse el rey de la taberna. Qué escondidito estabas hasta ahora, y cómo te haces notar cuando se trata de pretender. ¡Pues que sepas que tengo dinero suficiente para pagar esta ronda y todas las que haga falta! —replica el habitual protestón, ofendido.

—¡Qué estruendo innecesario ocupa la mente y la palabra de los hombres! No es de extrañar que los sabios huyan, hartos del mundanal ruido, y en su torre de marfil se hagan cruces de la locura que azota el mundo. Hastiados de observar a sus congéneres perdidos en mil actividades sin sentido, dedican sus años a la contemplación serena y a la búsqueda de lo imperecedero. Bebed, insensatos, que al menos mientras bebéis, la estulticia no se escapará de vuestras bocas —introduce el habitual experto.

—Otro que estaría mejor callado. ¿Qué pasa hoy? ¿Quién soltó a los burros del pueblo? ¡Porque se han llegado todos hasta este bar! —exclama el habitual pagador.

—¡Siempre andáis a la gresca! Comportaos, por favor, que no somos animales de granja —aparece el habitual conciliador.

Non curamus quid sit humus

Las servilletas estrujadas adornan a mansalva el terrazo del bar, otrora brillante, sin que por ello quede perturbada la sensibilidad estética de los clientes. La camarera salta ajetreada de mesa en mesa, garabateando pedidos en su cuaderno. Su contrato tácito la obliga a lanzar sonrisas y a sobrellevar los piropos de los habituales. Los brazos de los clientes se alzan desordenados, mientras sus vasos se balancean desbordantes, desparramando líquidos sobre las mesas y las ropas impolutas. Es viernes por la tarde.

—Esta noche sí que cae, ¡os digo yo que cae! Su último mensaje es clarísimo. La mujer de mi vida —anuncia el estudiante fogoso.

—A ver, enséñanos el último mensaje de la última mujer de tu vida —le pide el estudiante burlesco.

—Mirad, mirad qué mensaje. Más diáfano que la luna llena.

—¡Bah! «Ganas locas q lleguen 10h», ya ves qué pueda significar eso. ¿Qué dices tú, Alba? —pregunta el estudiante romántico, en su intento por atraer la proximidad de la joven estudiante.

—A mí no me incluyáis en vuestras calenturas mentales, que me vine aquí para decidir qué hacemos con el trabajo. Os recuerdo que tenemos que presentarlo el martes, y todavía no hemos empezado —responde ella, contrariada.

—¡Y lo empezaremos! No te preocupes, Alba, que lo empezaremos. Estás en buenas manos. Pero, antes de nada, vamos a relajarnos un poco. Concentrémonos en nuestro deber de los viernes —sugiere el estudiante burlesco.

—*Alea iacta est*, hermanos y hermana de confesión. Crucemos osados la frontera del negocio y del deber, y perdámonos en los remolinos inagotables de la diversión. Disfrutemos hoy lo que también disfrutaremos mañana. *¡Carpe diem!* —exclama el estudiante erudito.

Sed ad ludum properamus

Una tercera mesa está apartada. A pesar del caos generalizado, se mantiene aislada en su esfera de concentración mental. El juego se reanuda. La baraja se abre y las cartas planean libres, para acabar aterrizando sobre el tapete. Las manos sudorosas las hacen bailar, descoloridas y desgastadas por el paso de los inviernos, en un intercambio intenso, perfectamente calculado.

—¿Eso es lo que me echas? ¡Pues ahí se queda, que eso no se le echa ni a los marranos! —pronuncia el viejo gruñón, cuyos dedos nudosos prefieren tomar otra carta de la baraja.

—¿Qué pasa ahora? No veo ninguna carta marcada con tu nombre —señala el viejo de verbo ágil.

—Lo que quería decir, aquí el compañero, es que esto no es forma de jugar. Cuando se juega, se juega como Dios manda. Se piensa en lo que se va a echar, y no se echan cartas al tuntún —interviene el viejo estratega.

—¿Y a qué viene eso? Defiende a tu pareja de juego, si quieres. Pero no sueltes más majaderías, que aquí el único que juega al tuntún eres tú —pronuncia el viejo de verbo ágil.

—¡Y con esta, cierro! —exclama el viejo de la última palabra, que sentencia la partida con la carta ganadora.

El viejo gruñón se levanta y se dirige al baño refunfuñando, contrariado por la falta de profesionalidad de sus adversarios.

Cui semper insudamus

El fragor de botellas vacías resuena desde la barra del bar, ahí depositadas tras cumplir su función logística. Sentados en sendos taburetes, dos aficionados resucitan avezados las incidencias del partido: defienden una jugada y descartan la otra, para poco después sostener lo contrario, renegando de su propio argumento anterior.

Agotados por el esfuerzo dialéctico, braman al camarero para exigir otra copa de lo mismo. El jefe del bar les sirve sus bebidas, profesional, porque, aunque no sea cierto, el cliente siempre tiene la razón.

—Papá, ¡otra más, otra más! —exige un niño de seis años. Sigue poseído por la máquina tragaperras, cuyas luces y musiquita lo atraen a la perdición.

—Ahora no, hijo. ¿No ves que estoy atareado? Más tarde —responde el aficionado del equipo X, que vuelve a la conversación.

—¡Papá, papá!

—¡Que te estés quieto de una vez! ¡Te he dicho que no y es que no! ¿En qué idioma te lo tengo que decir? ¡O te estás ahí quieto y calladito, o te llevo a casa castigado ahora mismo!

—Hombre, no seas tan duro con el niño —interfiere el aficionado del equipo Y.

—¿Te vas a meter en cómo educo a mi hijo? ¡Estamos listos! A ver si encima de teórico del arte del balompié, también te volviste un teórico de la pedagogía —se defiende el aficionado del equipo X.

El clamor de vasos entrechocando se une a las voces exaltadas. El volumen del televisor armoniza con el estrépito de la máquina tragaperras. Y los aromas de sudor y brebajes compuestos contribuyen poderosamente a la atmósfera que impregna la taberna.

De repente, el loco de la gasolinera abre la puerta y entra en el bar. Camina hasta la barra, espera su turno y pide un cortado. A pesar del bullicio y la agitación, su presencia no pasa desapercibida.

—Este es el tipo del que te hablaba. Este es el sonado que nos montó un espectáculo la semana pasada —comenta el aficionado del equipo Y.

—¡Chist! No hables tan alto, que te va a oír —requiere el aficionado del equipo X, que se gira con disimulo para descubrir quién es.

—Está como un cencerro, que te lo digo yo. ¿No se puso a gritar que no sé qué de la vida y de la muerte, y que no nos olvidáramos de apreciar cada segundo? ¡Ya te digo que sí! Como si no tuviéramos suficiente con la que está cayendo, para que nos venga un colgado anunciando el apocalipsis.

—Me parece un tipo normal. Estás exagerando —replica el aficionado del equipo X, todavía molesto con su compañero por la injerencia en su conducta paternal.

—Tú, porque no tienes ni idea. Verás, como empiece a soltar chaladuras, ¡entonces me tendrás que dar la razón!

Los viejos jugadores se han tomado un respiro en su partida. El viejo de verbo ágil percibe al loco de la gasolinera:

—Atención, el demente de la linterna. ¡Proteged los oídos! No sea que os convenza con sus majaderías.

—Bastante vergüenza tuvo que pasar la semana pasada. Nadie le hizo ni caso ¡Y quién iba a hacerle caso, con esas barbaridades que soltaba! Encima nos critica, con lo de *panem et circenses*, como si fuéramos tontos y nos dejáramos engañar —introduce el viejo estratega, quien, tras mirar de soslayo, empieza a barajar la siguiente mano.

—Mirad quién está aquí. Seguro que hoy le da por decir sandeces otra vez —apunta el viejo gruñón, llegando del baño.

—Hoy no dirá nada —sentencia el viejo de la última palabra.

Desde otro lado, los estudiantes también repararon en él.

—Alba, mira ahí. Observa al tipo con bastón, en la barra. El viernes pasado se vino con una linterna encendida y se puso a alumbrarnos a todos. Bueno, eso pretendía, porque aquí ya hay luz suficiente. No hace falta ninguna linterna. Se pasó más de diez minutos repitiendo: «¿Quién quiere despertar?, ¿quién quiere despertar?», y decía cosas en latín. ¡Está pirado! —comenta el estudiante romántico, en su segundo intento de atraer la proximidad de la joven.

—Yo voy a despertar. Y será un dulce despertar, al lado de mi amada doncella, mi musa, que caerá en mis brazos esta noche —interviene el estudiante fogoso, mientras consulta su móvil de nuevo.

—Sí, sí. Lo que yo daría por ver tu careto cuando te despiertes mañana, ebrio, sin esta calentura, y veas a tu amada doncella frente a ti, sin maquillaje y bajo la luz del día —introduce el estudiante burlesco.

—Camaradas de estudio académico, contemplad el arquetipo de la locura en el individuo que confundió la metáfora. En lugar de buscar a un hombre, como manda el canon clásico de la linterna, se propuso despertarnos de la ignorancia, atrevido e ingenuo, sin tener en cuenta que desde tiempos inmemoriales nos caracterizamos por amar el sueño —señala el estudiante erudito.

—¡Pues yo sí quiero despertar! —expresa Alba.

En la primera mesa, botellas, pipas y olivas han sido repuestas. Las patatas continúan casi intactas, al no haber superado la prueba de plasticidad. El debate se centra en el loco de la gasolinera.

—El que faltaba ahora, ¡el chalado de los evangelios! Como vuelva a agobiarnos con sus discursos morales, os juro que me largo de aquí. Hoy no está el horno para bollos —se queja el habitual protestón.

—¡Serás zoquete! No eran los evangelios, alma de cántaro, sino una mixtura informe de origen esotérico, quizás de invención propia, inspirada seguro por una noche de insomnio. En todo caso, fue divertido oírlo divagar sobre el conflicto entre lo caduco y lo eterno, sobre la muerte como única seguridad de la vida, y sobre la serenidad de quien ha realizado la inconsistencia de los fenómenos mundanos. Pero claro, vosotros, que no sabéis ni lo que estáis bebiendo, ¡cómo vais a saber de qué hablaba! A mí no me engaña, de todos modos: su interpretación dramática del otro día buscaba llamar la atención para sentirse menos solo. A eso se reduce su teatro, finalmente —expone el habitual experto.

—Pues a mí se me puso el cuerpo malo, con su discurso. Me dio unos retortijones en la barriga que ni os cuento. Y tú, tipo experto, tú sabrás mucho de lo que bebemos y de otras cosas, pero a la hora de pagar tu ronda, malandrín, ¡ahí te falta mucho por aprender! —interviene el habitual pagador.

—¿Ya estamos otra vez? ¿Pero es que no vamos a disfrutar ni de un minuto de paz en esta mesa? —interviene el habitual conciliador.

El jaleo se intensifica por momentos. Las voces se elevan a gritos. Los vasos colisionan furiosos y las manos abiertas golpean las mesas en homenaje a la juerga y la descompresión.

El loco de la gasolinera se acaba su cortado. Paga la cuenta, agarra su bastón y camina entre las mesas.

Sonriendo triste, sale del bar, resguardado por el manto del silencio.

3. Otro día más

La alarma del móvil resulta odiosa, aunque suene a olas del Caribe y cantos de aves del paraíso. La apagas. ¿Cómo es posible que tengas que levantarte ya? Apartas la sábana con cuidado para no despertar a tu mujer. Pones los pies en el suelo y andas somnoliento hasta el cuarto de baño.

Tus pupilas se contraen, heridas por la luz. Ya va siendo hora de cambiar la maldita bombilla por otra de menor intensidad. Miras tu reflejo, sin prestarle demasiada atención, como para comprobar que todo esté en orden... más o menos como ayer, solo que en un estado normal de adormecimiento. Entras a la ducha y esperas la llegada del agua caliente.

La muela rebelde, cuyo dolor resulta insoportable, te recuerda que olvidaste pedir hora con el dentista. Dejas que el agua siga su curso, sales de la ducha y examinas tu dentadura frente al espejo. Nada anormal. Por suerte, la luz de la bombilla es bastante potente y te permite ver el interior de tu boca.

Feliz de no detectar anomalías en tus dientes, observas con detenimiento la verruga en tu pómulo derecho. ¿Se agrandó? La recordabas más pequeña. Preocupado, repasas en tu memoria cuándo fue la última vez que fuiste al dermatólogo. ¿Un año y medio? Fuiste un estúpido por no preguntarle, aquel día. Pero es que tenía tanta prisa por acabar con la consulta... ¿Qué podías hacer? Si los médicos sucumbieron al trabajo en cadena y a don dinero, y ya no se puede confiar ni en ellos, ¡no es culpa tuya en absoluto! Te planteas volver y obligarlo a que te analice esa verruga, y gratis, porque en la última visita... ¡Ay! El vaho en el espejo te indica que el agua está quemando.

Entras de nuevo en la ducha. Manipulas el mando de la temperatura. Escoges tu grado de tibieza y tomas tu ducha matinal, tan reconfortante. Hoy deberías recibir una respuesta definitiva del cliente de Vietnam, porque en eso quedasteis en la última conversación. No se te puede escapar, ya son varios meses de negociaciones. Sería mejor habérselo recordado por escrito. Con los vietnamitas es muy difícil negociar. Nunca se sabe qué piensan. Cuando no les interesa el tema, te dicen que no saben bastante inglés —*I don't speak English, sorry!*—, y te dejan en suspenso durante semanas. Pero de repente, sin aviso previo, ¡bum!, te llega un pedido suyo de treinta mil euros que te salva el mes.

Mientras vagas perdido en la idiosincrasia insondable del pueblo vietnamita, suena la segunda alarma del móvil. ¿Ya son las siete? ¡Madre mía! Si no te espabilas, te vas a tragar una hora de retención en la autopista. ¡Corre!

Intentas apagar la alarma del móvil, pero solo consigues llenarlo de jabón. ¡Serás torpe! Lo secas con la toalla, porque lo último que quisieras en este mundo es estropear tu valioso móvil, que tanto... ¡Oh, no! ¡Tu móvil cae al suelo!

—¿Todo bien, cariño? —se oye desde el dormitorio.

—Sí, mi amor, no te preocupes. Sigue durmiendo. No pasa nada.

Por fortuna, cayó sobre la alfombra del baño. Lo recoges, apagas la alarma y compruebas que funcione correctamente. Menudo susto. En tres segundos y medio ya produjiste suficiente adrenalina para todo el día. Te enjuagas, cierras el grifo de la ducha y te secas con premura.

¿Te lavaste la cabeza con champú o con jabón? Da igual ya.

Al aplicar la crema de afeitar, recuerdas el anuncio del tenista que usa tu misma marca de cuchilla. ¡A lo mejor tu vida se vuelve igual de exitosa! Te imaginas laureado en el podio, tras haber metido el punto de la victoria en el Roland Garros, y sonríes victorioso mientras te afeitas.

Al acabar, te enjuagas la cara. Agarras la crema *aftershave* y la desparramas con ahínco en tu mano derecha. Su aroma y su tacto cremoso te evocan el infame rival, el innombrable, el equipo de enemigos que tanto odias, protagonistas del anuncio de tu misma marca de crema. La agencia de publicidad hizo una mala elección. De verdad. Como publicista, hay que ser estúpido por elegir a futbolistas de un solo equipo, porque automáticamente se descartan los millones de aficionados de los otros equipos. ¡Qué desperdicio de dinero y esfuerzo! Tú podrías enseñarles tantas cosas... Y ahí continúa el frasco maldito, hasta que lo acabes, porque fue un regalo de tu mujer y te sabe mal tirarlo a la basura.

¡Uf! La camisa es demasiado áspera, pero no hay tiempo para elegir otra... ¡Maldita sea! ¿Cómo es posible que el nudo de la corbata nunca salga bien a la primera? Ahora. Sí, perfecto.

Llega el turno de los pantalones, que aprendiste a ponerte en última instancia, después de la camisa y los calcetines, porque resulta lo más lógico. Pero ¿qué demonios? Cada vez cuesta más apretarse el botón. O el pantalón se encogió, o las cenas fuera de casa hicieron mella en tu masa corporal. Deberías organizar más partidas de pádel, y plantearte en serio lo de la dieta.

Tomas la cartera, las llaves del coche, te calzas los zapatos, abres la puerta y... ¡Ay, el beso! Te diriges rápido hasta la cama de matrimonio.

Te acercas a tu mujer para darle «el beso de antes de salir al trabajo», que tantas veces olvidas y que ella no deja de exigirte, irrazonablemente, sobre todo, porque ella ni se entera. La besas en la mejilla. Ella, sin abrir los ojos, asoma su brazo desde debajo de la sábana. Acerca su mano a la tuya, y la aprieta. Su gesto te llega al fondo del alma.

De golpe, todos los besos preceptivos se volvieron preciosos.

Y sientes...

Entras en el coche. Sacas las gafas de sol y te las colocas, con cuidado de no manchar los vidrios. Te pones el cinturón y sintonizas tu emisora preferida. Enciendes el motor.

¿Otra vez en reserva? ¡Es indignante! ¡Si le pusiste gasolina hace dos días! Eso te hará perder al menos diez minutos fundamentales, necesarios para evitar el atasco en la autopista. Pero... ¿quién te mandó comprar este modelo que consume tanto? Querías demostrar que tú también puedes llevar un coche así, ¿por qué no podrías permitírtelo? Y ahora te ves obligado a pagar las consecuencias.

Mientras sacas el coche del garaje, recuerdas con viveza las palabras de tu padre: «Nosotros tu familia, los amigos, y hasta el trabajo, somos como una lotería. Te tienes que conformar con lo que te toca, ¡aunque sea un millón de disgustos! Forma parte de la vida. No hay que hacer un drama de eso. En cambio, el coche, eso sí que lo eliges tú. Escúchame, hijo: escoge bien tu vehículo, porque será una de las pocas cosas que podrás escoger en esta vida. Dependiendo de tu elección, irás al infierno o a la salvación». Miras a ambos lados de la calle. No hay coches ni peatones a la vista. Entras de lleno en el asfalto y aprietas el acelerador.

Sientes un nudo en la garganta. ¡Ay, tu viejo! Con su misticismo de tres al cuarto... Cómo lo echas de menos, y cómo lamentas no haber pasado más tiempo con él. Pero es que se marchó así, tan de improviso. ¿Cómo saberlo? No te dieron el tiempo de prepararte. Justo al morirse, descubriste tantas cosas que hubieses compartido con él. Su muerte fue tan prematura... ¡qué injusta y maldita que es la vida! Uno debería elegir cuándo morir. Y tú, que ni siquiera estás seguro de que debas arrepentirte por no haberlo visitado más a menudo. Tenías tantas responsabilidades que atender. ¿Cómo podías haber actuado de otra manera? El viejo se quejaba de que no ibas a verlos y que no los llamabas nunca, pero no era tu elección: los problemas desbordaban y había que solucionarlos. De verdad que no tuviste otra opción.

Te ves obligado a parar.

¿Por qué se detuvo el coche de delante? ¡Pero si le daba tiempo a pasar, al estúpido! El nudo de la garganta desciende al estómago. Te quema la rabia, una ira casi incontrolable, una cólera que te empujaría a salir del coche y a patear mil veces la cabeza del imbécil que no te deja avanzar.

Empiezas a llorar.

A llorar desde el fondo de tu alma.

A llorar como un niño desconsolado y solo...

Aparcas en el primer surtidor de la gasolinera, la posición perfecta para salir disparado. Comienzas a repostar. Miras a la ventana del piso de tu madre, justo enfrente: la persiana está bajada. Estará durmiendo.

¿Y qué hace ese hombre ahí, sentado en el banco, a estas horas de la mañana? Qué mosca le habrá picado para levantarse tan temprano y sentarse delante de una triste gasolinera. Debería buscarse una actividad provechosa, en lugar de perder el tiempo haciendo nada. Esta gente que... Pero ¡no me digas que le echa de comer a los pájaros! Y encima sonríe. El tipo está ido del todo. No habrá otra cosa mejor que hacer que darles de comer a los pájaros. Qué desperdicio de pan y de vida. ¡Oh! ¿No será el loco del que siempre te habla tu madre? Ese tiene que ser. Alguien que sonría sin motivo antes de las ocho de la mañana, tiene que estar loco de remate.

Vas llenando el depósito, que debiera bastar para unos días. Si no sale un buen pedido de última hora, este mes no alcanzarás las ventas esperadas y no obtendrás comisiones. Habrá que vigilar los gastos con cuidado. ¡No más cenas ni fiestas chic con los amigos! Al menos hasta el próximo mes.

Entras en el establecimiento para pagar. Tiras a la papelera el guante con tufo a gasolina y agarras un sándwich de jamón dulce y queso *light*. Sacas tu tarjeta de crédito. El dependiente te acerca el terminal de pago. Menos mal que no había nadie delante de ti, porque no soportas esperar. Sobre todo, cuando los clientes se pasan horas buscando la tarjeta o el dinero. La gente no es previsora, son como ovejas estúpidas viviendo en la improvisación.

Sería estupendo si el cliente vietnamita te confirmase el pedido. Ganarías las comisiones del mes, y encima les demostrarías quién tiene razón. Tu gerente alabaría tu plan de apostar por un gran distribuidor y no por pequeños mayoristas, que solo dan dolores de cabeza. El director comercial, ese patán que apuesta por los pequeños peces, quedaría tan en evidencia... Metes la tarjeta en tu cartera y ojeas los expositores de la tienda.

—¿Cuánto cuestan estos ambientadores? —preguntas.

—Dos euros con noventa y cinco, señor. Huelen muy bien.

Lo miras con recelo, protegido detrás de tus gafas de sol. «Señor», te ha llamado. ¿Tan viejo se te ve? Además, ¿quién le ha pedido su insignificante opinión sobre cómo huelen o dejan de oler? Coges el primer ambientador y lo hueles... No está mal. El segundo... No, este no. Vamos a por el tercero, aroma de lavanda... ¡Perfecto! Decides probar un cuarto por si acaso... ¡Ah! Nada del otro mundo. Te quedas el tercero. Sacas tres euros de tu monedero y los tiras encima del mostrador, sin preocuparte del cambio.

Sales del establecimiento satisfecho, ¡qué contenta se pondrá tu mujer cuando experimente la lavanda de la Provenza! Seguro que te da mil besos, y quizás lleguéis a más.

Mientras abres la puerta del coche, miras de reojo. El loco continúa sentado en el banco, con su estúpida sonrisa, dándoles de comer a los pájaros. Si parece hasta feliz, ahí, perdiendo el tiempo. Sin hacer nada útil. Qué lástima de individuo. Te compadeces del pobre tipo. Tu madre tiene razón. Qué le habrá pasado para acabar así... Qué locura... ¡Cuánto pirado hay por el mundo!

Aceleras a todo gas, con la radio a tope y tus nuevos aires de la Provenza, dispuesto a triunfar otro día más, a ganar todas las victorias, ¡a comerte el mundo si hace falta!

Vociferas sin complejos tu canción preferida, zigzagueando entre los coches atascados, y le pegas unos bocados a tu sándwich.

Mientras sueñas que el cliente vietnamita te confirma un pedido brutal, suspiras profundamente, aliviado de que tu cordura siga intacta.

XII
DISFUNCIÓN CARDÍACA

No era de extrañar que los demás reaccionaran contra sus expresiones espontáneas: «Ya empieza con sus dramas... Si es que no se está tranquilo ni un segundo... Ahora que por fin estábamos concentrados, tuvo que saltar el de siempre». Sin más que añadir, obviaron la interrupción y retomaron su trabajo.

—Vosotros, que vivís adormecidos en el sopor del entumecimiento, alienados por la rutina de los procesos mecánicos, ¡despertad y contemplad las maravillas del presente que no cesa! —insistió el corazón.

¿Otra vez? Bastante ocupados estaban ya con sus tareas, ¡esas sí que no cesaban! Los nuevos encargos llegaban a raudales. Continuamente aparecían contratiempos a ser evaluados, tratados y clasificados. Las exigencias fisiológicas apenas dejaban tiempo libre, y menos aún para escuchar unas quejas sin justificación razonable. Mejor no prestarle atención.

Pasaron por alto el comentario y retomaron su trabajo.

—¿Es que no lo sentís? Las estaciones se desvanecen una detrás de otra. Envejecemos. La muerte se aproxima, y en cualquier instante se marchitará este cuerpo que nos sustenta. ¿A qué estamos dedicando el precioso tiempo que circula por nuestras células y exalta nuestros tejidos para hacerlos estallar de vida?

«¿Qué está barbullando ahora?... Un respeto, por favor, ¡estamos hasta los topes de faena!... ¿Es que nadie hará callar a este irresponsable? ¡Silencio!», respondieron algunos, elevando el tono de las protestas.

Les resultaba difícil ignorar las últimas palabras del corazón. El concepto de muerte había sacudido el sistema límbico en varias ocasiones, y a consecuencia de esa amenaza fue desterrado en la lista negra de los vocablos proscritos. No tenía sentido poner en peligro la funcionalidad del organismo, mencionando la muerte otra vez.

Una débil llovizna caía tras los muros de la oficina.

Con el objetivo de mantener la calma, los demás convinieron que el corazón había padecido una arritmia pasajera. Le ocurría a menudo, no era un fenómeno nuevo. No había de qué preocuparse.

Recobrándose de la conmoción, retomaron su trabajo.

—Hermanos, detened vuestro automático funcionar, y sentid, sentid la sangre que bombea, esa sangre fluyendo a mansalva. Sentid la vida pura y extraordinaria latiendo en cada partícula de nuestro ser.

«¡Ya está bien, esto no hay quien lo aguante!... Eso sí que no, ¡inaceptable! ¡Ni pensarlo! ¿Será posible?... ¿Cómo se atreve a pedirnos que paremos? ¿Es que hemos perdido la chaveta o qué?», exclamaron algunos.

Era demasiado. El corazón había traspasado el límite. Los ofendidos elevaron sus reclamaciones al director superior de Organización, el cerebro, quien estaba ocupado visualizando números, letras, nombres de clientes, pedidos, facturas, mensajes sin responder y otras decenas de datos.

—¿Es que no lo estás oyendo? O le da un infarto, ¡o nos fulmina a todos con su exceso de pasión descontrolada! —se lamentaban los riñones, asustados.

—A ver, mantengamos el sosiego. Ahora mismo estoy concentrado en un cometido de magnitud capital. No puedo detenerme en temas irrelevantes. Lo conocéis de sobra: el corazón vive en un mundo ilusorio y a veces desborda de fantasía, impregnando a los demás con su superávit emocional. No perdáis vuestra compostura por este hecho trivial. A fin de cuentas, es incluso necesario para el equilibrio general y el funcionamiento de otros procesos químicos y metabólicos, que ahora no tengo tiempo de describir. Comprended esta circunstancia de la manera que os he expuesto. Olvidad lo ocurrido. Centraos en vuestras funciones, que requieren de dedicación continua y os están esperando —ordenó el cerebro.

Los órganos se calmaron. El cerebro, su director de Organización, tenía experiencia y conocimiento, y además sabía cómo devolver a su cauce las aguas turbulentas.

Retomaron su trabajo y las cosas se pusieron bajo control, funcionando a ritmo continuo y monótono. Volvía el orden adecuado para la productividad general.

En medio de llamadas a clientes, el trino de un gorrión cautivó al sistema auditivo. Los demás continuaban centrados en su rutina, desconectados. Pero no el corazón, obviamente, que aprovechó la coyuntura para emitir un canto de celebración, vibrante y sonoro.

—¡Cállate de una vez, que nos estás perturbando a todos! —gritó el hígado, enfadado.

—Tampoco es para ponerse así. No seamos tan quisquillosos. El pobre corazón se ha dejado llevar por el canto de un pájaro, simplemente —señalaron los pulmones.

—Sí, eso mismo, vosotros defendedlo, encima. ¡Entremos pues en una espiral de infinita insensatez! —vociferó el hígado.

La polémica se había inaugurado.

Al tratarse de un conjunto interrelacionado de sistemas y funciones, la mayoría de los componentes se vieron involucrados, sin posibilidad de eludir el enfrentamiento.

El conflicto comenzaba a sobrepasar los límites aconsejables de adrenalina.

Fuera, las pequeñas gotas se estaban transformando en una fuerte lluvia.

—¡Reine la paz en este organismo! Por culpa vuestra, el hipotálamo nos exige una producción insólita de cortisol, ¡y ya casi no quedan existencias! —se quejaron las glándulas suprarrenales.

—Vosotras siempre reclamando. ¿Nos queréis hacer creer que soportáis más cargas laborales que los otros? ¡Victimistas! —gritaron los pies, hartos de oír quejas ajenas.

—¡Lo que faltaba! Los pies tomándose la licencia de participar en la conversación. ¿Quién os ha dado autorización para molestar? Aclaradnos la duda, si sois tan amables —intervino la nariz.

—Tenemos tanto derecho a hablar como cualquier otro. Formamos parte del organismo, no precisamos de ninguna autorización. Sin nosotros no podríais caminar, ni manteneros de pie, ni tener un punto de apoyo para subir las escaleras. ¡Somos importantes! Esto es así, y si alguien tiene inconveniente, ¡que se vaya con sus aires de grandeza a otro sitio! —se defendieron los pies.

La nariz estaba a punto de replicar, indignada, pero el estómago se le adelantó:

—¿Queréis que me salga una úlcera? Muy bien, si eso queréis, eso tendréis. ¡Continuad así! Pero os lo advierto, no seré yo el único que sufra por ello. Habrá una reacción en cadena: el sistema digestivo se verá perjudicado. Los alimentos no se procesarán correctamente, y entonces el sistema inmunitario disminuirá su rendimiento. Las bacterias enemigas camparán a sus anchas y…

—¡Silencio, por favor! El desconcierto y la algarabía duraron demasiado. El sistema nervioso está siendo muy afectado. Me cuesta mantener el control de la situación. Os lo voy a exponer claramente: o volvéis a vuestras ocupaciones, ahora mismo, o me veré obligado a tomar medidas extremas, que en ninguna circunstancia quisiera tomar —amenazó el cerebro, visiblemente disgustado.

Los demás órganos, sistemas y componentes del cuerpo se percataron de la gravedad de aquellas palabras. Sabían que el cerebro no hablaba por hablar.

Después de recapacitar en silencio durante unos segundos, dieron la discusión por terminada. No valía la pena poner el peligro el orden general por un simple canto de pájaro.

Regresaron a ejecutar sus tareas predeterminadas. Estando ocupados, se recuperó la normalidad.

El cerebro había logrado meterlos en vereda de nuevo, por el bien del funcionamiento racional. Era un perfecto defensor del orden. La mayoría lo sabía, y también sabía que contaba con el respaldo de la presidenta, quien lo había designado como director.

Parecía que fuera comenzaba a granizar.

Como consecuencia de un estímulo nervioso, el cuerpo tomó impulso y se levantó. Caminó unos pasos hasta la cafetera, dispuso una tacita debajo del dispositivo erogador e introdujo una cápsula de *espresso ristretto*. Con el dedo índice pulsó el botón de arranque. Después de unos segundos, recogió la tacita, le añadió azúcar y removió el café con una cucharilla. La mano acercó la tacita a la nariz. Más tarde llegó el turno de los labios. Y al final la boca, que dio unos sorbos y se bebió el café. El contenido líquido se distribuía caliente por el sistema digestivo.

—¡Nooooo! ¡Otro café no! —gritó el intestino grueso, quien padecía aún el efecto devastador de los cuatro cafés precedentes.

—¿Lo comprendéis ahora? Buscamos paliar el sufrimiento con excitantes químicos. Aterrados por la incertidumbre y la pérdida de control, nos distraemos presos de paraísos artificiales. Pero no hay manera de escapar a la realidad, cruda y desafiante. ¡Dejemos de huir, y afrontemos la vida con valentía! —intercedió el corazón.

—¡No podemos más! ¡Este está loco y a su locura nos arrastra! —chillaron los riñones, en pánico.

—¡Sí, a la perdición vamos! —se les unieron las glándulas suprarrenales, que no daban abasto en sus tareas productivas.

—¡Por favor, que haya orden! Ahora mismo voy a...

—Ya viene, ya está llegando. ¡Ya siento la úlcera! Lo avisé y nadie me hizo caso. ¡Ay, que ya llega!

—A ti te llegará la úlcera de siempre, estómago hipocondríaco, pero a mí no paran de bombardearme con toxinas. Mis procesos metabólicos se encuentran muy alterados —le replicó el intestino grueso.

—¡Totalmente de acuerdo con el intestino grueso! Estoy harto de tener que limpiar y limpiar a causa de esa basura que llega desde la boca. ¡Es extenuante e injusto! —confirmó el hígado.

En la calle se precipitaba una lluvia torrencial.

—A ver, vamos a organizarnos. Un poco de orden —intervino el cerebro, preocupado porque el debate se le fuera de las neuronas—. Comuniquémonos por turnos, metódicamente, como os he enseñado en tantas ocasiones. Tú, hígado, tienes que reconocer que las cantidades a limpiar no son ni de lejos...

—¡Eso es, compañeros míos, expresaos! Expresad vuestras miserias y alegrías, y que las emociones salgan a la superficie. ¡Liberémonos del pasado!

—¡Sí, escuchemos al corazón! Deshagámonos de las frustraciones y las iras caducas. ¡Liberémonos de ese peso intolerable! —se le unió el intestino delgado.

Las intervenciones se fueron multiplicando sin orden ni jerarquía, encabalgándose unas con otras.

Los componentes estaban desorientados. Los órganos se sumían en el descontrol. El caos se adueñaba del cuerpo. El sistema nervioso comenzaba a desfallecer peligrosamente.

—¡Parad os digo! Hemos ido demasiado lejos. Esta disfunción cardíaca nos está llevando a la ruina. Apelo al arbitraje de nuestra presidenta, la consciencia, para que ponga orden en este sinsentido. Señora consciencia, ¡yo la convoco! —anunció el cerebro.

Todos se pararon al instante. No por miedo ni culpabilidad,

sino más bien por sorpresa. La consciencia había estado ausente por mucho tiempo, y suponían que había delegado sus funciones.

La aparición de su presidenta los subyugó de inmediato. Como por arte de magia, cada elemento del cuerpo volvía a su estado natural de serenidad y receptividad.

—Estimados colaboradores, he estado escuchándoos, y comprendo vuestros temores. Sé que no es fácil vivir plenamente, sin miedo ni preocupaciones frente a la incertidumbre. ¡Cómo va a serlo! Vivís hasta los topes de tareas, con obligaciones y responsabilidades que absorben toda vuestra energía. Además, dependéis del trabajo de los otros, y sé por experiencia que eso tampoco es fácil. Pero hay un hecho que debéis comprender: al tratarse de un organismo vivo y activo, la interdependencia entre todos los elementos es ineludible. Por ejemplo, el buen funcionamiento de los músculos depende del trabajo del hígado para purificar la sangre, y también de los intestinos, que procesan los nutrientes; los intestinos dependen del trabajo previo del estómago y de un sistema nervioso estable. Existe un sinfín de conexiones y ayudas mutuas que permiten que todo funcione. Uno funciona porque el otro funciona. Y no solo eso. No hay existencias independientes, sino que uno existe porque el otro existe, en un conjunto de causas y condiciones interrelacionadas. Si recordáis esta premisa básica constantemente, os será más sencillo convivir los unos con los otros. De este modo, aceptaréis sin problema los pequeños desajustes y las disfunciones puntuales de los demás —pronunció la consciencia.

La escucharon atentos. Habían oído discursos similares antes, pero sonaba como si fuera la primera vez.

Para algunos órganos resultaba difícil. Se creían con más derechos que la mayoría, y les costaba aceptar esa dependencia mutua. Heridos en su orgullo, estaban a punto de contradecir los argumentos de la presidenta. Pero ella no les dejó ocasión:

—No se trata de establecer quién es más valiosa, quién trabaja mejor o quién posee más poderes. Se trata de apreciar nuestra riqueza en el organismo. Cada parte es distinta y fundamental en su situación. Por añadidura, cada una participa de un sentido amplio, repercutiendo más allá de su alcance individual. Tenemos que esforzarnos en nuestras acciones, sabiendo que también influirán en la colectividad a la cual pertenecemos. Si nos olvidamos de que trabajamos conjuntamente y de que nuestros actos afectan necesariamente a las demás, cada pie irá por su lado y nos caeremos de bruces.

La nariz se rio a carcajadas al imaginar los dos pies descoordinados, yendo en direcciones opuestas.

—Y si esto ocurre, caeremos al suelo y nos romperemos la nariz —prosiguió la consciencia—. El cerebro ha ejercido de director de Organización. Así lo decidí y así ha sucedido mientras yo estaba de viaje. Su trabajo es digno de mención y de elogio, eso está fuera de duda. Pero viendo que hay aspectos esenciales a ser corregidos, he resuelto hacer un cambio: el corazón será el nuevo director. Ha mostrado empeño e implicación sinceros, motivado por propiciar unas mejores condiciones emocionales para todos y, además, sabe afrontar con coraje las vicisitudes de la fluctuante realidad. Es por estas cualidades que le otorgo el cargo de director de Organización General. A partir de ahora, el cerebro estará bajo su tutela y ocupará el nuevo cargo de secretario de Cálculo, Planificación y Estrategia. Yo supervisaré el traspaso para que ocurra y evolucione de manera adecuada. De este modo acabo de anunciarlo, y de este modo ha de ser. Podéis expresaros.

Los integrantes del cuerpo se quedaron en silencio, perplejos. La consciencia había hablado, ¡y bien claro que lo hizo! La decisión era transparente y rotunda. A pesar de la inestabilidad del corazón, la presidenta lo había seleccionado como el nuevo director. No había vuelta de hoja.

Se habían acostumbrado a la ordenación sistemática del cerebro, quien, aun falto de espontaneidad y de emociones intensas, mantenía los sistemas en constante control. ¿Qué les sucedería a partir de entonces? Menudo cambio les esperaba. Tardarían un tiempo en adaptarse a la singular idiosincrasia de su nuevo director. Eso seguro.

Por suerte, la consciencia supervisaría de cerca el traspaso de competencias y su evolución; ella misma lo había dicho. El corazón tendría que acatar sus instrucciones. Ahora que estaba colocado en un puesto de máxima responsabilidad, se vería obligado a olvidarse de las locuras.

Ya no sufrirían más sus disfunciones ni sus intervenciones fuera de contexto. Menos mal. Por fin iban a disfrutar de la estabilidad necesaria.

Una vez superado el desbarajuste colectivo, continuaron con su labor.

Qué gran alivio, poder trabajar en paz...

El cuerpo se ajustó en la silla, puso las manos sobre el teclado, fijó la vista en la pantalla y empezó a introducir nuevos pedidos en el programa de gestión.

La lluvia se intensificaba dramáticamente. Los ríos rugían por las vías. El estrépito resonaba contra los muros.

—Compañeros, la vida nos llama... Abandonemos los muros inertes de esta oficina y corramos, corramos fuera, ¡corramos a navegar entre las olas de la tormenta incierta y pura!

XIII
UN CUENTO RUSO

—¡Ni hablar! No aceptaré menos que eso: veinticinco millones de rublos y de ahí no bajo —exclama Dimitri Kozlov.

Los codos de Serguéi Vólkov siguen firmes sobre la mesa. Su mano izquierda contiene el puño derecho. Y sus pupilas brillantes no se apartan ni un segundo del rostro huesudo de su amigo Dimitri.

La negociación se está alargando, y Serguéi no aguanta más reticencias. Habría resuelto el asunto mucho antes, como en los viejos tiempos, usando la fuerza bruta sin conmiseración. Pero hay demasiado en juego. No puede arriesgarse. Un movimiento erróneo le haría perder la partida.

—Dima, sabes muy bien que me pides lo imposible. Voy a recibir incluso menos por la operación, ¡no querrás que encima ponga de mi bolsillo! —protesta Serguéi.

Dimitri aguanta la mirada de su amigo, enfrente. Presiente que el comprador pagará mucho más; casi lo podría asegurar. Pero se trata de un objeto raro, difícil de adivinar su valor. ¿Cuánto sería prudente pedir? Necesita el dinero, sin duda, y sabe que obtendrán un buen pellizco. La cuestión reside en sacar lo máximo, sin poner en peligro la negociación ni su propia integridad.

Desde que eran unos mocosos que conoce a Serguéi, el brazo más fuerte de la región. Es extraño que no le haya soltado aún un par de golpes: prueba fehaciente de que hay una buena cantidad de rublos en juego.

Debería pedir más.

—Seryoga, acabo de salir de la trena. Me he pasado cinco años encerrado como un animal. No pienso volver allí.

—Dima, tú me conoces. No pondría en peligro la libertad de un amigo, por nada del mundo, ¡por nada del mundo! Ya te he dicho que no hay riesgo.

—¿Que no hay riesgo? ¿Me pides que robe un cetro imperial en el Hermitage y me quieres hacer creer que no hay riesgo? ¡Por favor, Seryoga!

—¡Chist! ¡No hables tan alto, estúpido, que nos van a oír! —exclama Serguéi, que mira hacia atrás para comprobar que nadie los escuche.

En el fondo del bar, una pareja de amantes aprovecha la oscuridad para dar rienda suelta a su aventura. En las paredes destartaladas cuelgan los retratos de héroes nacionales, como tributo al pasado glorioso de la Gran Rusia. Y el camarero Andréi está abriendo las ventanas para airear el interior, pese al frío helado del invierno.

Nadie atiende a la conversación entre los dos amigos. Serguéi exagera con su cautela, piensa Dimitri.

—Escúchame, Dima —acentúa Serguéi, inclinando el torso hacia delante—. Tengo un comprador chino que viene a Píter la semana que viene. Diez millones, mi última oferta. ¡Mierda, ya estás ganando más que yo!

Hay algo en esos ojos salvajes de Serguéi, que siempre acaban por convencerlo. O quizás sea su voz ronca y grave. O su instinto voraz. O alguna cualidad secreta. Dimitri no sabría decir cuál es la razón, pero el hecho es que empieza a dudar. Es un buen bocado. A fin de cuentas, es un robo en un museo, no en un banco, ni en una joyería de lujo.

Dimitri carga con más de treinta años de experiencia en su espalda. Se ha enfrentado a misiones más complejas por bastante menos dinero y, por desgracia para él, eso también lo sabe Serguéi. Pero debe apostar fuerte. Después del padecimiento en la cárcel, sus huesos y su corazón claman por una vida tranquila y un porvenir seguro. Un buen golpe lo ayudaría a aposentarse y a cumplir su sueño de niño: abrir un negocio de caviar, licores y delicatesen provenientes de toda Rusia, allí en su pueblo natal, cerca de San Petersburgo. La idea, meditada durante los largos ratos de encierro, vuelve a la vida delante de sus ojos. Dimitri visualiza a los clientes, que entran en su tienda, saludándolo con cortesía y deferencia.

—Vamos a por otra cerveza —propone Dimitri, para ganar

tiempo.

—¡Todas las de este tugurio, si quieres! Pero me tienes que dar una respuesta. Ahora. Y cuando digo ahora, es ahora. Ya he esperado bastante. Tengo una lista de cinco personas que lo harían, por la mitad que tú. Pero tú eres mi amigo de la infancia. Te estoy haciendo un favor, Dima, ¡el favor de tu vida! Te lo advierto, no tenses la cuerda que te ofrezco ni un milímetro más, porque lo lamentarás.

La respiración de Dimitri se detiene. Su estómago se contrae. Se apoya en la mesa, dispuesto a lanzar un improperio, ¡qué se ha creído Serguéi! Pero se frena. Su memoria le advierte que su amigo no dice las cosas en balde. No hay forma de hacerlo recapacitar, cuando pierde el control y empieza a repartir mamporros. Eso daría al traste con la negociación. Mala opción, si todavía quiere cumplir su sueño.

—Dame esta noche, Seryoga. Mañana te llamo a primera hora. Solo esta noche. Te lo juro —promete Dimitri, besando la cruz que le cuelga del cuello.

—Tómate el tiempo que quieras, Dima. Pero no conmigo. Mañana tendré a otro. Ya está. Asunto concluido. ¡Vamos a por esas cervezas!

—¡Espera! Un segundo...

—¿Qué quieres?

Dimitri se da cuenta de que acaba de perder la partida. Ya no le quedan más cartas en la baraja, y sería inútil pretender una cifra más alta. No importa demasiado. Alquilará un local más pequeño para su negocio y asunto arreglado.

—Seryoga, no es ni la mitad de lo que merezco. Y lo sabes. Pero lo haré por ti, porque eres tú, mi amigo de la infancia. Acepto los diez millones. Un cuarto por adelantado, como de costumbre.

Sin alterar su expresión, Serguéi le tiende su mano férrea. Dimitri la estrecha con alivio. La negociación ha sido muy dura, pero al final se ha sellado un pacto entre caballeros. Como testigos oficiales están los retratos de Lenin y otras personalidades políticas, de banderas de la URSS, y hasta de uniformes acartonados, clavados en las paredes.

Los cuerpos se destensan y la sangre vuelve a circular con fluidez. Llegó el momento de la celebración.

—¡Andréi, una botella de *champagne*! —ordena Serguéi al camarero.

—Y tus mejores platos, ¡que los estómagos gritan de vacíos! —se suma Dimitri con alegría.

Los dos amigos rememoran las anécdotas de cuando eran críos, y ríen al recordar sus travesuras.

Aunque los alimentos escaseaban y las comodidades eran anhelos de índole capitalista, las cosas eran más fáciles. Había menos preocupaciones. No tenían que pagar ni un kopek por el material escolar. Ni por su educación. Ni por las visitas al médico.

La gente vivía sencilla y sanamente, apreciando lo poco que tenían.

Se respetaba profundamente a los ancianos, cuya palabra era ley.

Así lo recuerdan ambos, con nostalgia.

—Dime, Seryoga, ¿por qué es tan importante ese cetro?

El rostro de Serguéi se oscurece. Mira detrás de sí, para constatar que nadie más los escucha, y se acerca a Dimitri:

—Ya te lo he dicho. Era del zar Nicolás II. Vamos a aprovechar la exposición de las joyas imperiales para llevárnoslo.

—¡Ah! Sí. Comprendo... ¿Y no valdría más la pena llevarnos una corona? ¿O las joyas de la emperatriz? Seguro que podemos sacarle más partido. Oye, aprovechando que me llevo el cetro, de paso me apropio de los collares.

Serguéi observa a su amigo. Con gusto le estrellaría su puño en medio de la cara; directamente, como solía hacer de joven. Pero Dimitri es demasiado emocional, y tardaría muchos días en recuperarse de la afrenta.

—Dima, me importan un comino la corona imperial, las joyas de la emperatriz, su traje de boda y hasta sus bragas. Tengo a un comprador chino y quiere el cetro. Esto es lo único que me concierne: el cetro. ¡Mételo en esa cabezota tan dura que tienes! Lo he pensado todo. Vamos a ceñirnos al plan: he fabricado una falsificación para que sustituyas el original. La pasma tardará unos días en descubrir qué pasó. Eso nos dará tiempo.

—Sí, buena idea, necesitaremos tiempo para esfumarnos. Pero ¿qué tiene ese condenado cetro para que el chino se obsesione tanto por él y se olvide de los otros tesoros?

Serguéi cierra los puños y se muerde los labios. Tensa con fuerza sus músculos corpulentos, dispuesto a asestar un ataque feroz. Pero se refrena. Acaba de recordar que la curiosidad de Dimitri es directamente proporcional a su apetito. Se bebe las últimas gotas de champán y coloca la botella bajo la mesa. Pide otra botella y más platos de comida caliente.

Mientras llegan sus pedidos, empieza a narrar:

—El cetro pertenecía al zar Nicolás II. Lo llevaba en ocasiones señaladas. En ceremonias militares, o en algún nombramiento importante. Pero eso no es lo que lo hace tan valioso. Aunque era del emperador, quien más lo usó fue Rasputín, que lo tomaba con la complicidad de la emperatriz, a escondidas del zar. Ella adoraba a ese monje, como sabemos, y le dejaba el cetro a menudo. Rasputín introdujo varias sustancias secretas en su interior, y también lo llenó de hechizos para dotarlo de un poder oculto y legendario. Es por ese poder por el que el chino está tan interesado.

—¿Hechizos de Rasputín? ¿Un poder oculto y legendario? Seryoga, pensaba que tu mente racional estaba por encima de ese tipo de supercherías. ¡No me digas que ahora crees en ellas!

—¡Por supuesto que no! Sigo sin creer en esos cuentos. Nada aparte del materialismo histórico tiene validez. Las supersticiones son el opio del pueblo, ¡no voy a rendirme frente a esas locuras! Pero a mí me da igual. Si el chino se cree que el cetro tiene poderes especiales y que es capaz de realizar un millón de prodigios, ¿qué me importa a mí? Mientras pague, yo me creo lo que haga falta.

Dimitri se bebe el champán de un trago y desvía la mirada. Desde niño ha sentido una enorme atracción por el esoterismo, y adora los mitos y leyendas rusos, especialmente la del famoso monje, cuya figura le fascina sobremanera.

En su mente empiezan a revolotear imágenes.

El cetro de Rasputín...

La imaginación de Dimitri se desborda: ¿qué poderes tendrá ese cetro legendario? Dominio sobre los elementos, capacidades hipnóticas para doblegar la voluntad de los seres, habilidad para viajar en el tiempo...

Serguéi aprovecha para dar cuenta de los nuevos platos que han llegado.

—¿Y qué poderes tiene el cetro?

—Un poder oculto, Dima. Ya te lo he dicho.

—Sí, eso ya lo he oído, pero... ¡Para algo en concreto servirá! Si quieres que dé el golpe, ¡dime para qué sirve! —exige Dimitri, golpeando la mesa.

Serguéi escruta a su amigo, que comienza a estar perturbado por las burbujas del champán.

—Está bien, está bien, ¡pero es la última pregunta que te respondo! El cetro tiene el poder de curar la esterilidad y la impotencia. Le da a todo varón una energía sexual inimaginable. Solo hay que pasárselo por los genitales una vez al día. O tal vez dos, dependiendo de la gravedad del paciente, imagino. En menos de un mes, el recién curado puede usar su miembro viril y procrear tanto cuanto quiera, con el vigor de un tigre siberiano.

La explicación de Serguéi deja a Dimitri boquiabierto.

Sin recuperarse aún de la estupefacción, dirige su mirada hacia abajo. Agarra sus partes, mira a su amigo y afirma:

—Por suerte, yo no lo necesito. ¡Mi aparato funciona a la perfección!

Serguéi lo mira confuso, entre repugnado y atónito, por el ademán que acaba de hacer su amigo.

—Y aquel del fondo del bar tampoco, por lo que parece —comenta Serguéi, señalando a la pareja furtiva.

Ambos liberan carcajadas atronadoras.

—¡Qué susto, Seryoga! Temía que las formalidades de la capital te hubieran ablandado el espíritu.

Los dos charlan, ríen y beben, cantan, comen, lloran a lágrima viva, y alzan las copas para brindar por cualquier motivo improvisado.

Los rostros de los héroes del pasado siguen impertérritos.

Las banderas soviéticas continúan fijas en la pared.

La pareja sigue con sus juegos.

Y el camarero Andréi seca los vasos con parsimonia.

—¡Seryoga! El comprador es chino. ¿Cómo es posible que conozca el poder del cetro? Yo soy ruso. Me sé la vida de Rasputín de memoria, y no había oído esa historia ni una sola vez.

Serguéi pone los brazos encima de la mesa y se inclina hacia su amigo. La satisfacción por el acuerdo sellado, las risas, las lágrimas, las anécdotas de infancia, la comida y el alcohol: entre todos reblandecieron su rígida impaciencia. Ahora sí. Ahora sí está listo para responder a cualquier interrogación:

—El chino llevaba años buscando un remedio para su problema, el de... Ya te puedes imaginar. Con más de cuarenta años a cuestas y ningún hijo, pese a todas las curas que hizo en clínicas y centros de salud. Se cansó de buscar en China. Se fue a los países vecinos, probando toda clase de sustancias y ungüentos. Pero nada, no obtuvo resultados. Entonces llegó a sus oídos la leyenda de Rasputín, famoso por una potencia sexual descomunal, y empezó a hacer sus investigaciones. Fue entonces cuando lo conocí, hace un año, en un balneario de Petrogradsky. Iba con su traductor de ruso. Tuvimos una charla muy interesante. Me contó que había conseguido un documento inédito, escrito por Chéjov, donde narraba sus vivencias como médico en la corte del zar Nicolás II.

—¿El gran Chéjov? Pensaba que era escritor —interrumpe Dimitri.

—Claro que era escritor, idiota, ¡pero también era médico! De hecho, el gran Chéjov, como tú lo llamas, era médico antes que escritor. Pero ¿qué importa? ¡No vuelvas a cortarme que se me va el hilo! ¿Qué estaba diciendo? ¡Ah, sí! El documento. Pues bien, el gran..., esto, Chéjov el médico trabajó para la familia del zar durante un par de años, absolutamente en secreto, tratando de curar la enfermedad del hijo pequeño. En el palacio del zar vivía Rasputín, también por la misma razón. Con el paso del tiempo y gracias a sus intercambios médicos, ambos congeniaron y se hicieron amigos. En una noche de borrachera, Rasputín empezó a divagar sobre el origen de su enorme virilidad, algo que solo sabía él, el secreto mejor guardado de palacio; y no era otra cosa que el cetro, ¡ese cetro mágico tan poderoso! Esa noche se lo confesó a su buen amigo. Chéjov lo escribía todo en un diario personal: notas sobre la evolución de la enfermedad del niño, las habladurías de la corte, y también sus conversaciones con Rasputín. Por suerte para nosotros, nadie destruyó ese diario. No me acuerdo cómo lo consiguió el chino, me parece que me dijo algo sobre..., no, no era así. En realidad, pagó a una estudiante rusa para que hiciera una investigación sobre Rasputín en la Biblioteca Nacional, y ella encontró el diario de Chéjov, por casualidad. Algo así, no me acuerdo bien. El caso es que la chica consiguió extraer el original de la biblioteca. Yo lo vi. La descripción del cetro y sus cualidades estaban plasmadas ahí.

—¡Vaya, es alucinante! Me dejas de piedra. No sabía que el gran Chéjov hubiera sido médico del zar.

—Dima, si nos paramos cada vez que no sabes algo, ¡nos entierran aquí de muerte natural! Total, el chino me contó su historia. Buscaba a alguien que le trajese el artefacto para curarlo ¡y pronto descubriría que ese alguien era yo! Le prometí que removería cielo y tierra por él. Me gané su confianza. Busqué el condenado cetro preguntando a anticuarios, coleccionistas, mecenas e historiadores, pero nadie sabía nada. Imaginé que el cetro estaría escondido en los trasteros del Hermitage, amontonado junto con otros tesoros olvidados. Pero, al no saberlo con seguridad, no quise arriesgarme; es más fácil encontrar un americano honesto que sacar algo de ese museo. Así estuve varios meses, martilleándome la cabeza, hasta que, ¡pum!, el museo decide montar una exposición temporal con las joyas del imperio. Al ver el catálogo, encontré una foto del cetro. Entonces supe que era nuestra oportunidad.

—Qué aventura, por todos los santos rusos. ¡Brindemos por esa oportunidad! —propone Dimitri, que alza su copa de nuevo—. Seryoga, quiero leer ese documento. Seguro que hay información muy valiosa sobre Rasputín, y también sobre la familia del zar. Y encima ¡está escrito por el gran Chéjov! Quiero leerlo ahora mismo.

—¿El diario, dices? No puede ser. Lo tiene el chino y se lo llevó a su país. Pero ¿qué te importa a ti la vida del zar o la de Rasputín?

—¡Pues claro que me importa! Es la historia de nuestro país. Son los padres de nuestra patria y hay que venerarlos. Tenemos una deuda histórica con nuestros ancestros, que sufrieron la injusticia revolucionaria y murieron por nosotros. Por causa de lo que pasó en ese período, ahora estamos donde estamos.

—¿Qué quieres decir? —pregunta Serguéi con el ceño fruncido, adivinando por dónde continuará su amigo.

—Lo sabes muy bien. Hemos hablado de esto cientos de veces. Si Rasputín no hubiera sido asesinado, habría guiado al zar por el buen camino. No hubiésemos tenido que sufrir esta maldita revolución, que mató a tantos rusos y que nos dejó en la miseria. ¡Rasputín fue uno de los primeros mártires de la fatalidad que se anunciaba!

—¡Tú estás loco! ¡Pero loco de remate! Lo mataron porque estaba corrompiendo a todos y no respetaba nada. ¡La revolución es el cambio histórico que necesitaba nuestra Gran Rusia! —replica Serguéi, indignado.

—¡Eso no es así! Es lo que nos han hecho creer, pero es mentira. Lo asesinaron cobardemente. Por envidia y por el deseo de poder, porque sabían que el zar y su familia confiaban en él. Lo masacraron esas ratas de alcantarilla que pululaban por la corte. Rasputín tenía un maestro santo. Nos habría llevado a una Rusia unida y en paz.

—¡La única paz que Rasputín sentía era cuando saciaba sus deseos incontrolables! Y no solo eso, también... ¡Qué más da, finalmente! Era un capitalista imperialista. Un opresor de las clases obreras, como los demás. Vivo o muerto, no hubiese cambiado el destino de nuestro país. ¿Acaso ves su cara en algún sitio? No. En ningún sitio. Ni mártir, ni santo, ni nada. Mira, mira ahí —dice Serguéi, mientras agarra el brazo de Dimitri y señala un retrato de Lenin—. Él. Él sí que es uno de los padres de nuestra gran patria. ¡Él sí que es el héroe que cambió nuestra historia!

—Sí que la cambió, sí, ¡pero a peor! Y encima nos obligan a guardar su momia para recordárnoslo.

—¡¿Qué has dicho?! ¡Retira eso ahora mismo o te machaco el cráneo! —vocifera Serguéi, que se alza y agarra a Dimitri por la solapa, amenazándolo con el puño alzado.

El camarero Andréi golpea la barra con un bate de béisbol, provocando un ruido estrepitoso. La pareja del fondo se queda paralizada.

Serguéi y Dimitri se han detenido.

Después de unos segundos de vacilación, se sueltan. El silencio y la tensión reinan en el ambiente. Vuelven a sentarse.

Nadie se atreve a mover un músculo; aparte del camarero, que continúa secando los vasos como si nada.

La pareja cuchichea unas palabras y retoma sus atenciones.

Los dos amigos siguen callados, sin mirarse. Recapacitan sobre sus acciones: se han dejado llevar por el fuego de sus ideas y casi estropean la misión.

Se necesitan el uno al otro. A pesar de sus divergencias ideológicas irreconciliables, les une un objetivo común. Se olvidaron de que el golpe al Hermitage colmará sus sueños de futuro. Hasta que no lo consigan, mejor aparcar las convicciones profundas y correr un tupido velo.

Los dos siguen bebiendo.

—¿Y cómo voy a llevarme el cetro sin que me filmen? El museo está lleno de cámaras —pregunta Dimitri, que intenta relajar la atmósfera.

—Ya lo he planeado. Fui a la exposición y tomé nota de cada detalle. Lo harás por la noche, casi no hay iluminación. Las cámaras no van a filmar a oscuras —responde Serguéi, todavía contrariado por lo ocurrido.

—¿Y para entrar? ¿Hay alguna puerta secundaria?

—Dima, este no es el momento ni el sitio para hablar de esto. Pero ven, acércate —dice Serguéi, que comienza a dibujar un plano imaginario sobre la mesa—. La exposición de las joyas está en un área anexa al edificio principal. Tú vas, compras el tique y entras a última hora. Te metes en los baños que hay dentro, te encierras en una cabina y esperas a que el museo cierre. Cuando esté cerrado y haya oscurecido, te vas a la sala donde está el cetro. Abres la vitrina, fácil de forzar para un experto como tú. La abres, coges el cetro y le das el cambiazo. Cierras la vitrina. Te vuelves al lavabo y te encierras allí hasta que vuelvan a abrir las puertas.

—Pero en el museo hay alarmas. Y llevan la cuenta de cuántas personas entran y salen. ¿Y los seguratas? Van a estar merodeando por allí. Comprobarán que no quede nadie en los baños.

—¿Me tomas por un principiante? He explorado el terreno. Es una exposición temporal. No tienen alarmas ni tampoco vigilan demasiado. No es el museo principal, con tantos turistas. Y en cuanto a los baños, también lo he previsto. He comprado una cinta plástica que dice: «FUERA DE SERVICIO». La colocas en la puerta de la cabina y punto, así no te molestarán. Además, vas a ir dentro de tres días, ¿y sabes por qué? Porque se juega el derbi entre el Zenit y el CSKA. Los seguratas preferirán mirar el partido, en vez de estar dando vueltas en un museo vacío. ¡Eso te lo puedo asegurar!

Dimitri admira el plan de Serguéi. Aunque no soporta sus modales autoritarios y agresivos, tiene que admitir que es un verdadero profesional. Cada uno de sus robos funcionó a la perfección, y la policía sigue todavía sin olerles el rastro.

Ya distendidos, los dos amigos comen y beben con naturalidad. Recuerdan las golosinas caseras, las travesuras que volvían locos a los vecinos, las canciones tan bonitas y el himno soviético que les obligaban a cantar en la escuela...

De repente, un anciano escuálido con una botella vacía entra en el bar.

—¡Ni un paso más, viejo crápula! Ya te dije que no volvieras por aquí, ¡recula y lárgate! —le grita el camarero Andréi.

El anciano parece no oírle, y avanza renqueando entre las mesas.

Andréi salta por encima de la barra, corre hacia él, lo agarra de su abrigo harapiento y lo expulsa fuera violentamente. El anciano y su botella ruedan por el suelo, dejando un profundo surco en la nieve.

Andréi cierra la puerta con llave y vuelve detrás de la barra.

—¿Por qué ha echado al viejo de esa manera? —pregunta Dimitri, preocupado.

—No habrá pagado su cuenta. Qué más da, olvídate del viejo. Dima, tienes que prometerme ahora mismo que no le dirás ni una palabra a nadie. ¡A nadie! Ni siquiera a tu madre. Incluso después de dar el golpe. ¡Prométemelo!

—¿Me tomas por un chivato? Ya sabes que soy una tumba. Me tragué tres años más de condena por no delatar a nadie, ¡tres años! Escúchame bien, Seryoga: si hay algo que no soporto, si hay algo que odio en este mundo, eso son los chivatos. Aunque me dejen en la estacada, jamás voy a traicionar a nadie. ¡Jamás! ¡Eso nunca! ¡Te lo juro! —manifiesta Dimitri, besando su cruz de nuevo.

Las botellas vacías se acumulan caóticas bajo la mesa. Los amantes prosiguen sus actos secretos. Los retratos de los héroes y las banderas gloriosas cuelgan de las paredes destartaladas; y el camarero Andréi sigue limpiando con parsimonia.

Todo está en orden.

—¿Osamos la última?

—¡Vamos!

La mesa vuelve a llenarse de platos y jarras.

Serguéi y Dimitri beben y comen, y ríen y lloran de nuevo, charlando animados sobre su idílica infancia en la Gran Rusia.

—Seryoga, ¿qué piensas hacer después? Quiero decir, después del golpe. ¿Qué vas a hacer con el dinero?

—¿Yo? Te lo voy a decir, Dima. Te lo digo porque eres mi amigo, mi amigo de la niñez, ¡mi amigo del alma! Y para un amigo no hay secretos. Nos vamos a vivir al sur de España. Sí. Fuimos hace dos veranos. A mi mujer y a los diablillos les encantó, ¡cómo disfrutamos! Comiendo tapas tan ricas, el vino tinto, ¡espectacular!, el flamenco tan conmovedor, fútbol todos los días, las partidas de golf, piscinas con bar, el mar tan caliente. Nos enamoramos de España. Qué maravilla. El paraíso en la tierra... ¡Viva España! —expresa Serguéi, con los ojos vidriosos.

Dimitri se regocija de la dicha de su amigo, y lo visualiza bajo el sol dorado del Mediterráneo, bebiendo buen vino, acompañado de magníficos quesos regionales, con pan artesano y aceite de oliva virgen.

Se le ocurre que también podría vender productos españoles *gourmet*, en su tienda de delicatesen rusas. ¿Por qué no? Otro origen más para sus especialidades regionales. Exactamente. Su amigo lo ayudará a importar esas delicias mediterráneas. ¡Qué afortunado! Gracias a Seryoga, al Hermitage, al chino impotente y al cetro mágico de Rasputín, está a un paso de cumplir su sueño de infancia.

Embriagado por la ilusión, levanta su copa y exclama:

—¡Viva España! ¡Y viva Rasputín!

Serguéi observa a su amigo durante unos segundos, confundido. ¿Es necesario loar a Rasputín? No sabe cómo reaccionar. Le preocupan sus principios ideológicos inquebrantables... Pero ¡qué se le va a hacer! Una celebración es una celebración. Se suelta y se une al brindis de su amigo:

—¡Viva Rasputín! ¡Viva Lenin!

—¡Vivan! —acepta Dimitri.

La incompatibilidad entre el materialismo histórico y las corrientes esotéricas rusas se resuelve, al fin.

Desde una de las ventanas abiertas, aparece una silueta.

—¡Viva la grandeza del alma rusa! —se suma a la fiesta el anciano maltrecho, aferrado a su botella vacía.

«Aunque más tarde pudieran decir que K. no entendió la broma, eso representaba un riesgo muy leve para él. Pero recordó —sin que fuera su costumbre aprender de la experiencia— unos casos insignificantes. Se había comportado descuidadamen-te, al contrario que sus amigos con consciencia, sin tener la menor idea de las consecuencias de sus actos, y por eso fue castigado con el resultado. No volvería a ocurrir, al menos no esta vez; si se trataba de una comedia, les seguiría el juego».

FRANZ KAFKA
El proceso

XIV
EGOMANÍA

—Doctor, creo que no lo he entendido bien.

—Se lo he explicado claramente, señor Pérez. Sufre usted de la enfermedad de la «egomanía». Y como le he expuesto, no se trata de una afección psicológica, ni de una infección bacteriana, sino de un virus, que está actuando principalmente en los países desarrollados y que de seguir así podría convertirse en una epidemia, ¡o incluso en una pandemia!

El doctor pasa a describirme la diferencia entre una bacteria y un virus. Remarca apasionado que un virus no es un organismo, sino un componente acelular de material genético, por lo que no debiera ser considerado como un ser vivo propiamente. Y continúa destacando los avances en el campo de la medicina en la lucha contra las bacterias, desde Pasteur hasta los grandes descubrimientos del siglo

XXI. E insiste además en repasar mi historial de vacunación, por si estoy al día y he recibido todas las inyecciones necesarias.

Pero respecto a los virus, me repite, poco se puede hacer. La única solución es esperar a que el propio cuerpo haga su trabajo.

—Disculpe, doctor. Me está diciendo que sufrimos una epidemia en el primer mundo, o tal vez una pandemia, que yo estoy infectado, ¿y que no existe una cura?

Ignora mi pregunta y sigue su discurso sobre los avances científicos en el estudio del ADN, sobre los procesos químicos que se van descubriendo cada día, y sobre muchos otros perfeccionamientos, difíciles de entender, pero que suenan a cantos celestiales de evolución y progreso.

Por suerte, estoy al día en mi cuadro de vacunaciones. Una preocupación menos.

—Por favor, doctor, ¡tiene que haber una solución! Estoy en la flor de la vida. He ascendido en mi escalafón profesional y ahora soy director de banco, ¿me comprende? Tengo una gran responsabilidad. Me acaban de conceder el crédito que esperaba desde hace mucho tiempo. Me mudo con mi familia a una casa de ensueño. No puedo caer enfermo, sobre todo, ahora que las cosas me van de fábula. Doctor, tiene que ayudarme, ¡se lo suplico!

—De acuerdo, señor Pérez. Lo ayudaré. Le voy a recetar estas pastillas. Tómelas a razón de tres al día, durante las comidas, ¡nunca con el estómago vacío! Por un período de tres semanas. Seguro que mejora.

El doctor suelta un garabato en un papel de recetas, me lo extiende con una sonrisa y me despide cortésmente.

¡Qué alivio! Con la receta en la mano, mi sufrimiento se desvanece. Mi médico dio con la cura. Lo adoro. Siempre salgo de su consulta con el ánimo elevado, tranquilo por haber recibido una solución. Ya veo las cosas con positividad. Se nota que puso en práctica su juramento hipocrático.

Pago por la visita en la recepción y me dirijo a la farmacia más cercana.

—Aquí tiene, señor. Tome tres pastillas al día. Nunca en ayunas, siempre con las comidas. Por un período de veintiún días —describe el dependiente de la farmacia, con una sonrisa esperanzadora.

¡Estoy salvado! En este templo terapéutico de blancura nívea, acabo de recibir el antídoto contra la epidemia. Por otro lado, el dependiente no parecía alarmado al ver la receta.

Será un virus inocuo.

No sé por qué me preocupo tanto.

Vuelvo a casa y me preparo un ligero tentempié. Aprovechando que los niños no han llegado todavía de sus actividades extraescolares, tomo el mando a distancia y me apalanco en el sofá, delante del televisor. Engullo una de las pastillas con un sorbo de agua.

Después de una media hora, más o menos, me levanto, camino hasta la habitación y preparo mi bolsa de deporte, con mis enseres de pádel. ¡Hoy morderán el polvo!

—Pero ¿qué te pasa hoy? —me recrimina mi pareja de pádel, tras mi enésimo error involuntario.

—No lo sé, no consigo acertar ni una. Tengo los músculos como entumecidos.

—Entumecidos... Pues espero que tu bolsillo no esté igual de entumecido, porque como perdamos la apuesta... ¡Es que no pago ni un agua!

Redoblo mis esfuerzos. No me importa si tengo que pagar; por suerte no me falta el dinero. Pero odio perder, y más aún dando esta imagen tan penosa.

Corro detrás de cada bola como un perro poseso.

Llegamos al punto de partida, y fallo de nuevo. Me desplomo en el suelo, agotado por el sacrificio inútil.

—La revancha cuando gustéis —dispara inmisericorde un enemigo.

—¡A por esas rondas gratis! —le sigue su aliado.

—Qué humillación, ¡pero qué humillación! —se suma mi compañero de juego, hundiéndome todavía más en la miseria.

Apenas llego a los vestuarios sin derrumbarme.

Me refugio decaído bajo la ducha, con ganas atroces de llorar. ¿Cómo he permitido tal descalabro? Una cosa es perder, cualquiera tiene un mal día, ¡pero ser exterminados de esa manera! Y lo peor es que después de esto, mi reputación se verá seriamente dañada. Yo, el campeón de pádel, el contrincante a batir, envidiado por todos.

—Vamos, hombre, acaba ya, ¡que te estamos esperando!

—¿Es que te vas a pasar la noche entera ahí?

—¡Que se hace tarde, señor entumecido!

No tengo el coraje de responder a mi corifeo de acreedores,

hundido por el deshonor.

Me paseo la toalla por el cuerpo, me pongo la ropa y salgo cabizbajo, rogando que cesen los ataques a mi magullada persona.

—Relájate, que solo es un juego. ¡No te lo tomes tan a pecho!

Lo que me faltaba, mi adversario acérrimo tratando de consolarme.

Desconozco el motivo, pero el entumecimiento muscular continúa. Siento un sopor agudo. Las sensaciones transcurren lentas, pesadas, suspendidas en medio de una nube densa, como en un estado de ensoñación.

—Este se ha fumado algo. Miradlo. ¡Cómo iba a dar una! —me acusa malignamente mi compañero de partida.

Aguanto las dos rondas estoicamente, pago la cuenta y regreso a casa. Saludo a mi esposa y a mis hijos, que por alguna fatalidad del destino se empeñan en describirme minuciosamente cómo les fue su espléndido día. Consigo al fin zafarme de sus historias y caigo redondo en la cama.

—¿No vas a cenar nada? Después del esfuerzo lo necesitas —me sugiere mi mujer.

—No, no tengo hambre. Voy a dormir. Hoy ha sido un día muy duro.

No quiero hablarle de mi enfermedad. Las pastillas me están curando. No es necesario crear dramas. Me duermo enseguida.

—Amor mío, ¿no vas a trabajar hoy?

¿Quién me habla? Mi mujer. ¿Y por qué me hace esa pregunta estúpida? ¡Dios mío! ¡Son las nueve y media!

—¿Por qué no me has despertado antes?

Así funcionan las cosas en casa: si yo no mantengo la disciplina, nos invaden la anarquía y el caos. Me visto como puedo, salgo del piso y bajo apresurado por las escaleras. No hay tiempo para el flemático ascensor… ¡Mi medicina! Doy media vuelta y subo las escaleras de dos en dos, abro la puerta y entro.

—¿Qué te olvidaste?

—Las pastillas.

—¿Qué pastillas?

—¿Eh? Son para el dolor de cabeza. Últimamente tengo muchos clientes que no pueden cubrir sus cuotas, y… lo de siempre. No te preocupes. Te lo cuento en otro momento, que ahora tengo mucha prisa —respondo a mi mujer, sudando, mientras rebusco en los cajones de la mesita de noche.

Saco una pastilla del blíster, la engullo con un trago del agua del grifo y vuelvo a salir de casa. Bajo por las escaleras. ¡Oh, no! «Nunca en ayunas». Se me olvidó la instrucción. Da igual, no pasa nada.

Salgo a la calle, desorientado. Me protejo los ojos de la intensa luz del sol.

—¿Señor Pérez? —me interpela un hombre alto. Va vestido de negro, muy elegante, con gafas solares y zapatos de alta gama.

—Yo mismo. ¿Nos conocemos? —pregunto ilusionado, previendo un nuevo cliente significativo.

—Todavía no. Venga conmigo, por favor —responde él, mientras me agarra del brazo y me empuja hacia la carretera.

—Oiga, pero ¿qué hace?

—Cállese y siga mis instrucciones al pie de la letra, si es que le tiene aprecio a su vida.

Me está apuntando con una pistola.

Mis piernas desfallecen por el susto. Caigo exangüe, a punto de perder la consciencia, pero el misterioso individuo me sostiene con rudeza. Después de arrastrarme unos metros, me lanza en el asiento trasero de un coche. Otros tres sujetos, vestidos igual, me esperan dentro.

—Caballeros, debe de tratarse de un error. Seguro que se han equivocado de...

Un tipo me golpea en las costillas. Me inmoviliza las manos con una brida. Se reajusta las gafas de sol y mira al frente, imperturbable.

No hay nada que hacer, me han secuestrado.

¿Por qué a mí?

El coche arranca y avanzamos entre las calles.

Miro a la gente: las viejas paseando a sus perros, adolescentes riendo en un banco, unos motoristas parados en el semáforo. ¿Cómo pueden estar tan tranquilos, ajenos a mi tragedia?

Mi capacidad de raciocinio se altera. Empiezo a creer que todos están confabulados. El sudor me cae a borbotones por la frente.

Qué suplicio...

En cuanto tenga la oportunidad, saco mi pañuelo. Pero ¿y si no salgo vivo de este secuestro? No, no es posible. Soy muy joven todavía. Tengo responsabilidades... mi familia... y encima queda pendiente la revancha con los dos monos de feria que me humillaron en el pádel. ¡Por Dios! ¡Qué pensamiento más ilógico ahora que estoy a punto de morir!

Llegamos a un aparcamiento y vamos descendiendo varias plantas bajo tierra. Mi cuerpo trémulo está empapado. Hasta siento mi propio olor corporal. No tuve tiempo de tomarme una ducha. Con un gesto automático, intento olerme el sobaco, pero otro golpe en las costillas me hace recapacitar.

Me están vigilando a cada segundo.

Esto va en serio.

No voy a salir vivo de esta situación.

El coche se para. Uno de los secuestradores extrae un saco de la guantera y se acerca para cubrirme con él.

—¡Oiga, espere! Si se trata de dinero, podemos llegar a un acuerdo equitativo que satisfaga a todas las partes.

Los cuatro individuos se miran, sin alterar un milímetro sus facciones, y se echan a reír a carcajadas.

Me fuerzan a ponerme el saco y me expulsan del vehículo.

Caigo al suelo.

Aquí me quedaría, sin moverme. Encogido en este pavimento frío, esperando hasta que acabe la pesadilla. Pero recibo una patada que me devuelve a la cruel realidad, y me levanto, malherido.

Mientras me empujan hacia un destino incierto, siento el hedor del saco en la cara… ¿Cuántas cabezas sucias habrán pasado por esta porquería de trapo? ¡Qué asco!

Oigo el sonido de una compuerta mecánica.

Andamos varios minutos. Por el eco de los pasos, parece un pasillo largo y estrecho.

Entramos en un nuevo espacio.

Me encajan en una silla anclada al suelo, me sueltan la brida y me atan a los reposabrazos y a las patas. Me quitan por fin el apestoso trapo de la cabeza.

Se van todos.

Estoy solo en una habitación.

Es cuadrada, fría. Las telarañas invaden las esquinas. Los muros desbordan de moho. El suelo está cubierto de mugre. ¿A qué lugar siniestro me han traído?

—De forma que este es el señor Pérez —anuncia un individuo con voz estridente, llegando desde mi espalda.

Lleva una máscara de teatro griego de color dorado, marcada por una sonrisa, y va vestido con una larga túnica roja. No sé qué responderle. Ha pronunciado mi nombre de esa manera, tan despectivamente.

—O prefiere que empiece preguntándole: ¿quién es usted?

—Escúcheme, por favor. Si esto es una broma, reconozco que tuvo su gracia, al principio. Pero han ido demasiado lejos. Y si es por dinero, ya les dije a los otros tres caballeros que podemos arreglarnos. Estoy dispuesto a llegar a un acuerdo.

—Parece que no lo ha comprendido, señor Pérez. Está bien, no voy a hacerle perder el tiempo: no está sentado aquí «por un asunto de dinero», ni «por un compromiso moral», ni «por haber cometido un crimen». Y a la vez, está sentado aquí por todo eso —expone la máscara, mientras anda de un lado a otro histéricamente, sujetándose las manos por la espalda.

—No sé de qué me habla. Soy una persona normal, un ciudadano honrado que paga sus impuestos y que... —intento defenderme, cuando se me acerca rápido y ¡zas!, me propina una bofetada que me gira la cara.

—¡Está loco! ¿Qué hace?

—Ya se lo he dicho. No lo ha comprendido y sigue sin comprenderlo. No tiene escapatoria a su propio destino —me dice, acercando la horrible máscara a mi rostro.

—¿Qué quiere, por todos los santos? ¡No tiene ni idea de las consecuencias de lo que acaba de hacer!

—Precisamente porque SÍ conocemos las consecuencias de sus actos, señor Pérez, por eso está usted hoy aquí.

El tipo está completamente loco. Lo que dice no tiene ningún sentido. Decido callarme. Hablar con locos no conduce a ningún sitio.

—Fíjese, señor Pérez, que le estamos dando la oportunidad de curarse de su enfermedad, sin necesidad de métodos extremos. ¿No la aprovechará?

—¿Cómo sabe lo de mi enfermedad? ¿Quién se lo ha dicho?

En la sala entra otro individuo, disfrazado también con una máscara dorada y una túnica roja. Se me acerca. Su máscara tiene la mueca de la tristeza.

—¿No se ha dado cuenta de que esta representación no tiene sentido, si no colabora usted? —me dice la máscara triste. Su voz es pausada, calmada, muy diferente a la otra.

—¿Colaborar? ¿Cómo voy a colaborar si no me dicen de qué se trata? Por favor, vayan al grano y díganme de una vez por todas qué quieren. ¿Qué pretenden?

—¿Qué pretendemos? —pronuncian al unísono, girándose para situarse frente a frente.

Se quedan callados y estáticos.

—¡No jueguen más conmigo! Mi familia depende de mí. Tengo un alto cargo, muchísimas responsabilidades a mis espaldas, y no puedo perder ni un minuto en… —¡Zas! Otra bofetada que me cae de repente, sin razón alguna—. ¡Voy a denunciarles, se acabó la comedia!

—Las pastillas que está tomando no le servirán de nada. Al contrario, contribuirán aún más a su estado de ensimismamiento.

Ahora lo entiendo, ¡me han espiado! Han estado siguiéndome y por eso saben lo de mi enfermedad. Solo les interesa conocer detalles de mi vida, cualquier información… Descubrí su juego: pretenden descentrarme y doblegar mi voluntad, con esta representación grotesca, para extorsionarme al máximo. Es horrible, inhumano. ¡Pues no lo conseguirán!

—Tienen ustedes razón. Últimamente he estado un poco ensimismado y…

Las máscaras me ignoran. Continúan con su teatro, andando en bucle durante varios minutos: se cruzan, giran sobre sí mismas y vuelven para cruzarse de nuevo.

—Por favor, escúchenme. Lo reconozco, me he ensimismado demasiado y… Esto… No entiendo nada. Explíquenme qué debo hacer. Sean comprensivos. Me rindo. Colaboraré con ustedes lo mejor que pueda. ¡Se lo prometo!

—¡Ay! Si de verdad se rindiese. Si se rindiese con todo su ser, de corazón, sin miedo ni falsedades, ¡qué fáciles serían las cosas entonces! —expresa la máscara alegre.

—¡Ay, si se rindiese! —continúa la máscara triste.

—Se lo ruego, detengan este juego estúpido. Se están comportando como energúmenos. Seamos maduros y dialoguemos como adultos. No dispongo de mucho dinero en efectivo, pero si me dejan algo de tiempo, puedo conseguirles una suma interesante.

—«Por un asunto de dinero». Siendo usted el nuevo director de un banco, ¿cuántos años tiene previsto abusar de la confianza de la gente? —pregunta la máscara triste.

—¡Ah, ya entiendo! Cómo no, de eso se trata. Tenía que haberlo sospechado antes: no les importa el dinero. Aún peor, pertenecen a una organización anarquista o algo por el estilo, que odia el capitalismo y todo lo relacionado con él, y se están vengando al azar. ¡Pues sepan que no lograrán coaccionarme con sus ideas disparatadas!

—No. No es eso.

—Miren, se lo voy a explicar claramente: en mi banco somos gente seria y trabajadora. Seguimos un código ético muy estricto y controlamos de forma profesional cualquier... —¡Zas! Tercera bofetada gratuita—. ¿Por qué me golpean ahora? ¡Están locos de atar!

—Porcentajes. Altas y bajas de clientes. Palmadas en la espalda por parte de sus superiores. Cifras creciendo y cifras bajando. Estadísticas. Objetivos cumplidos, objetivos no alcanzados. Números... Escuche, señor Pérez: cuando usted se ponga en la piel de los otros, y en lugar de números y resultados perciba personas y su sufrimiento, entonces habremos avanzado.

—¡No lo entienden! Es así como está montado el sistema, ¿qué puedo hacer yo? Solo soy una pequeña pieza, en medio de un entramado de intereses y decisiones preestablecidas. ¿Se creen que no me doy cuenta? Pues sí que lo veo. Pero... ¡pero yo no soy nadie para cambiar las cosas!

—Eso está mejor. Se está sincerando. A pesar de estar equivocado, se está sincerando. ¡Muy bien! Estamos avanzando. Quizás haya esperanza todavía. Una oportunidad —comenta la máscara triste.

—Sí, una oportunidad. «Por un compromiso moral». ¿Sabe su esposa acerca de su infidelidad con la interventora del banco? —pregunta entrometida la máscara alegre.

—¿Qué dice? ¡Eso es mentira! Pero ¿quién le ha dicho que...? ¿No habrá sido Claudia quien le ha dicho esa tontería?

—Claudia no dijo nada. Y no dirá nada. Es más, a pesar de que todavía es pronto y que sus encuentros fueron furtivos, está comenzando a encapricharse. Al ser joven y pasional, es muy posible que se enamore locamente de usted.

—Locamente —repite la máscara triste.

—Hombre, tanto como locamente... no creo que sea el caso. Sí que le gusto, de eso no hay duda. Pero es algo normal, que no tiene nada de... —¡Zas! De improviso me dan otra bofetada—. Pero ¿qué diablos he dicho ahora?

—Claudia se enamorará. Y usted se aprovechará de ella. Le mentirá, y cuando finalmente se canse de su aventura, la acabará desechando como a un pañuelo sucio. Gracias a sus contactos con sus superiores, la enviará a una oficina remota, lejos de usted.

—¡Mentira, yo nunca haría eso! ¡Aparte de locos, también son unos embusteros!

—¿Cuánto vale la relación con su esposa? —pregunta la máscara triste.

—¿Cómo se le ocurre preguntar ese tipo de cosas? ¡No se le puede poner precio a algo así!

—En efecto, estamos de acuerdo: su relación con su esposa tiene un precio y un valor incalculables. Es importante que lo sepa apreciar, señor Pérez, aunque sea por un instante, en su estado presente de tensión emocional —comenta la máscara alegre—. Entendemos, en consecuencia, que valora la relación con su esposa y que hará todo lo necesario para protegerla. Queda anotado. Sigamos.

—Sigamos —interviene la máscara triste—. «Por haber cometido un crimen». Señor Pérez, ¿conoce usted a todos sus clientes?

—No, por supuesto que no. ¿Cómo podría? Conozco a bastantes, porque me preocupo por ellos. Pero hay miles. Es imposible que pueda conocerlos a todos.

—Perfecto. ¿Y cómo decide entonces a quién se le concede un crédito y a quién no?

—Eso no lo decido solo yo. Tenemos un sistema informático automatizado. Nuestro programa se encarga de decidir a quién se le concede. Si surgen dudas, entonces intervengo yo, o les pregunto a mis superiores.

—¿Y usted se fía de ese programa informático, a la hora de tomar las decisiones?

—¡Pues claro que sí! Pagamos mucho por él. Es un programa de última generación, muy avanzado y fiable. Tiene en cuenta muchas variables, puede calcular con precisión cada... —¡Zas! De nuevo una tremenda bofetada en el rostro, que me hace sangrar por la nariz—. ¡Se lo estaba explicando! ¡Esto es totalmente injusto y desproporcionado!

—Sea sincero, señor Pérez. Solo le pedimos eso, que sea sincero —manifiesta la máscara alegre.

Los dos son carne de manicomio. He sido sincero, pero por culpa de su brutalidad, me siento intimidado. ¿Qué he dicho que sea falso? No lo sé... Empiezo a dudar de mis propias palabras.

¿Qué querrán estos dos dementes? Si no es dinero...

—Sabemos del caso del señor Francisco Montoya, que la semana pasada vino a pedirle un crédito —continúa la máscara triste.

—¿Quién? ¿Quién ha dicho? No me suena. ¡Ah, sí! El señor Montoya. Estuve valorando su caso esta semana. Se encuentra en una tesitura bastante peliaguda. Ayer recibí la respuesta de mi superior regional. Los informes son negativos, no se le puede conceder el crédito.

—Señor Pérez, ¿sabe usted que el señor Montoya tiene cinco hijos y que además mantiene a varios familiares más?

—No conocía esos detalles. Pero ¿cómo saben todo esto? Seguro que tienen a alguien infiltrado en mi banco. Da igual. La cuantificación de riesgo del señor Montoya es muy alta, tiene un historial de morosidad demasiado abultado. No se puede hacer absolutamente nada por... —¡Zas! Me cae otra bofetada terrible—. Qué fácil es juzgar desde fuera, ¿verdad? No tienen ni idea de cómo van las cosas, ni de lo que hay en juego. ¡Vayan a trabajar en el mundo real, en lugar de parasitar por ahí, y verán si les dejan hacer lo que quieran, malditas caricaturas grotescas! Si no estuviera aquí atado, me levantaba y os daba una paliza. ¡Desatadme, canallas, desatadme os digo! Esperad que esto acabe y veréis... ¡Os voy a arrancar los riñones! ¡Os voy a arrancar las entrañas y me las comeré! ¡Me voy a comer vuestro hígado delante de vosotros, crudo y sangrante, mientras agonizáis moribundos! ¡¡¡Os voy a masacrar!!!

Ambos se quedan quietos durante mi trance, inmóviles frente a la explosión de cólera. Siento pavor de mi reacción. ¡Hasta los muros han temblado!

Nunca hubiera imaginado tener dentro ese animal salvaje y descontrolado. Tan primario, tan brutal. Y de verdad que los mataría. Los despedazaría aquí mismo si me soltasen.

Voy expulsando la ira acumulada, hasta que se agotan mis fuerzas.

—Bien, bien. Estamos llegando a la raíz del asunto —interviene la máscara triste—. Debe saber, señor Pérez, que la familia del señor Montoya está con el agua al cuello y que el hombre está a punto de perder la esperanza. A consecuencia de denegarle el crédito, él no volverá a casa, como había previsto. Agobiado por la imposibilidad de pagar su acuciante deuda, se irá directo al bar, a gastarse lo poco que le queda. Después, ebrio y desesperado, tomará el coche. Tendrá un accidente al estrellarse contra un muro. Fallecerá. Su muerte sumirá a su familia en un profundo dolor y en una dificultad económica irresoluble.

—Pero... ¿Y qué? ¡Yo no tengo ninguna culpa! Si el tipo es un insensato y no sabe organizar su vida ni cuidar de su familia, y encima se emborracha, ¿soy yo el responsable de su suerte?

—Señor Pérez, usted no es el responsable de la suerte del señor Montoya. Por supuesto que no. Usted es el responsable de la suya propia. Y por esa razón está ahora aquí sentado.

—Oigan, lo he entendido. Si es necesario que cambie mi conducta, de ahora en adelante lo haré. Me volveré un buen samaritano. Se lo juro. Pero, por favor, déjenme libre para que pueda ir a mi trabajo. Mis responsabilidades esperan.

Las máscaras efectúan diversos movimientos estrafalarios. Se acercan bailando claqué y se paran, delante de mí, agarrados de la mano, mientras dejan caer sus cuerpos en direcciones opuestas.

—¿Quiere ser un buen samaritano, señor Pérez?

—¡Pues claro! ¿Quién no querría serlo? Una cosa es el mundo de los negocios, y otra el hecho de comportarse como un ser humano. Yo sé distinguir entre... —¡Zas! La séptima bofetada me cruza el rostro.

Esta vez me la esperaba. No les replico.

Durante un tiempo pensé que podía parlamentar con ellos, pero es imposible. En cada ocasión me han demostrado lo contrario. Sus actos no siguen ninguna lógica. Se mueven sin sentido. Dicen absurdidades y me golpean aleatoriamente. Es inútil. Por mucho que diga, no se va a resolver nada.

Me quedo callado, con miedo a ser abofeteado de nuevo.

—Somos conscientes de que esto no es fácil, señor Pérez —introduce la máscara alegre—. Créanos, este proceso es igual de doloroso para nosotros que para usted. Pero ya ha agotado todas las alternativas. Si hubiera actuado de forma diferente en el pasado, no se vería en esta situación.

—Y como no es posible cambiar el pasado, hay que cambiar el presente —continúa la máscara triste.

—¿El pasado? Qué tendrá que ver el pasado con esta tortura. ¿Qué quieren que les diga? ¿Qué quieren que haga? ¡No entiendo el sentido de esta encerrona! —grito, a punto de echarme a llorar.

—Llore, llore. Eso le ayudará. No es necesario que se preocupe por su imagen, señor Pérez. Para que la terapia funcione, es bueno que se despoje de las cargas innecesarias —comenta la máscara alegre.

—Mire cómo lloro yo. Lloro y lloro. Llorando, llorando siempre. La, la, la —canta la máscara triste, mientras ejecuta un extraño paso de balé—. ¡Lloro todo lo que usted es incapaz de llorar! —me grita, aproximándose tétrico a unos centímetros de mi cara.

—¡Déjenme en paz, malditos lunáticos! ¡Están locos, locos de remate! ¡Socorro, ayuda! ¡Que alguien me ayude, por favor! ¡Por favor!

Las dos máscaras se quedan inmóviles.

Me derrumbo en un torrente de lágrimas.

Tardo unos minutos en recuperarme de la conmoción.

—Díganme qué necesitan y se lo daré. Les prometo que se lo daré. Pero no me retengan más aquí. No puedo soportarlo más. Se lo ruego.

De nuevo retoman sus movimientos extravagantes, ignorando mi súplica, despiadados.

—Para renacer es preciso morir, señor Pérez. ¡Debería ser consciente de ello! —anuncia la máscara triste.

—Está bien. Acepto mi destino. Hagan lo que tengan que hacer. Si no me van a soltar, mátenme de una vez. Pero dejen de torturarme, se lo imploro.

—No debería quejarse tanto, eso no ayuda a su tratamiento. Además, resulta patético. A fin de cuentas, fue usted quien nos llamó —comenta la máscara alegre, que se acerca imitando el vuelo de un águila.

—¿Que yo los llamé? ¿Yo? Esta sí que es buena... Yo los llamé. ¡Ja, ja! Yo los llamé. ¡Ja, ja, ja!

Las dos máscaras se paran y no mueven ni un músculo. Eso provoca todavía más mi risa, histérica y descontrolada. Me río, sin poder contenerme. Me río como nunca lo había hecho.

¿Me habré vuelto loco, también?

Por un instante, casi pierdo el sentido.

Cómo desearía que todo esto fuera solo un sueño.

—¡Exacto! —exclama la máscara alegre.

—Exacto, usted nos llamó. Recuerde: cuando era un niño, le prometió a su abuela que se portaría bien, que iba a ser una buena persona, de todo corazón. ¿Lo recuerda? Con aquella promesa honesta, pura, libre de egoísmo, usted nos llamó. Por eso estamos hoy aquí, para ayudarlo, mientras las condiciones sean propicias —dice la máscara triste, sentada en el suelo.

Vagos recuerdos se presentan en mi mente.

Mi abuela siempre me decía que fuera bueno, porque ser malo no llevaba a ningún sitio. «En esta vida deberíamos sentirnos felices de ayudar a los demás», me decía, humildemente.

Le prometí tantas veces que sería bueno, que me portaría bien. Pero lo hice para que me dejara jugar en la calle. Y para ganarme algunas moneditas. ¡Era un niño!

El abuelo murió. Menudo drama. Qué deprimida se puso la abuela. A lo mejor sí que se lo prometí de corazón, entonces.

Sí, quizás sí que lo hice de verdad. La vi así, sufriendo tanto. Solo quería que dejase de sufrir. Le prometí de corazón que sería bueno.

Qué ingenuo.

Pierdo la noción de dónde estoy, al rememorar el perfume de sus geranios... Los gatitos del patio, huyendo de nosotros... Esa sopa que nos cocinaba, la mejor sopa del mundo...

Y estas máscaras misteriosas, que me han raptado aquí para manchar mi memoria, pretendiendo ayudarme en respuesta a una promesa que hice de niño.

Bastardas...

Es un misterio que sepan tanto. Cosas que hasta yo mismo había olvidado. Habrán investigado sobre mi vida, preguntando a familiares y amigos, sin que ellos se dieran cuenta.

Seguro que son de alguna secta religiosa. Una de esas sectas que manipulan a la gente y les hacen creer cualquier cosa. Se las ingenian para sonsacarles informaciones privadas, y luego...

Da igual de donde salgan, ni qué pretendan. He comprendido su juego. Ya sé cómo salir de esta.

—Me siento mejor. Sí. Gracias. Al recordar mi pasado, me siento bien. Me han ayudado mucho. Gracias, mil veces gracias, se lo agradezco de corazón. Ya me siento curado. Sí, milagro, ¡estoy curado! ¿Lo ven? Me han liberado de mis cargas innecesarias. ¡Al final lo han conseguido, alabado sea su poder curativo! ¡Gracias a su Dios Todopoderoso!

Las máscaras permanecen en silencio. Quietas. Abominables. De pronto se ponen a bailar una especie de vals, en medio de la sala.

—No ha funcionado, señor Pérez. Nuestro diálogo no ha funcionado. Ni las bofetadas. Ni tampoco cuando le pusimos frente a las consecuencias de su actitud. Ni la risa, ni el llanto. Ni al recordar uno de los momentos más significativos de su vida. Ni siquiera eso fue suficiente para provocar en usted una transformación auténtica. Y el tiempo se nos ha acabado. Se extingue la preciosa oportunidad para hacerle consciente de sus actos. Pero no importa, porque estamos preparados. Tenemos el antídoto. Y ahora mismo se lo vamos a suministrar.

La máscara triste se aleja girando sobre sí misma, y sale de la habitación de manera estrambótica.

Sus últimas palabras me alarman. Viniendo de estos dos maniáticos, me puedo esperar cualquier cosa.

La máscara triste vuelve a entrar, con una enorme jeringa de color verde.

Se acerca corriendo hacia mí.

—¡No, no, paren! ¡Están atentando contra mi persona! ¡Lo que están haciendo es ilegal, los voy a denunciar! ¡Paren! ¡Paren, les digo! ¡Policía! ¡¡¡Socorro!!!

A consecuencia del efecto químico de las pastillas, el señor Pérez se durmió, y llega a su oficina un poco más tarde de lo habitual.

Saluda a sus compañeros.

Entra en su despacho, cuelga su americana y mira su agenda en la pantalla de la computadora.

Se organiza el día, teniendo en cuenta las entrevistas programadas y las espontáneas.

Los clientes van llegando.

A pesar de que no puede satisfacer muchas de sus peticiones, les explica con calma y honestidad las ventajas y desventajas de cada producto financiero. Se toma el tiempo de exponer la terrible letra pequeña, que suele comprometer la bondad de los contratos enteros. Les aconseja la mejor opción, dentro de las condiciones impuestas por su entidad bancaria. En algunos casos, incluso, les invita a consultar con otras entidades para que estén seguros de su decisión.

Claudia entra en su despacho con una consulta puntual.

—Claudia, siéntate, por favor. Tengo que decirte algo. Nuestra relación ha traspasado los límites de lo profesional. He sido yo quien se fijó en ti, y quien dio el primer paso para que sucediese lo que… lo que ambos sabemos. Soy responsable de ello. Me arrepiento. Te utilicé. Desde el principio sabía que lo nuestro nunca iría lejos, pero aun así te engañé. Me he aprovechado de mi posición, desde el primer momento.

—Me dejas de piedra. ¿Qué se supone que tengo que responder a eso? Entonces, ¿los regalos? ¿Las invitaciones? Las confesiones sobre lo mal que estás en tu casa y la falta de pasión con tu esposa… Tus declaraciones de cómo te hago sentir feliz, de cómo has recuperado la ilusión por vivir y seguir adelante. ¿Todo eso es mentira? —expresa Claudia, consternada.

—Me siento avergonzado. No sé qué más decir. Lo nuestro ha sido un error. Lo lamento profundamente. Amo a mi mujer, y la amaré por toda… —dice el señor Pérez, sin acabar la frase. Claudia le ha soltado una soberana bofetada.

—¡Eres un cerdo! Un cerdo insensible. ¡Lo nuestro se ha acabado! Te dejo, ¡se acabó! ¡Y reza para que no vaya y le cuente todo a tu mujer, maldito cerdo! —grita Claudia, que se va de la oficina.

El señor Pérez se siente como una alimaña.

Habría recibido cien bofetadas como esa, si con ello pudiera reparar su error. Pero ya está hecho. Qué fácil fue dejarse llevar por un capricho egoísta, y qué duro afrontar las consecuencias de ese acto.

Claudia no se merece esa situación.

Y lo peor es que él lo sabía desde el principio, pero decidió dejarse llevar por el deseo; por esa ilusión de falsa felicidad, tan dulce como la miel y tan lacerante como una cuchilla.

—Ha llegado el señor Montoya. ¿Lo hago pasar?

El señor Pérez asiente.

El informe del señor Montoya está impreso sobre la mesa, prueba material y estadística de que el crédito no va a ser concedido. De manera clara y concisa, se lo hace saber.

—Y ahora, ¿qué voy a hacer? ¿Cómo voy a salir de esta? ¡Era la única posibilidad! ¡Mi única posibilidad de salvar a mi familia! ¡Ay, por Dios, que me ha matado usted!

El señor Pérez lo observa: el hombre no finge. Está sufriendo de verdad. Pero ¿qué hacer?

Quizás haya otra posibilidad.

El señor Pérez respira hondo, se gira e introduce unos datos en su computadora. Selecciona varias opciones, descarta otras, y al cabo de cinco minutos imprime una nueva propuesta.

—Señor Montoya, con este nuevo crédito obtendrá los diez mil euros que necesita. Sepa que, por ser una categoría diferente, pagará un tres por ciento más de interés. Pero si consigue amortizarlo antes, al final la diferencia no será tan grande. El número de cuotas es el mismo. La penalización por una mensualidad impagada es mucho mayor, así que por favor no deje de pagar cada mes. Es menos ventajoso que el otro crédito, esto es obvio, pero lamentablemente no tenemos otra opción. Es lo único que puedo ofrecerle. De verdad. Si lo acepta, recibirá el dinero esta misma semana. Le doy mi palabra.

El señor Montoya sonríe.

Firma el contrato sin leerlo y envuelve al señor Pérez en sus grandes brazos. Durante varios minutos le agradece su gesto.

El señor Pérez lo acompaña hasta la puerta de la oficina.

—Abrace bien fuerte a su familia, señor Montoya.

Sin cruzar la vista con nadie, el señor Pérez vuelve a su despacho y continúa su trabajo.

La pausa del almuerzo es de hora y media.

—Come tranquilo. No pasa nada si llegas un poco más tarde — le sugiere su esposa, mientras comen juntos en casa.

—Disculpa, me siento fatal. Hoy ya llegué bastante tarde. Creo que es por culpa de esas pastillas. El médico me las recetó ayer. Voy a dejar de tomarlas. Me dejan atontado.

—¿El médico? Pero ¿las pastillas no eran para el dolor de cabeza? ¿Qué te pasa?

—No te dije la verdad, porque no me pareció un asunto importante. Aunque quizás sí que lo sea... No quisiera contagiar a otros. Estoy enfermo de la egomanía.

—¿De la egomanía? ¿Tú? Venga ya, ¡permíteme que me ría! — dice ella.

Y ríen juntos.

—Tenemos cosas de las que hablar. Dejamos a los niños con los abuelos y nos vamos a cenar esta noche —propone el señor Pérez.

—Querido, esta semana no puedo. Tengo un caso muy complicado en el bufete. ¿Lo dejamos para la semana próxima?

—Sin problema. Cuando te vaya mejor.

La pausa del almuerzo acaba.

El señor Pérez se despide de su esposa. La agarra por la cintura y la besa apasionadamente.

Ella sonríe, tímida, y le acaricia el rostro.

—Cariño, tienes las mejillas enrojecidas. ¿Has estado tomando el sol?

XV
UNIVERSOS PARALELOS

Después de presenciar las noticias en el televisor, me tomo las pastillas, agarro mi bastón y salgo del apartamento, consternado por el sufrimiento que habita en nuestro mundo.

Mientras reflexiono sobre cómo aportar mi grano de arena por el bien común, descubro una carta en la repisa de la entrada, al lado de los buzones.

Está dirigida a Matilde Arbeloa de Castro. Ni idea de quién es esta dama. Pero seguro que se trata de un asunto capital, porque muestra el logotipo de Hacienda. Nadie le ha prestado atención, obviamente, porque ninguno de los vecinos es ella. Y aunque tampoco es para mí, decido entregar la carta en su destinación correcta. Su domicilio está en el número trece de mi misma calle, justo al lado.

Tarea fácil. ¡Ayudemos a Matilde, la desvalida doncella!

Me arrojo a la calle, inspirado por acometer una misión de bien. Giro a la izquierda y avanzo unos metros. ¿Cómo lo haré para entrar y dejar la carta? Mientras investigo la manera de colarme dentro, surge un imprevisto: el edificio no es el número trece, sino el quince.

Algo no va bien. Por lógica debería ser el trece, porque mi bloque es el número once. Pero no, es el quince. Debo haberme equivocado. Vuelvo sobre mis pasos para localizar el número trece.

¡Ha desaparecido!

No es posible.

Camino hasta el principio de la calle. El primer edificio tiene el número uno, efectivamente. Al uno le sigue el tres. Después el cinco. Más adelante el siete. El nueve. El once, donde yo vivo. Pero ni rastro del trece. Del once salta al quince. Y después los números prosiguen su orden normal, sin fallo alguno.

He perdido más de cinco minutos, aturdido frente a esta ergonomía, cuando Rubén, amigo de la infancia y vecino desde no hace tanto, llega de trabajar.

—J., ¿qué haces ahí pasmado?

—Rubén, llevo una hora intentando averiguar dónde está el número trece de nuestra calle.

—Debería ser ese.

—Ya, ese debería ser. El problema es que no lo es. Fíjate en el número de la destinataria de esta carta: el trece. En nuestra calle no hay ningún trece.

Mi amigo cruza la calle para disponer de mayor amplitud visual. Mira hacia un lado, mira hacia el otro. Y concluye en efecto que mi observación era correcta.

—Te lo he dicho. Aunque no sea de ciencias, como tú, eso no significa que no sepa contar —le lanzo, ofendido.

—Quizás antes de construir los bloques, el Ayuntamiento se equivocó al establecer su numeración provisional.

—¡Error! No tiene sentido que el Ayuntamiento se equivocase en algo tan simple.

—Bueno. Pues entonces hubo otras casas, con sus números correctos: trece, quince, etc. Las derruyeron para construir bloques de pisos y…

—¡No es así, en absoluto! Mi abuelo era el propietario del terreno, este mismo, donde están ahora los bloques, y te puedo asegurar que no había ninguna casa. Era una parcela vacía, llena de hierbajos.

—Está bien. Si descartamos que se eliminara el número trece por superstición, es plausible que mucho antes, antes incluso de que el terreno fuera de tu abuelo, había casas que…

—¡Ni hablar! No hubo nada antes, ya te lo he dicho. ¡Ni antes, ni antes de antes! No se han encontrado cimientos, ni restos materiales, para confirmar tu hipótesis.

Comenzamos una discusión acerca de la fiabilidad de los restos arqueológicos, del tiempo como concepto relativo, de la validez de las supersticiones, y de la necesidad o no de un orden, aunque sea arbitrario. Y acabamos retomando el asunto del error numérico.

—Lo siento, J. Tengo una hora para comer y ya perdí la mitad en esta charla. Ve al Departamento de Urbanismo del Ayuntamiento. Ellos te ayudarán a resolver el gran misterio de esta omisión inextricable.

—¿Qué? Ni loco voy a ese departamento, ¡ni a ningún otro lugar! Me voy a Correos, a que me informen qué ha pasado. No es un tema de broma, que es bien serio. ¡Adiós! —le comento, acalorado por el esfuerzo. Y también medio enfadado, por su manera abrupta de finiquitar nuestro diálogo sensacional.

Mientras voy a la oficina de Correos, mi mente se dedica a construir todo tipo de hipótesis sobre el gravísimo error de numeración. Le doy tantas vueltas que empiezo a marearme. ¡Qué manera de angustiar a los ciudadanos! Necesito ayuda para resolver este sinsentido.

—No se preocupe, señor. Devolveremos la carta al emisario y ellos corregirán la dirección —me indica el funcionario de Correos, el típico espécimen de barrio, con pelo grasiento y gafas ridículas.

—Pero ¿y si la dirección es correcta? Quiero decir, a lo mejor existe un error en la numeración de los edificios. Compruébelo, ahí, en su computadora.

—Esto no lo puedo hacer, señor. No tenemos acceso a ese tipo de datos. No se preocupe, devolvemos la carta y el emisario se encargará de ella.

El funcionario alarga su brazo por encima del mostrador y ase la carta.

—¿Es que no van a pesquisar sobre el asunto? Ya le he explicado la problemática, señor funcionario: es una carta del Ministerio de Hacienda. ¡Debe ser algo importante! —argumento con énfasis.

—Si fuera tan importante la habrían enviado por correo certificado, créame. Démela y se la devolveremos al emisor. No se preocupe, de verdad. Ellos lo resolverán.

Titubeo de nuevo, ¡tan convencido se muestra el funcionario! Estoy a punto de dejarle la carta y ceder en mi deseo de realizar el bien ajeno. Pero una voz interior me avisa que no lo haga.

Me recompongo, y le retiro la carta de sus sucias garras.

—¡Ni hablar! Escuche, señor funcionario, no voy a desentenderme de mi responsabilidad y causarle un perjuicio a doña Matilde. Esto no sería correcto. Que lo sepa usted: cada acción cuenta, por pequeña que sea. Y no solo eso: ¡lo fundamental es nuestra motivación! Dígame, qué otra cosa podemos hacer.

—No se me ocurre nada. Pero permítame informarle: al apoderarse de una carta que no es suya, está cometiendo usted un delito —comenta él.

—Así que un delito. Oiga, no hace falta que me atenace.

—¿Disculpe?

—No intente escurrir el bulto, me estaba atenazando.

—¡Oh! Se refiere a «amenazando».

—Eso mismo. A veces se me lían las palabras. Es un trastorno leve de la infancia que... No importa. Ya lo he superado y tampoco es de su incumbencia. Señor funcionario, seamos honestos: si a usted no se le ocurre nada, ¿puedo hablar con alguien que tenga más luces y más ganas de colaborar?

—Puede hablar con la responsable. Pero ahora no está disponible. Si quiere, puede esperarla unos minutos.

—¿Su responsable me ayudará?

—¡Pche! Le dirá lo mismo que yo.

¡Que me proteja el dios de la paciencia! Respiro hondo. Carraspeo, preparando las cuerdas vocales para iniciar mi sermón aleccionador. Pero oigo unos gruñidos detrás de mí. Los otros clientes parecen molestos.

Demasiados enemigos a mi espalda.

Dejo la clase civilizadora para otro día.

—Y si voy al Departamento de Urbanismo del Ayuntamiento, ¿allí me ayudarán?

—No se lo puedo asegurar, señor. Esto es Correos —responde él y me aparta la mirada, como para indicarme que ya hemos acabado.

Salgo sin despedirme, vociferando y haciendo aspavientos. Espero que los demás clientes comprendan que no fue culpa mía.

Tumefacto por la ineptitud del funcionario, hago de tripas corazón y me encamino hacia el ayuntamiento.

Hace mucho calor. Tanto, que no se puede respirar. El cansancio me obliga a detenerme. Me apoyo en mi bastón. Suspiro hondo y continúo mi camino.

¡Cuántas espléndidas posadas! Lugares de pausa en las aventuras caballerescas. Imagino que entro y me tomo un refrigerio, para refrescarme en cuerpo y alma. Pero no es el momento, ¡tomé una decisión!, y haré honor a mi palabra. Ignorando los cantos de sirena, persevero con bravura en mi misión epistolar.

Por fin diviso el edificio del gobierno municipal. Aunque agotado mental y físicamente, he llegado a destino.

—Apriete el botón amarillo de aquella máquina. Recoja el impreso que le dé y espere en aquel espacio habilitado. Esté atento a la pantalla. Cuando aparezca su número, diríjase a la mesa correspondiente. Allí le ayudarán —me informa una joven, sentada detrás del mostrador de recepción.

La chica no ha entendido nada. Le describo pues mi aventura, con todos sus pormenores: las terribles noticias en la televisión; el momento en el que detecté la carta extraviada; el desconcierto por la desaparición del edificio trece; mi conversación con Rubén, al que veo de higos a brevas, a pesar de ser vecinos; la decepción en Correos frente a un funcionario atenazante; y, al fin, la caminata interminable que casi acaba con mi delicada salud.

—Apriete el botón amarillo de la máquina. Tome un número y espere su turno. La persona que lo atienda le informará.

¡No puedo creerlo!

Increíble. He gastado las últimas energías con mis explicaciones detalladas, tan pertinentes, que sin embargo la joven ignora con desdén. De nuevo siento el ardor pedagógico de poner las cosas en su sitio, pero una turba desvergonzada entra en el edificio, ¡y no paran de coger numeritos de la dichosa máquina! Desestimo mi propósito educativo y me apresuro a sacar mi número.

Me siento en la sala de espera.

Aguardo mi turno.

—¡Qué calor! ¡Madre de Dios hermoso! Como no suban el aire, me va a dar un sofoco —comunica conmigo una señora, mientras agita su abanico con furor.

—Despreocúpese, señora. Ahora mismo arreglo yo esta connivencia —me ofrezco, galante.

Vuelvo al mostrador de información y le pido a la joven que aumente la potencia del aire acondicionado.

—Lo siento, señor. No tengo autorización para eso.

—¡Ah! Así que no tiene autorización para eso... Pues entonces dígame quién la tiene. Porque supongo que para eso no necesitaré otro condenado número, ¿verdad que no?

La joven no responde; se limita a encogerse de hombros.

—¡Escúchenme todos! —grito, majestuoso, en medio de la sala—. La joven informadora, aquí presente, no puede modificar la temperatura del aire acondicionado. La gente se está desmayando por este calor extremo. ¿No habrá nadie con una mínima decencia para auxiliarnos?

Todos me miran apesadumbrados: el público esperando su turno, la informadora y hasta los funcionarios parapetados detrás de sus computadoras.

Pero nadie responde a mi llamada.

Me animo entonces a poner en práctica mis artes teatrales. Doy un paso adelante, planto los pies en el suelo y, con postura solemne y el bastón extendido, me repito aún más alto.

—Disculpe, caballero. No hace falta que monte un espectáculo en medio de la sala. El aire acondicionado tiene una temperatura predeterminada. No podemos cambiarla —me comenta en voz baja un funcionario.

—¿Temperatura determinada? ¿Y a qué singular criterio responde esa determinación? Nuestra integridad física está en peligro, ¡eso sí que es determinante!

El funcionario comienza su discurso: menciona directrices energéticas provenientes del Acuerdo de Tokio, le suma motivos de salud, y al final se justifica con un problema técnico, que debiera resolverse dentro de unos días.

No sé qué responderle.

Su conglomerado de razones me ha dejado tumefacto, sin posibilidad de réplica.

—Está bien, lo entiendo. Pero repárenlo pronto o se las verán conmigo.

Regreso a mi asiento e informo a la señora del abanico:

—El aparato del aire se ha estropeado y no pueden pagar la reparación. Y encima nos cobran tantos impuestos, ¡qué injusticia!

La gente me observa con admiración.

Después de más de media hora, mi número aparece en la pantalla. Camino hasta la mesa que me asignan, la más alejada, gobernada por un barbudo pusilánime.

—Buenas tardes, señor. Usted dirá.

—¡Y tanto que le voy a decir! Oiga, acomódese aún más, si su sillón se lo permite, y respire hondo, porque lo que vengo a exponerle tiene bemoles.

Le presento el caso. Le voy describiendo los hechos con extrema exactitud, en orden cronológico, para que no se me pierda en los detalles.

Acabada mi exposición exhaustiva, espero su respuesta, ansioso por conocer la verdad: ¡¿qué pasó con el edificio trece de mi calle?!

—En su calle se edificarían varias casas. En períodos diferentes, probablemente. Al ser derruidas y sustituidas por otros edificios, la numeración cambió. Creo que su amigo tiene razón —me explica.

—¿Lo cree usted o lo sabe a ciencia cierta?

—Hombre, tanto como a ciencia cierta. Para eso habría que buscarlo en el registro municipal y verificarlo.

—¿Y a qué espera para verificarlo? Después de padecer en este infierno de calor y de sufrir el azote de la indiferencia funcionarial, ¿se cree usted que me voy a volver a casa sin la verdad?

—Sí, esto... No se altere, por favor. Desde mi computadora no puedo acceder al registro. Debe consultarlo con el Departamento de Urbanismo.

—Ajá, con el Departamento de Urbanismo. Entonces, póngame en comunicación con ese departamento. Ellos me dirán qué pasó con el número trece en mi calle. Póngame en contacto, ahora, ¡*ipso facto!*

Golpeo la mesa con mi bastón. Mi gesto y el efecto del latinismo lo ayudarán a actuar.

—Señor, no se altere, por favor. Tiene que pedir hora con la técnica de Urbanismo. Ella lo atenderá directamente.

—De acuerdo. Deme usted hora con esa técnica. Y si puede ser para hoy y prontito, mejor que mejor.

—Diríjase a la entrada. Pulse el botón rojo de la máquina. Tome un número y espere su turno.

—¿Cómo dice?

—Para obtener una cita con la técnica de Urbanismo, necesita turno con un compañero, y el impreso de la máquina es imprescindible. El número lo obtendrá al pulsar el botón rojo.

—¿Con todo el sufrimiento que llevo encima y me hacen sacar otro número? Se pensará usted que no tengo otra cosa que hacer, que apretar sus malditos botones, sacar números y esperar turnos. ¿Es que mi tiempo no vale nada?

—Por favor, señor, no se altere. Yo no me pienso nada. Este es el procedimiento. De este modo debe seguirlo, si quiere una respuesta.

Analizo las circunstancias.

El barbudo tiene razón. Jamás venceré contra el entramado administrativo, si no procedo como estipulan sus reglas absurdas. Vuelvo a la dichosa máquina. Pulso el botón rojo, recojo el número y espero mi turno. Después de veintiocho minutos de reloj, mi número aparece en la pantalla.

—Buenas tardes, señora. Vengo a pedir cita con la técnica de Urbanismo.

—Sí, siéntese, por favor. ¿De qué se trata? —me pregunta la funcionaria, sin mover ni un pelo de su cabellera, rosada y desteñida.

Bien sabe de qué se trata, porque su mesa es contigua a la del barbudo. Pero, por algún oscuro motivo, me obliga a repetirme.

—Esta consulta no se la responderán en el Departamento de Urbanismo. Tiene que dirigirse al Departamento de Cartografía. No se inquiete. Ahora le indico donde está: cuando salga de este edificio, gire a la derecha, camine unos trescientos metros y después, en el cuarto semáforo, entonces…

—¡Un momento, señora, a ver si nos aclaramos! La joven informadora en la entrada me obliga a sacar un número, su compañero barbudo me fuerza a sacar otro estúpido número, y ahora usted me expulsa a otro departamento, que no tiene nada que ver con mi asunto. ¿Y para qué demonios he esperado más de una hora en este infierno, cuando me lo podían haber dicho desde el principio? Me parece que no me he expresado bien: ¡necesito saber qué ha pasado con el número trece de mi calle! ¡Solo eso, diablos! ¿Y para qué tendría que ir a un departamento de Cartonería? Espere, no diga nada, que yo se lo respondo: para que otro idiota, colega suyo, me envíe a otro maldito lugar. O para que me dé hora de aquí a cuatro meses con otro incapaz. ¿Pero quién se han creído que soy, mareándome de esta manera, el señor K. en *El castillo*?

—Disculpe, caballero. Este es el procedimiento habitual. No existen excepciones ni discriminaciones, se trate del señor K. en su castillo o del señor Z. en su barraca —intercede un entrometido, defendiendo a su compañera.

—Señor funcionario, a ver si me entiende. He venido a resolver un problema de incandescencia mayor: la señora Arbeloa espera un documento vital. Necesito saber dónde vive, y el tiempo apremia. ¿Me va a dar una cita con alguien de Cartonería? Si es así, voy para su mesa. Pero si no es así, ¡cállese y no meta su fastidiosa nariz donde no le concierne!

—¡Es usted un desconsiderado! ¡Su falta de respeto raya la ofensa! —apunta una funcionaria desde otra mesa.

—¡Es verdad! ¿Qué falta de respeto es esa? ¿Se piensa que puede tratarnos como a animales o qué? —salta el barbudo desde su mesa, envalentonado por la fuerza de la manada.

Me encuentro acorralado por esta jauría de hienas, sedientas de sangre inocente, ¡y eso que solo les pedía una simple información! Los caminos de la verdad son tan impermeables.

Desorientado por el ataque masivo desde todos los flancos, me yergo, formidable guerrero. Tiro la silla, alzo el bastón y declamo, de cara al público:

—¡Estimadas ciudadanas y ciudadanos! Henos aquí sufriendo las inclemencias del calor, de la sed, y el desprecio de unos funcionarios indiferentes, estos que ven aquí, desalmadas criaturas sin corazón, que solo se preocupan de contar cuántos minutos les quedan, antes de salir disparados hacia ninguna parte. Escuchadme bien, vosotras y vosotros que tenéis oídos, y que venís en favor del esclarecimiento de la verdad.

Pero no me dejan continuar. Un policía municipal aparece de la nada y me agarra del brazo, para arrastrarme a una esquina. Mi ardor marcial se enfría por completo. No puedo más que sucumbir derrotado frente a la figura corpulenta de la ley y el orden.

La entrevista policial dura más bien poco. Por su parte, querrá librarse de hacer un informe fangoso; y por la mía, de nada sirve gastar mi aliento con este gorila cumple-órdenes. Sumiso, acato la resolución de irme de allí. Recupero mi estimado bastón, camino hasta la salida y me dispongo a abandonar este zoológico.

Pero, todavía con un pie dentro, me atrevo:

—¡No creáis que me habéis vencido, hijos de la apatía y de la desidia! ¡Regresaré antes de siete días para purgar este antro de indeseables!

El policía avanza unos pasos, atenazante. Agacho la cabeza en son de paz y salgo corriendo.

Me refugio en una taberna. Por suerte no me han seguido.

Pido una tila al camarero.

El corazón me late a mil. El móvil me tiembla entre las manos traumatizadas. Temo una taquicardia. Tras unas respiraciones profundas, consigo entablillar mi sistema emocional. No pasa nada. Estoy fuera de peligro.

Empiezo a buscar en internet la dirección del Departamento de Cartonería. Por la pantalla del móvil desfilan diversas instituciones, pero ninguna es la que busco. Pruebo varias combinaciones, con diferentes entradas. Sin éxito. La dirección del maldito departamento no aparece por ninguna parte. Me planteo volver al ayuntamiento, pero desisto al rememorar la actitud bestial de los funcionarios.

Podría llamar a Hacienda, lo saben todo sobre cada ciudadano, pero no dan informaciones personales por teléfono.

Esta aventura está resultando demasiado complicada...

¡Oh no! Sustraído por tantos hechos insólitos, casi me olvido de mi almuerzo. El estómago se queja, al ver tantas fotografías de platos redundantes.

Pido unas tapas de pimientos fritos, croquetas de Cabrales y patatas bravas. El camarero las trae rápido: truculentos ejemplares que engullo con coraje.

Me guardo el pan para los pájaros y salgo de la taberna, medio tambaleante por el exceso de pitanza. Llego con dificultad a la parada más cercana.

Espero el autobús.

Me merezco un descanso, clarísimamente. Demasiado he padecido hoy. Una siesta reconfortante lo arreglará todo. El autobús llega puntual. Menos mal que algo funciona correctamente, en esta inhóspita ciudad.

Pero la siesta dura menos de lo previsto.

Al cabo de quince minutos me despierto sobresaltado, sudando de terror, aferrado a la sábana con los dos puños. Matilde me ha visitado en sueños. ¡Qué horror! No era una delicada y tierna doncella, como me la había figurado, sino una mujer grande, robusta, vestida con una armadura vikinga. Blandía un hacha enorme y un espejo como escudo. Se me acercaba furibunda, mientras gritaba: «¡Devuélveme la carta o sufrirás mi venganza!». Al final del sueño, hundió su hacha en una puerta de madera.

Busco información en internet sobre Matilde Arbeloa, plastificado de miedo. No encuentro ninguna pista. Su nombre no aparece por ningún lado.

Este asunto ergonómico se está volviendo dramático. Mi misión está en peligro. Necesito ayuda profesional.

—¡Rubén, acabo de padecer una pesadilla espantosa!

Le cuento la pesadilla a mi amigo, que me escucha con atención desde su puerta entreabierta. Aprovecho también para describirle mi aventura con la caterva de funcionarios, sin omitir ningún detalle.

—Es extraño que no te hayan dado una información certera desde el principio —comenta él, insensible.

—¡Santo cielo! Te estás poniendo de su parte. ¿No he sufrido ya bastante la tortura de la incomprensión y el menosprecio, para que encima ignores mi súplica? Hasta los amigos me dejan de lado. Esta misión de hacer el bien ajeno resulta demasiado complicada. Empiezo a pensar que no vale la pena. Estoy por abandonar.

—J., espera un poco. ¿No eres tú quien no para de repetir que la motivación es la clave? Cálmate un poco y déjame pensar.

En ese instante, desde su lado derecho llega un niño corriendo y se abraza a su pierna. Rubén lo alza, mantiene un intercambio de frases con él y lo deja en el suelo, para que vuelva a correr hacia dentro.

—No entiendo por qué le cuentas esas mentiras a tu nieto —le reprocho, cuando el niño se ha ido.

—Se lo digo para que deje el videojuego y se vaya a cenar. ¡No sabes lo difícil que es convencerlos para que coman en la mesa! Solo exageré un poco.

—¿Un poco? ¿Diciéndole que si continúa jugando con la tablet se le freirán las neuronas y se le derretirán los ojos?

—Eso no es nada. No te imaginas las historias que me tengo que inventar para que hagan sus deberes. Los niños de hoy se han vuelto muy rebeldes.

—Lo que tú quieras, pero no se debería mentir a los niños. No apruebo la educación que tu hijo les da, pero tampoco hay que engañarlos. Me parece incorrecto.

—Sería incorrecto si con ello tuviera mala intención, o si les causase en efecto algún daño. Pero no es el caso. Me esfuerzo para que adquieran hábitos sanos y disciplina. Mi hijo los distrae con esos cachivaches electrónicos, para evitarse conflictos, supongo. Yo prefiero que despierten su curiosidad innata, su afán por experimentar en el mundo real, aunque sea por medio de historias imaginarias, en lugar de convertirlos en esclavos de la tecnología. Cuanto más abiertos estén a explorar su alrededor, alejados de esas pantallitas, más fácil les será adaptarse a las circunstancias de la vida. Tienen que aprender a decidir por sí mismos, con juicio y reflexión; y eso solo se consigue dejando espacio y tiempo libre para la mente. Ellos son el futuro, querido J. El rumbo de la humanidad depende de su educación. Formamos parte de la cadena de la vida. Es nuestra responsabilidad dotar a nuestra descendencia de instrumentos y de curiosidad, para que desarrollen la sabiduría que ya poseen en potencia.

Estamos a punto de iniciar un diálogo fundamental sobre cómo educar a la infancia, pero lo llaman a cenar.

Rubén se despide. Me está cerrando la puerta, cuando lo detengo con un gesto desesperado:

—¡Sé compasivo, por nuestras décadas de amistad! Tiene que haber un indicio oculto, algo por ahí, que se nos escapa en la oscuridad. No es factible que haya una destinataria de una carta en el edificio número trece, y que al mismo tiempo ese edificio no exista. ¡Es imposible tal contradicción! No puede no-existir, porque esta carta confirma que existe.

Rubén me mira atentamente. Se rasca la barbilla mientras reflexiona.

Después de unos segundos, exclama:

—¡Ya lo tengo, lo encontré! Se trata de una transferencia entre dos dimensiones paralelas en nuestro multiverso.

—¿Eh? ¿A qué te refieres? —le pregunto fascinado.

Rubén me instruye de manera sucinta en la teoría de los universos paralelos, sujeto apesadumbrante, y también en algunos conceptos de mecánica cuántica. Pese a haberme impresionado con sus explicaciones, las atribuyo a una fantasía mayestática, surgida de mentes preocupadas por cuadrar teorías indemostrables.

—Teorías que en el pasado eran fantasía, hoy se demostraron reales. Por el contrario, cosas que en el presente son más sólidas que este muro, mañana serán consideradas como una mera invención. No nos asustemos de las interpretaciones sobre este mundo, tan cambiante e impredecible. Si una teoría y sus aplicaciones técnicas ayudan a mejorarlo, haciéndonos más felices, ¡bienvenidas sean! Pero si se vuelven obsoletas, dejando de ser útiles, abandonémoslas para abrazar las que de verdad nos ayuden.

—Esto que dices no suena muy científico, Rubén. Creía que vosotros, los de ciencias, abogáis por un sistema fiable, duradero y universal.

—Y así es, mi querido amigo. Pero con el paso de los años me he vuelto menos idealista. Cuando me doy cuenta de las dificultades a afrontar de mis nietos, me pregunto si no sería mejor vivir de una manera más sencilla, sin tantos entretenimientos vanos ni parafernalias. Por eso me esfuerzo en su educación, para que aprendan a valorar las pequeñas cosas, esas cosas que tienen sentido. Los momentos que pasen con nosotros, ¡que sean con nosotros! Ya tendrán tiempo de perderse en distracciones ajenas. Mi hijo espera de ellos grandes hazañas, que sean los mejores, da igual en qué, pero los primeros, sin importar un bledo los demás. Y no solo mi hijo, la sociedad entera les exige esa actitud también. Fíjate en la televisión: ¡cuántos figurantes obsesionados por su minuto de gloria! Aunque tengan que hacer el mono, con perdón a los pobres animales. Parece no haber lugar para las personas humildes que trabajamos día a día, con honradez, sudando de manera anónima para ganarnos el pan de cada día. Se nos presenta como si fuéramos estúpidos o perdedores natos, solo porque no triunfamos en los deportes, ni en los negocios o en el cine. Una locura, ¿no te parece? Yo solo intento transmitirles buenos ejemplos a mis nietos. Que tengan grandes sueños, si quieren, pero que actúen con consciencia y respeto hacia los demás, y también hacia nuestro mundo. Que sepan apreciar cada momento…

—¡Hora de cenar, segundo y último aviso! Dile a J. que se venga a cenar con nosotros, y dejad de parlotear en la puerta —nos interrumpe su esposa.

—Sí, pasa, pasa. Ven a cenar con nosotros.

—¡Oh! Muchas gracias, de verdad, pero no tengo hambre. Y me esperan un montón de cosas por hacer.

Rubén me resume de nuevo los puntos esenciales de la teoría del multiverso, aclarándome mis interrogaciones. Todo cobra sentido: el edificio treceavo existe en otro universo, paralelo al nuestro, que sucede espacial y temporalmente de manera simultánea, pero que no podemos percibir, porque se sitúa en otro plano dimensional. El hecho de que una carta de otro universo se haya manifestado en el nuestro, demuestra no solo la existencia de varios mundos, sino también de un nexo magnífico entre ellos.

Los fenómenos están interconectados, en una red inextricable de acciones y reacciones. El equilibrio del multiverso se sustentaría en cada pequeña acción.

Qué cierto lo que me anunció el hombre mayor, hace tantos

años, en aquel extraño hotel.

Cada acción, por minúscula que sea...

Por causa de una disfunción espaciotemporal, esta carta ha llegado a mis manos. Cualquier acción errónea comportaría una cadena de consecuencias impermeables. Si esta carta extraviada no regresa pronto a su dimensión originaria, a manos de la dueña, el equilibrio universal correrá peligro.

—¿Y cómo le devuelvo yo su carta a la señora Arbeloa? ¡El orden del multiverso está en juego! —exclamo—. Y, sobre todo, no quisiera tener problemas con ella, terrible valkiria vengativa.

—No es complicado. Ella misma te dio la instrucción, en su aparición onírica, cuando clavó su hacha en la puerta.

—¡Sí, así fue! ¡Exacto! Hay un portal ancestral y legendario, que comunica a los universos entre sí. Eso es. Tengo que hallarlo, traspasarlo con valentía, explotar el otro universo y dar con el número trece de nuestra calle. Así podré entregar a Matilde su carta en mano. Esta es mi misión. ¿Cierto?

—Más o menos. Pero no hace falta explorar nada, ni tampoco creo que exista una puerta física como tal. Estamos hablando de una conexión cuántica. En definitiva, debes encontrar un punto que una a los dos universos, crear una grieta interdimensional e introducir la carta por ahí. Ese punto debería situarse entre los bloques, en el vacío dejado por el número trece.

—¡Oh! Entiendo. Tiene sentido. Ese punto debería ser el intersticio entre los dos bloques. Pero ¿cómo voy a crear esa grieta tan magnífica? Quizás haya que recitar algún conjuro... ¿Necesito un artefacto sagrado?

—No pienso que sea tan exótico. Con tu tiempo libre, seguro que encontrarás cómo hacerlo. Y si no te viene ninguna idea, ve al Tomás y pregunta a los albañiles del barrio. Ellos te prestarán las herramientas para producir la grieta.

Le agradezco su ayuda con un fuerte abrazo.

Salgo a la calle y llego al bar Tomás en menos de dos minutos. Ahí están los albañiles reunidos, en efecto, levantando sus cervezas con animación. No me resulta difícil que me acepten en su mesa: me conocen del barrio, se han bebido varias medianas y han aceptado mi invitación a otra ronda más.

Después de veinte minutos de conversación, saco a colección un pequeño desarreglo en mi piso, necesitado de instrumentos de reparación. Un albañil se levanta de inmediato, me guía a su furgoneta, saca unas herramientas y me las presta generoso. ¡He obtenido un martillo y un cincel! Se lo agradezco, edulcoradamente, y aprovecho la untura para escaparme, a pesar de su insistencia para que vuelva al ritual alcohólico de grupo.

Mientras espero el silencio en la quietud de la madrugada, me siento delante de mi portátil, y me sumerjo en la teoría de los universos paralelos.

¡Apisonante sujeto! Cuántas maravillas por descubrir...

Me paro al cabo de media hora, mareado, mucho más confuso que antes. Me levanto aturdido. Esto no es fácil de digerir; es más complicado de lo que creía.

La posibilidad de abrir un portal interdimensional parece viable, teniendo en cuenta las explicaciones teóricas de los grandes físicos cuánticos, pero nadie explica cómo crear aperturas entre mundos. Y tampoco hay ejemplos de ello. Estoy frente a un reto insólito. ¿Seré el pionero en establecer un contacto material con otro universo?

¡Basta de soñar!

Solo hay que dar el paso definitivo.

¡Adelante, J.!

Me lavo la cara con agua fresca. Escondo las herramientas en mi bolsa de mano. Me disfrazo entero de negro, con guantes incluidos, y me calzo mis botas de montaña. Agarro mi querido bastón y bajo a la calle.

Imitando a los expertos, camino con lentitud calculada mientras doy una vuelta de explotación.

Menos mal que no hay ni un alma.

Me paro con disimulo, y me sitúo frente a la separación exacta entre los dos bloques. Apoyo mi bastón contra la pared. Cojo los utensilios, tremendamente pesados. Los coloco en una alineación de noventa grados contra el muro. Respiro hondo. Calculo la trayectoria de golpeo y... allá va. Primer martillazo, con tan mala suerte que el cincel cayó al suelo.

¡Qué ruido más escandaloso!

Me lanzo directo cuerpo a tierra, una técnica de subterfugio que aprendí de niño en los campamentos de verano.

El corazón me sube a la garganta. Siento un asomo de taquicardia. ¿Qué pasará ahora?

No se oye ni un ruido. Nadie aparece.

Respiro profundamente, sin levantar la frente del suelo.

Parcialmente recuperado del pánico, me voy reincorporando poco a poco. Recojo el cincel. Miro a todos los lados, rogando que no se haya acercado ningún curioso.

Saldría corriendo a refugiarme en la seguridad de mi hogar, pero no puedo desfallecer. En mis manos está el destino de dos mundos, y el equilibrio del multiverso entero, quizás. Quién sabe si tendré una segunda caución para remediar esta disfunción espaciotemporal.

Inspiro hondo de nuevo y reúno todas mis fuerzas.

Asesto un segundo martillazo. ¡Bien! Saltaron varios trozos de pared. Ignoro los miedos irracionales y el estruendo que estoy causando, y ataco sin piedad al sólido muro.

Tras unos cuantos impactos aparece una hendidura, impecable y bella.

Guardo las herramientas en la bolsa, vigilando que no haya ningún espectador. Saco la carta de Matilde y la introduzco en la grieta. Recupero mi bastón. Cruzo volando el portal de mi edificio. Subo a la segunda planta. Entro en mi piso y me tumbo directo en la cama.

¡Objetivo cumplido!

Levanto el brazo en señal de victoria y me rindo al sueño, exhausto.

Han transcurrido varios días y la carta continúa en la grieta. En la televisión informan de maremotos en Japón, tifones en Estados Unidos, sequías en media África, una pandemia en Europa, terremotos en México... ¡El mundo está en peligro!

Sufro horriblemente por esta situación atenazante en la que nos encontramos. Soy optimista, eso siempre, pero temo haber fallado en mi misión.

¡La carta ha desaparecido!

Compruebo la grieta, angustiado por si Matilde la habrá recibido, o si alguien la robó, o si se ha perdido en el limbo intergaláctico. Por otro lado, ¿y si un día corresponde a un año? Quizás el tiempo transcurra de manera diferente en su universo paralelo. Eso no lo había tenido en cuenta... ¡Ay, qué tonto!

Y yo, romántico, sigo mirando este hueco vacío, preguntándome si mi acción habrá servido para salvarnos del cataclismo interestelar.

¡Otra carta ha aparecido!

Asegurándome de que nadie me vigila, la extraigo de la grieta con precaución.

Entro en mi edificio y la abro, temblando, con la ilusión de un niño. En la carta solo dice una cosa, escrita con letras mayestáticas:

«¡GRACIAS!»

Y está firmada por Matilde Arbeloa de Castro.

¡Qué felicidad, qué alegría tan infinita me invade el corazón! Una sensación inaudita de plenitud y de gozo. Aún mejor que si me hubiera tocado la lotería.

Intrépido, no deserté en la batalla contra las hordas enemigas y la pasividad general, mas luché con la perseverancia y el arrojo de un dragón. Gracias a la ayuda de Rubén, del albañil borracho y de la instrucción secreta de Matilde, realicé con éxito mi tarea sagrada.

Se cumplió la profecía de aquel extraño hotel, al vaticinarme que mi misión ayudaría a innumerables seres. El sacrificio ha valido la pena.

El multiverso sigue en equilibrio.

¡Bravo por nosotros!

Voy a guardar la respuesta de Matilde durante unos días. Luego la quemaré, por si acaso. Y también taparé la grieta. No quisiera provocar una nueva disfunción cósmica.

¡Hoy es día de celebración!

Rubén me avisa que está ocupado y que se vendrá más tarde, así que decido avanzarme. Me dirijo, desde luego, al bar Tomás.

—¡Querido Alfonso! Lo de siempre. Y una de olivas. Y una tónica. Y tres de las especiales del día.

Esperando la llegada de mi amigo, me distraigo con la pantalla enorme del televisor.

Emiten una película de ciencia-ficción, donde unos astronautas viajan con su espléndida nave por el cielo estallado. Planean atravesar un agujero de gusano, provocando un salto espaciotemporal para contactar consigo mismos desde el futuro. Con el propósito de salvar a una humanidad atenazada por la extinción, supongo.

—¡Pff! Aficionados de pacotilla —sentencio en voz alta, mientras me zampo ufano una patata brava.

Índice

I. Reparto de *pizzas* en la última planta 7

II. La granja de cerdos 25

III. Las últimas palabras del mortal Sócrates 33

IV. El extraño caso del ingeniero Matías 49

V. La máquina de la felicidad 61

VI. La huelga de sombras 79

VII. El árbol sagrado de los urukulu 95

VIII. El cuento taciturno 113

IX. El búnker 119

X. Secuestro en el pesebre 133

XI. Locura 143

XII. Disfunción cardíaca 159

XIII. Un cuento ruso 167

XIV. Egomanía 179

XV. Universos paralelos 197

Printed in Great Britain
by Amazon